KB046648

아빠, 행복해?

즐기는 공부로 삶이 바뀐 세 아빠의 이야기

아빠, 행복해?

윤석윤, 윤영선, 최병일 지음 | 한기호 대담

어른의시간

프롤로그

후반생을 '인생 최고의 시기'로 만드는 최선의 방법

"아빠, 행복해?"

프랑스에서 공부를 하다가 지금은 현지에서 아티스트로 일하고 있는 큰딸이 모처럼 귀국해 물었습니다. 가정의 행복도 아랑곳하지 않고 사회 정의만 부르짖더니 아직까지 바쁜 것을 보면 자리는 잡은 것 같은데, 과연 당신은 행복하냐는 물음이었습니다.

뜨끔했습니다. 내가 가족의 행복을 생각하지 않았을까요? 물론 속으로는 늘 생각했습니다. 가족들에게 사랑한다는 말 한 번 제대로 하지 않았으나 가족을 지키기 위해 쉴 틈이 없이 일했습니다. 1997년 외환위기 직후에 자의반 타의반으로 잘나가던 회사를 떠나서 연구소라는 것을 세우고는 주말과 휴일도 없이 열심히 일했습니다. 그렇게 달려온 저는 과연 행복했을까요?

다시 주변을 살펴보았습니다. 제 또래인 사람 중에 일을 하는 사람이 별로 없습니다. 한때 잘나가던 사람들마저 어디로 숨었는지 찾아보기 어려워졌습니다. 사범대학 동기들도 이제 명퇴를 하기 시작했습니다. 조만간 일을 하는 친구들을 찾아보기 어렵게 될 것입니다.

제가 행복하냐고요? 저는 절대로 그렇게 생각하지 않습니다. 그런데 남들은 너는 늘 강연을 하고 글을 쓰면서 바쁘게 사니까 행복하게 사는 거라며 부러워합니다. 하지만 제 주변에는 저보다 행복한 사람이 있습니다. 이 책의 주인공들입니다. 외환위기 직후에 저처럼 '조퇴'(조기퇴직)하신 최병일 선생님, 회사가 망해서 '졸퇴'(졸지에 퇴직)하신 윤석윤 선생님, 2014년 말로 '정퇴'(정년퇴직)하신 윤영선 선생님은 늘 행복해하는 분들입니다. 저는 이분들을 숭례문학당의 행사에서 가끔 만나곤 합니다. 어쩌면 저보다 더 바쁜 분들입니다. 그러나 늘 얼굴에 여유가 넘치십니다.

솔직히 저는 이분들에게 열등감을 느끼고 있습니다. 최병일 선생님은 딸 같은 사람들에게서 "저도 인생 후반기에는 선생님처럼 살고 싶어요!"라는 이야기를 늘 듣고 삽니다. 저는 그런 말을 아직 들어본 적이 없습니다. 윤석윤 선생님은 자주 오전, 오후, 야간에 각각 다른 도시에서 강연을 하곤 합니다. 어찌 그렇게 바쁘게 살면서도 건강을 유지하는지 궁금할 뿐입니다. 지금 이 시점에서 가장 '불쌍한' 분은 정퇴자인 윤영선 선생님입니다. 하지만 윤영선 선생님도 벌써 바빠지십니다.

숭례문학당의 신기수 당주는 세 분을 차례대로 나비, 고치, 애벌레로 표현했습니다. 절묘한 표현입니다. 퇴직 후 사업마저 망해서 신용불량자까지 됐다가 지금은 "인생의 황금기"를 구가하고 있다고 하는 윤석윤 선생님은 이미 나비가 되지 않았을까요? 조만간 세 분 모두 나비처럼 훨훨 날아다니며 즐거운 인생을 살아갈 것입니다. 저도 그분들과 함께 날아다니고 싶습니다.

세 분의 삶은 퇴직을 했거나 퇴직을 앞둔 부모를 모시는 자식들에게 귀감이 될 것입니다. 그래서 저는 세 분께 2박 3일의 여행을 제안했습니다. 우리 네 사람은 강진의 마량에 여관을 잡아놓고 함께 놀았습니다. 세 분이 살아오신 삶의 여정을 열심히 들었습니다. 그들의 삶에는 공통점이 있었습니다. 그게 이 책에서 나오는 "아빠들이 행복해지기 위한 인사이트 10"입니다. 여관방에서 제가 정리한 통찰들을 하나하나 제시했더니 세 분은 전적으로 동의하셨습니다.

세 분의 이야기를 좌담으로 다시 정리할 것을 제안했습니다. 하지만 세 분이 너무 바빠서 여름에야 시간을 낼 수 있었습니다. 지난여름에 세 분을 모두 세 차례 만나 이야기를 나눴습니다. 그렇게 나눈 이야기를 제가 직접 정리했습니다.

고령화 사회의 파도에 맞서는 법

지금 베이비붐 1세대(1955~1964년생)는 이미 은퇴가 거의 마무리되어가고 있습니다. 베이비붐 2세대(1965~1974년생) 또한 곧 은퇴를 시작합니다. 두 세대는 인구 크기가 얼추 비슷하고, 연이어 우리나라의 경제 발전을 이룩해냈습니다. 하지만 은퇴의 끝은 '치킨 창업→적자 폐업'이라는 공식으로 널리 알려졌습니다. 이미 노인층의 절반 이상이 빈곤층으로 전락했습니다. 이들이 앞으로 '핏줄 봉양'이라도 받으며 노후를 편하게 보낼 가능성이 있을까요? 어쩌면 노후가 공포가 되지 않을까요?

2020년이면 이들의 삶이 커다란 사회적 문제로 부각될 것입니다. 전영수 한양대학교 국제대학원 교수는 『피파세대: 소비심리를 읽는 힘』에서 이들 세대에게 '피파PIPA 세대'라는 별칭을 붙여줬습니다. 가난하고Poor, 고립됐으며Isolated, 아픈Painful, 세대Aged라는 것이죠. 그는 "저성장·인구병·재정난이 전대미문의 거시환경적인 불안 기운이라면, 빈곤·질병·고독의 트릴레마는 역시 한국 사회가 최초로 경험하는 미증유의 개별 차원적인 생활 악재가 아닐 수 없다"고도 했습니다.

일본은 고령화를 가장 먼저 겪은 나라입니다. 『2020 시니어 트렌드シニアマーケティングはなぜうまくいかないのか』에서 사카모토 세쓰오坂本節郎는 '시니어', '노인', '실버' 등이 아니라 '엘더'(연장자), '새로운 어른' 또는 '50+ 세대'라는 단어를 사용합니다. 일본은 2020년이면 성인 인구 1억 395만 명 중 약 6,000만 명이 '50+' 인구가 됩니다. 열 명 중 여섯 명이 '50+ 세대'가 되는 셈입니다. '40+'로 범위를 넓히면 약 7,800만 명으로 어른 열 명 중 여덟 명은 '40+ 세대'가 됩니다. 사회 전체가 어른이 되는 겁니다.

사카모토 세쓰오는 기존의 고령자를 보는 시각부터 바꿔야 한다고 말합니다. '황혼 중노년·성숙 중노년'에서 '젊고 센스 있는 어른'으로, '여생을 보낸다'에서 '인생의 꽃을 피우고 싶다'로, '시들어가는 노후'에서 '인생 최고의 시기'로 크게 전환해야 마땅하다고 말합니다. 그는 '50+ 세대'의 2대 자본으로 '건강'과 '경제력'을 제시합니다. 이것들은 사실 불안요소이기도 하지만 자본이기도 합니다. 무병인 것보다 하나의 병이라도 껴안고 살아가는 일병식재一病息災나 개호(간병)를 받지 않겠다는 각오를 하고 노력을 하면 건강을 유지할 수 있다는 것에서 알 수 있듯이 위기가 곧 기회이기도 합니다. 저자가 제3의 자본으로 내세우는 것이 바로 '커뮤니케이션'입니다. 특히 손자 세대까지 품은 3대 소통의 중요성을 강조합니다.

이들이 무엇으로 커뮤니케이션을 할 수 있을까요? 친구들과 자식 아니면 주변 사람들과 어떻게 소통할 수 있을까요? 가장 쉬운 길이 바로 함께 책을 읽고, 토론을 하고, 글을 써보는 것입니다. 그렇다면 어떤 책을 읽어야 할까요? 그것은 이 책에 잘 나와 있습니다. 그리고 꼭 책일 필요도 없습니다. 어떤 자리에서든 나이가 들었다고 뒤로 물러나 있는 것이 아니라 적극적으로 모든 일을 주도하면서 자신 있게 살아가면 됩니다.

아카세가와 겐페이赤瀬川原平는 1998년에 출간된 『노인력老人力』에서 노인의 건망증과 같은 망각의 힘이야말로 진정한 경쟁력이라고 말했습니다. 그즈음 아흔 살의 현역 의사인 히노아라 시케아키日野原重明는 『생활에 능숙함生きかた上手』에서 "나이듦이란 노

쇠가 아니라 숙성되는 것"이라며 장수사회를 살아가는 법을 알려주었습니다. 이 책의 저자들은 아직 60대입니다. 그들은 그야말로 청년일 뿐입니다. 그들은 70대에도 열심히 일을 할 것이라고 말합니다. 일만 하는 것이 아닙니다. 모든 흐름을 주도하고 있습니다. 그리고 모두 더할 나위 없이 행복하다고 말합니다.

『2020 시니어 트렌드』에서는 "수평적이고 서로를 속박하지 않는 네트워크 가족"인 '신 삼대'를 소개하고 있습니다. 단카이 세대団塊世代(1947~1949년생)는 '자녀 가족의 보살핌을 받는 노인'에서 '다른 세대를 보살피는 조부모'로 크게 전환되고 있답니다. '신 삼대'는 "각 구성원이 자립한 개인으로서 서로 돕는 관계가 된다. 특히 조부모가 노력의 측면에서나 경제의 측면에서나 다른 세대를 돌본다는 특징이 있다. 그리고 서로의 사생활을 방해하지 않으면서 좋은 관계를 유지하기 위해 '가까운 곳에서 따로 살며' 이메일이나 라인 등의 디지털 도구를 활용한다. 디지털의 활용이라는 의미에서도 '네트워크 가족'이다. 일본의 가족은 '핵가족'에서 '네트워크 가족'으로 전환되고 있다."

'신 삼대'는 여행도 즐깁니다. 과거의 여행은 가족이 조부모를 모시고 가는 여행이었습니다. 그러나 지금의 여행은 어디까지나 건강하고 경제력이 있는 조부모가 계획하고 돈도 내는 등 모든 과정에서 '주체적으로' 움직이는 여행입니다.

"지금까지는 휴일이 되면 가족이 함께 박스왜건을 타고 할아버지 할머니의 집을 찾아갔다. 그리고 할아버지 할머니를 모시고 안전 운전을 하며 드라이브를 즐겼다. 그런데 현재는 젊은 엄마가 일로 바빠서 휴일에도 집에서 쉬거나 출장을 간다. 자녀들은 어디든 놀러가자고 성화를 부린다. 곤란해진 젊은 엄마는 자신의 어머니에게 전화를 건다. 조부모는 '손자 손녀를 위해서라면…' 이라며 아침 6시 무렵에 찾아온다. 그것도 정년퇴직 기념으로 산 새빨간 스포츠카를 몰고 온다. 그리고 기뻐하는 손자 손녀와 함께 고속도로를 질주하며 테마파크로 향한다."

'신 삼대 여행'은 "손자·손녀가 조부모에게서 배우는 여행"입니다. "'증기 열차 여행'이나 '야산 탐험 여행'은 조부모의 유년기 체험을 손자·손녀에게 가르쳐 줄 수 있는 여행이다. 부모인 단카이 주니어는 투구벌레를 백화점에서 사서 기른 세대이지만 조부모인 단카이 세대는 실제로 야산에서 투구벌레를 잡았던 세대이기 때문에 야산 탐험을 하면서 그 경험을 손자·손녀에게 가르쳐 줄 수 있을 것이다."

함께 책을 읽으며 행복을 찾다

우리는 어떨까요? 아직 일본처럼 큰 흐름이 보고된 것은 없습니다. 그러나 이 책에서 최병일 선생은 자녀들과의 SNS 메신저를 이용한 독서토론이 너무 즐겁다는 고백을 털어놓고 있습니다.

"요즈음 가족이 함께 온라인으로 독서토론을 할 때 가장 행복합니다. 한 달에 한 권의 책을 모두 읽고 2시간 30분 정도 토론을 합니다. 내가 진행을 하고 아이들은 SNS 대화방에 실시간으로 의견을 올립니다. 용인, 부평, 천안, 베이징이라는 공간을 초월하여 연결합니다. 책이나 가족 서로에게 좋은 영향을 받아 삶에 변화가 일어나고 있습니다. 숙제처럼 의무감으로 하는 토론이 아니라 그리움으로 합니다. 그래서 그 시간을 기다리고 있습니다. (…) 성장해서 부모의 품을 떠난 자녀들에게 작은 도움이라도 줄 수 있는 아빠가 되었다는 사실만으로 이보다 더 행복할 수는 없습니다."

가족이 반드시 함께 살아야 하는 것은 아닙니다. 비록 따로 살더라도 '소셜미디어'로 연결되어 있기만 하면 과거보다 더 화목한 가족이 될 수 있습니다. 다만 수직관계가 아닌 것만은 분명합니다. 수평적인 관계를 기술이 만들어내고 있습니다. 개인주의가 강한 모든 인간들을 기술이 연결하고 있습니다.

오랫동안 디지털 기술은 우리를 불안으로 몰아넣었습니다. 그 불안은 여전히 지속되고 있습니다. 새로 등장한 불안은 언제나 우리를 코너로 몰아넣고 있습니다. 그럼에도 이미 한쪽에서는 새로운 기술과 새로운 커뮤니케이션을 이용해 새로운 관계를 만들어내고 있습니다. 그 관계는 다양합니다. 절대로 획일적이지 않습니다. 그 흐름을 베이비붐 세대가 주도해야 합니다. 그래야 우리 사회에 희망이 있습니다.

이제 베이비붐 세대가 절대로 뒤로 물어나지 않고 소셜미디어를 이용해 친구나 이웃, 가족 들과 소통을 시작해야 합니다. 물론 확실한 연결고리를 찾아야겠지요. 그것은 걷기든 여행이든 독서토론이든 무엇이든 상관없습니다. 그리고 가끔은 직접 얼굴을 맞대고 인간적인 유대를 가질 필요가 있습니다. 그러면 누구나 행복해질 것입니다. 이 책을 읽다보면 연결고리가 저절로 찾아질 것입니다. 여러분도 이 책을 읽고 행복한 미래를 열어가시기 바랍니다.

한기호

• 차례 •

프롤로그

에필로그

1부

이 시대 아빠들의 행복과 불안, 그리고 공부

이 시대의 아빠들은 행복한가?

한기호 안녕하십니까. 세 분은 여전히 바쁘시군요. 세 분을 모시고 이야기를 나누는 자리를 만들기가 힘들 정도입니다. 갈피를 잡지 못하는 이 시대 아빠들에게 행복을 찾아주려고 이 좌담을 마련했습니다. 먼저 근황부터 여쭙겠습니다. 먼저 '조퇴'의 고통을 이겨내고 화려하게 제2의 인생을 살고 계신 최병일 선생님부터 말씀해주시지요.

최병일 저는 요즘 세 가지에 집중하고 있어요. 하나는 글쓰기죠. '천자 칼럼 쓰기'를 1기부터 시작해 4기까지 계속 진행하고 있습니다. 4기에도 다양한 분들이 글쓰기 공부에 참여하고 있습니다. 아주 재밌어요. 한 편의 칼럼을 써와서 서로 평가하는 식으로 진행하죠. 글 쓰는 실력들이 점점 나아지는 것을 느낍니다. 글을 혼자 쓰면 꾸준히 쓰기가 어렵지만, 함께 쓰면 지속적으로 이어갈 수 있습니다.

두 번째는 『비폭력 대화*Nonviolent Communication: A Language of Life*』 공부 모임에 참여하는 것입니다. 거기서 인연을 맺은 사람들이 제가 강의하는 '독서토론 입문 과정'에 등록해 공부하고 있기도 하죠. 제가 배우려고 갔는데 오히려 저에게 배우려고 온 사람이 벌써 세 분이나 됩니다. 이런 모임을 통해 내면의 이야기를 털어놓다보니 새로운 지식을 많이 알게 되는 것은 물론이고, 인간관계도 깊어지는 듯합니다.

세 번째는 온라인 토론입니다. 시간을 정해놓고 SNS 대화방에서 함께 토론을 하고 있습니다. 2기부터 온라인 토론에 합류한 이후 지금까지 계속 참여하고 있습니다. 그밖에도 자서전 쓰기, 독서토론 등의 프로그램을 꾸준히 진행하고 있습니다.

한기호 '정퇴'를 하신 윤영선 선생님은 이제 은퇴 2년차이시지요. 요즘 어떻게 지내시나요?

윤영선 정신없이 바쁘게 지냅니다. 공부하느라고요! 책 읽고, 글 쓰고, 숭례문학당의 여러 독서 모임에서 거의 한 주도 거르지 않고 토론하느라 시간이 부족할 정도입니다. 제가 좋아하는 일을 하니까 지치지도 않네요. 솔직히 제 인생에 이만큼 자발적으로 공부한 적이 있었나 하는 생각이 듭니다. 한마디로 행복합니다.

지난해와 달리 한 가지 변화가 있다면 성동구립도서관에서 시니어 글쓰기 강좌를 3월부터 진행하고 있다는 겁니다. 격주로 총 18회 진행할 예정입니다. 글쓰기를 가르치는 것은 처음 해보는 경험인데, 약간 두렵기는 해도 역시 가르치면서 배우는 것이 재밌고 저에게도 많은 도움이 됩니다. 60대 중후반에서 70대, 80대까지 열댓 분들이 참여하는데, 글쓰기에 실력 차이는 있어도 열정만큼은 모두가 대단합니다. 그리고 다들 정말 겸손하시죠. 잘 쓰든 못 쓰든 글 쓰고 공부하는 분들의 내면은 다르다는 것을 느낍니다. 격주로 인생 선배들을 만나면서 훌륭한 삶의 태도를 배우고 있습니다.

한기호 윤석윤 선생님은 회사가 망하는 바람에 '졸퇴'를 하셨습니다. 그런데도 '나의 화려한 60대의 삶에 대한 준비는 끝났다'고 자랑하셨습니다! 여전히 화려하시죠?

윤석윤 많이 바빠졌어요. 도서관, 교육청 등에서 독서토론 교육을 하고, 글쓰기 강의도 합니다. 참여하시는 분들이 적극적으로 변화하는 게 보여서 제가 오히려 감동을 받습니다. 이번 주에 병점도서관에서 독서토론 심화 과정을 시작했는데, 독서 회원들이 화성시문화재단의 평생교육 프로그램에 응모해서 교육비를 지원받게 되었어요. 일주일 전에는 아이들 방학에 맞춰 교육을 해줄 수 있냐는 전화를 받기도 했죠. 작년에 독서토론 리더 과정을 했던 분들이거든요. 이제는 시민들이 스스로 학습을 위해 뛰는 모습을 볼 수 있습니다.

얼마 전에 김포 중봉도서관에서 진행한 독서토론 과정이 끝났습니다. 그 강좌 수강생 중 하나가 김포시 홈페이지에 들어가서 멋진 후기를 남겼어요. "좋은 과정을 개설해줘서 고맙다. 더 공부할 수 있게 해달라. 글쓰기나 독서토론 심화 과정을 더 하고 싶다"고요. 내용을 읽어보니 아주 잘 썼더라고요. 일주일 후 도서관 담당 사서로부터 바로 연락이 왔어요. 10월 중에 심화 과정을 하자고요. 적극적으로 요청하면 관계 기관이 바로 응답을 해줍니다. 좋은 사례죠.

과거의 독서 동아리는 지적 즐거움을 나누는 사람들의 모임이었어요. 대개 자기가 좋아하는 책들도 정해져 있었죠. 끼리끼리 모이는 셈이었습니다. 그러다보니 진입장벽이 생겼어요. 독서력이 있는 사람들의 모임이라는 한계를 벗어나지 못했죠. 그렇게 해서는 신입 회원이 늘기 어렵습니다. 독서모임은 항상 신입 회원이 쉽게 들어올 수 있어야 하죠. 도서관 교육 중에 독서모임에서 상처받고 나온 사람을 가끔 만나는 것도 그 때문입니다.

이번에 천안 쌍용도서관도 독서토론 심화 과정을 진행했어요. 작년 12월 말까지 리더 과정을 했거든요. 그런데 넉 달 만에 다시 심화 과정을 해달라고 담당자로부터 연락이 왔어요. 그 이유를 알아보니 교육을 받은 사람들이 독서회를 조직하고 도서관에 재능 기부를 하기 시작했기 때문이에요. 받기만 하던 방식에서 가진 것을 나누는 방식으로 진화한 거죠. 그러다보니 독서회가 힘을 얻게 되었어요. 도서관과 독서회가 상생하는 거죠. 지금까지는 도서관에서 받기만 하는 일방적 관계였는데, 이제는 도서관과 지역사회를 위해 봉사할 수 있는 쌍방적 관계가 된 거죠. 그러다보니 독서 동아리의 움직임이 훨씬 더 활발해지는 것 같아요. 독서 동아리의 새로운 변화가 시작되지 않았나, 하는 생각이 듭니다. 그렇게 즐겁고 바쁘게 지내고 있습니다.

한기호 세 분 모두 매우 행복해 보입니다. 그런데 요즘 다른 아빠들은 매우 지쳐 있다고 합니다. 특히 직장에서 정년을 앞두었거나 이미 정년을 맞이한 분들은 매우 힘들어 한다고 해요. 정년을 55세에서 60세로 연장을 했다지만, 여전히 "56세까지 일하면 도둑"이라는 '오륙도'라는 신조어가 통하는 분위기입니다. 많은 아빠들이 50대 초반에 회사에서 짐을 쌉니다. 할 수 있는 게 없어서 치킨집이라도 열어보지만 열에 아홉은 적자 폐업을 면하기가 어렵습니다.

전영수 한양대학교 국제대학원 교수는 『피파세대: 소비심리를 읽는 힘』에서 절대 다수의 은퇴 생활자를 일상적 고민거리이자 새로운 해결 욕구로 연결되는 영어의 앞글자만 따서 'PIPA'라는 신조어로 불렀습니다. "가난하고Poor, 고립되었으며Isolated, 고통스러운Painful 노년Aged"을 뜻하는 말이죠. 요약하면 빈곤, 질병, 고독이 노년의 삶에서 맞닥뜨리는 어려움의 세 축이라는 것인데,

아빠들의 삶이 실제로 그렇습니까? 은퇴한 뒤 60대에도 활발하게 일을 하면서 지내는 세 분은 그런 현실과는 무관하게 '잘나가고' 있어 보입니다만.

최병일 가장으로서 가계를 책임져야 한다는 압력이 아빠들의 어깨를 짓누르고 있습니다. 돈을 벌기 위해 회사에 억지로 가는 아빠들이 생각보다 많습니다. 회사는 이익을 내야 살아남는다는 명분 아래 점수를 매겨 경쟁을 부추깁니다. 『꽃들에게 희망을』에 등장하는 애벌레 탑이 연상됩니다. 아빠들은 경쟁에서 살아남기 위해 경주마처럼 앞만 보고 달립니다. 살아남느냐, 죽느냐의 문제이기 때문에 한가하게 다른 생각을 할 수 없다고 말합니다.

뇌과학자들에 따르면 여자들의 뇌는 여러 일을 한 번에 처리할 수 있는 반면, 남자들의 뇌는 한 번에 한 가지 일밖에 처리할 수 없다고 합니다. 오매불망 한 가지, 경제 문제를 해결하기 위해 회사에서 주어진 일에 전심전력을 다하죠. 그래야 가장으로서 책임을 완수할 수 있다고 생각하니까요. 새벽에 출근해서 늦은 밤 파김치가 되어 돌아옵니다. 업무의 연장인 회식 자리에서 마시기 싫은 술까지 억지로 마시고 취해 돌아오는 날이면 정신적·육체적으로 초죽음에 이르게 됩니다.

잘 노는 것도 경쟁력인데 아빠들은 휴식을 취할 줄 모릅니다. 많은 아빠들은 쉬는 날 소파에 누워 잠을 자거나 텔레비전을 보고 컴퓨터 게임을 하며 시간을 보냅니다. 이런 아빠를 지켜보며 가족과 함께 시간을 보내지 않는다고 많은 엄마들이 불평불만을 쏟아냅니다. 엄마가 잔소리를 하면 아빠는 "이것마저 못하게 하면 나가 죽으라는 말이냐?"며 버럭 반격을 해댑니다. 이러지도 저러지도 못하는 엄마들의 고민을 셀 수 없이 많이 들었습니다. 서로의 욕구가 충돌을 일으켜 갈등이 증폭되거나 포기한 채 살아가는 가정이 점점 늘어납니다. 회사 일이 끝나면 여유를 갖고 취미생활이나 은퇴 이후의 삶을 준비하면서 즐겁게 보내야 재충전이 될 텐데, 충전은 고사하고 지속적으로 방전만 하고 있습니다.

이런 생활이 오래 지속되다보면 소진증후군에 빠지기도 합니다. 원인은 여러 가지가 있지만 스트레스가 주요인입니다. 스트레스는 아빠의 마음과 몸을 병들게 만듭니다. 풍선에 바람을 너무 많이 넣어 터져버리는 현상인 셈이죠. 결국 만사가 귀찮아지는 무기력증에 빠집니다. 의욕이 사라져버리는 심각한 상황이 벌어집니다. 의욕이 사라진 사람은 설 자리가 없습니다. 가정에서나 회사에서 천덕꾸러기가 되어 퇴출의 수순을 밟게 됩니다.

경제력을 잃은 아빠는 더 큰일입니다. 가족의 생계를 책임지는 것을 큰 자부심과 위안으로 삼아 살아왔는데, 경제력을 잃으면 스스로 잉여라는 생각에 실의에 빠져 헤어나지 못합니다. 저성장 늪에 빠진 '한국호'는 물에 빠진 아빠들에게 구명정을 보낼 수 있을까요? 한 치 앞도 보이지 않는 안개 속에서 한숨만 깊어지고 있습니다.

아빠들은 경쟁에서 살아남기 위해 경주마처럼 앞만 보고 달립니다. 살아남느냐, 죽느냐의 문제이기 때문에 한가하게 다른 생각을 할 수 없다고 말합니다.

-최병일

한기호 윤영선 선생님은 정년퇴직을 하기 전인 50대 때부터 나름의 준비를 하고 이제 새로운 길을 찾아가셔서 행복하다고 하셨습니다. 그렇다면 주변의 아빠들이 지쳐 있는 이유는 무엇일까요?

윤영선 아무래도 경제 문제가 클 겁니다. 최병일 선생님 말씀대로 저성장 시대가 됐잖아요. 사실은 아빠들보다 청년들 문제가 더 심각하죠. 지금 우리 사회는 세대 구분 없이 모두가 지쳐 있는 것 같아요. 어느 순간 '다이내믹 코리아'의 거품이 싹 꺼져버리고 말았죠. 쓰나미에 휩쓸린 것처럼 갑자기 늙어버린 사회가 된 겁니다. 왜 그렇게 된 걸까요? 심도 있는 진단이 필요하겠지만 성장 신화에 취해 머지않아 닥칠 변화를 제대로 예측하고 대비하지 못한 결과인 것만은 분명합니다.

저와 나이가 비슷하거나 후배인, 주로 베이비부머 또는 50대 이후 연령층의 아빠들은 한마디로 '은퇴세대'라 할 수 있습니다. 이미 직장에서 물러났거나 이제 막 밀려나고 있는 사람들이죠. 1955년부터 1963년 사이에 태어난 베이비부머가 710만 명이 넘는다고 합니다. 이들 중 극히 일부만 제외하고 거의 다 어깨가 축 처져 있죠. 정말 피땀 흘려 가정을 일구고 나라를 위해 헌신해왔는데 모든 게 허사가 된 것 같은 기분이 드는 거죠. 거기에다 평균수명까지 늘어 앞으로 긴긴 날을 어떻게 살아야 할지 걱정이 더 커졌죠. 1997년 외환위기를 맞기 전까지는 모두 행복한 노년에 대하여 별 걱정을 하지 않았는데, 이제는 그게 불가능하다는 것을 알게 된 거죠. 저만 해도 정년퇴직을 한 뒤 과연 중산층이라는 지위를 유지할 수 있을까 하는 걱정이 있었습니다. 아마 지금 50대를 넘어선 분들이 다 저와 비슷한 심정일 거예요. 어깨가 축 처져버릴 수밖에 없죠. 그저 나이 탓만은 아니라 생각합니다.

저는 사회가 변한 것도 있지만 우리가 착각한 게 더 문제라고 생각합니다. 노력만 하면 늘 경제는 성장할 것이고, 경제만 풍요로우면 행복은 저절로 찾아올 거라는 생각이 바로 그 착각이죠. 우리는 어리석게도 지난날 성장 신화에 도취되어 이 문제를 진지하게 고민하지 않았죠. 지금도 여전히 우리 사회는 그런 착각에서 벗어나지 못하고 있는 것 같아요. 모두들 지난날의 환상에서 깨어나지 못하고 있습니다. 소위 나라의 지도자라는 사람들이 이런 생각에서 더 벗어나지 못하는 것 같아 정말 안타까워요.

한기호 윤석윤 선생님은 무엇이 사람들을 지치게 만든다고 생각하시는지요?

윤석윤 현실이 사람들을 지치게 만들고 있습니다. 어려운 시절에는 빵만 있으면 해결된다며 열심히 일했지요. 영화 〈국제시장〉은 한국전쟁 이후 격변의 시대를 살아온 아버지들의 이야기예요. 자신의 꿈을 가슴속에 묻고 오로지 가족을 부양하기 위해 살았지요. 부모의 세대는 생존이 최우선이었어요. 하지만 우리 베이비부머 세대는 달라요. 근대화의 물결 속에 나름대로 꿈을 꾸며 살았죠. 열심히 일하면서 빵 문제도 해결하고 어느 정도 꿈도 해결한 세대인 셈이죠. 운 좋게 국가 경제가 성장하는 시대에 맞춰 열심히 살아왔으니까요.

그런데 지금은 상황이 바뀌었습니다. 산업화 시대의 패러다임이 깨졌죠. 성실하게 일하면 행복이 보장될 거라는 믿음은 사라졌습니다. 노력하면 결과가 보장되던 시대에서 보장이 없어진 시대로 변한 거죠.

『사회를 말하는 사회』는 한국 사회를 진단하는 서른 개의 키워드를 제시한 책인데요, 그중 '과로 사회'와 '피로 사회'는 "일을 안 할 수는 있어도 줄일 수는 없"는 우리의 삶에 대해 얘기하고 있어요. 더 많은 소비를 위해 더 많이 일하는 악순환에 빠지고, 스스로 과로하는 자유에 빠지게 되었다는 진단이지요. 잔업과 특근으로 일주일에 50~60시간이나 일하는 과다 노동에 시달려요. 경마장의 경주마처럼 무조건 앞만 보고 달리고 있는 것이죠.

하지만 삶은 여전히 불안합니다. 내일에 대한 대비, 노후 준비는 생각도 못하죠. 최근 일본의 장수 악몽을 다룬 『노후파산老後破

노력만 하면 늘 경제는 성장할 것이고, 경제만 풍요로우면 행복은 저절로 찾아올 것이라고 생각합니다. 여전히 우리 사회는 그런 착각에서 벗어나지 못하고 있습니다.

-윤영선

産』을 읽었어요. 준비한 연금과 주택, 예금으로도 막지 못하는 일본 노인들의 파산에 대한 취재기입니다. "솔직히 말하면 빨리 죽고 싶다"는 일본 노인들의 고백에서 OECD 국가 중 노인 빈곤율 1위인 한국의 모습이 그대로 보였어요. 준비되지 못한 장수는 축복이 아니라 재앙이 되는 것이지요.

자식들의 미래는 더욱 암담해요. 일자리는 줄어들고 직장인의 절반이 비정규직으로 채워지고 있어요. 『한국의 워킹푸어』는 열심히 일할수록 더욱 가난하게 사는 이유를 추적하고 있어요. 결국 일자리 문제죠. 젊은 남녀들의 결혼이 늦어지거나 그들이 결혼을 포기하는 이유는 일자리와 주택 문제 때문입니다. 암담한 현실이지요. 한국은 OECD 국가 중 자살률 1위입니다. 정신질환자를 제외하면, 자살의 원인 1위가 '경제적 이유'입니다. 20대와 30대의 사망률 1위가 자살이고요. '묻지마 살인', 무차별 살인도 그런 문제에서 기인했다고 봅니다.

우리는 지금 어디에 있는지, 어디를 향해 뛰고 있는지 모르는 방향상실증에 걸렸는지도 모르겠어요. 스티브 맥퀸이 주연한 영화 〈빠삐용〉에서 "인생을 허비한 죄"라는 명대사가 나오는데, 그처럼 열심히 살아온 것이 인생을 허비한 것이라는 역설적인 상황에 빠진 것이 아닐까 생각해요.

한기호 미나시타 기류는 『갈 곳이 없는 남자, 시간이 없는 여자』에서 일본의 은퇴한 남자는 '갈 곳'이 없고 여자는 '시간'이 없다고 했습니다. 남자는 '관계 빈곤'에 시달리고 여자는 '시간 빈곤'에 시달린다는 것이지요. 한국도 그럴까요?

최병일 엄마들은 관계의 달인입니다. 나이가 들수록 여러 관계망을 가지고 있습니다. 어쩌다 맛있다고 하는 음식점에 가보면 거의 대부분 여성들이 차지하고 있습니다. 화기애애한 대화가 누에 고치에서 실을 뽑아내듯 끊어지지 않고 이어집니다. 엄마들은 여러 관계망을 갖고 가슴속에 간직한 비밀도 쉽게 터놓고 이야기할 수 있을 정도로 깊은 관계를 맺습니다. 그래서 많은 학자들이 남자보다 여자의 평균 수명이 길다고 주장하는 겁니다.

아빠들은 인간관계를 맺는 법에 매우 서툴기 때문에 외롭습니다. 집과 회사를 다람쥐 쳇바퀴 돌듯 왕복하기 때문에 사적으로 깊은 관계를 맺기가 어렵습니다. 회사나 업무에 연관된 관계를 유지하느라 개인적인 관계망에 소홀할 수밖에 없다고 항변합니다. 심지어 가족과의 관계를 방치한 시간들이 나중에 부메랑이 되어 돌아올 것이란 예측도 전혀 하지 않은 채 세월을 보냅니다.

퇴직 후 일로 맺어진 관계가 신기루였다는 것을 깨닫고 허탈해하는 사람들의 이야기는 수도 없이 회자되고 있습니다. 금융권에서 근무하다 퇴직한 사람들은 한 달 정도 지나면 그동안 불이 날 정도로 오던 전화가 순식간에 끊인다고 합니다. 가장 바쁜 일상을 보내며 다양한 인간관계를 깊이 맺어왔다고 자부하는 교직 종사자들도 석 달이 지나면 갈 곳이 없다고 하소연하는 이야기를 신문에서 읽었습니다.

자연히 시간이 남아 갈 곳이 없는 아빠들이 아내와 시간을 보내려고 관심을 보이면 귀찮아 하죠. 남편 없는 수많은 관계망을 확보하여 활발하게 활동하고 있는 바쁜 아내들은 남편이 끼어드는 것을 달가워할 리가 없습니다. 아내에게 '어디를 가느냐? 언제 오느냐?' 무심코 던지는 관심과 질문이 서로의 관계에 높은 장벽을 만든다는 사실도 아빠들은 잘 모릅니다.

자녀들과의 관계는 더 심각합니다. 가장 가깝게 지내야 할 자녀들이 한 자리에 앉으면 서먹서먹해 합니다. 어린 시절부터 서로 대화를 나누며 친밀감이 형성되었다면 나이가 들어도 자연스럽고 편안하게 이야기를 나눌 수 있는데, 그렇지 못한 상황에서 갑자기 대화를 하자고 하면 더욱 더 관계를 악화시킬 뿐입니다. 부모 자식 간에도 쌍방통행으로 주거니 받거니 하며 대화를 이어가야 합니다. 많은 아빠들의 일방통행 설교형 대화는 자녀들이 가장 싫어하는 유형입니다.

그래서 엄마와 자녀들이 '하하, 호호' 하며 집안이 떠나갈 듯 이야기를 하고 있다가도 아빠가 들어오는 인기척이라도 느껴지면 각자 방으로 들어가버리고 마는 바퀴벌레 가족으로 전락하고 맙니다. 가족들이 풍족하게 생활하며 교육을 받을 수 있도록 충분하게 뒷받침했던 어느 분의 하소연을 들었습니다. 엄격한 아버지상을 고수했던 자신이 이제 나이 들어 가족의 소중함을 깨닫고 오순도순은 아니라도 대화라도 해보려고 온갖 노력을 다 기울였지만 허사였다고 했죠. 이제는 대학을 졸업하고 사회생활을 하고 있는 자녀들에게 마지막 비장의 카드로 자신이 비용 전체를 부담할 테니 함께 유럽 여행을 떠나자고 부탁했으나 거절당하고 말았다며 땅이 꺼져라 한숨을 내쉬었습니다. 아버지들의 슬픈 자화상입니다.

윤석윤 저는 요즘 아빠들에 대해 별로 할 말이 없어요. 뉴스나 매스컴, 드라마에 등장하는 모습들에서 간접적으로 만난다고 해야겠어요. 친구들과 만나는 자리에 안 나간 지도 3년이 넘었고요. 제가 만나는 사람들은 대개 독서 모임이나 토론 모임에서 만나는 사람들이에요. 대부분 직장인이고 표정들이 밝아요. 자발적으로 공부하는 모임이니까요.

지금 저는 노희경 작가의 〈디어 마이 프렌드〉로 연극 연습을 하고 있습니다. 제가 맡은 역이 탤런트 신구가 연기하는 '석균'이라는 70대 후반의 인물이에요. 젊은 시절 열심히 일했고 가족을 위해 최선을 다한 사람이지요. 그런데 아내가 가출하게 되면서 갈 우리는 지금 어디에 있는지, 어디를 향해 뛰고 있는지 모르는 방향상실증에 걸렸습니다. 열심히 살아온 것이 인생을 허비한 대가라는 역설적인 상황에 빠진 것이 아닐까요.

-윤석윤

등을 겪게 되지요. "나는 가족을 위해 열심히 일한 죄밖에 없다. 내가 바람을 피웠냐? 딴 짓을 했냐?"며 자신을 변명하죠. 한국의 전형적인 가부장적 '아버지' 모습을 보여줘요. 그에게 정나미가 떨어진 아내가 황혼이혼을 주장하죠. 드라마가 현실의 아버지의 모습을 어느 정도 반영한다고 생각합니다.

윤영선 모두 다 비슷한 것 같아요. 그냥 풀이 죽은 채 사는 것 같아요. 진짜 문제는 경제적인 이유보다 존재감의 상실 아닐까요? 다른 말로 자신의 정체성을 잃어버린 거죠. 한창 잘나갈 때는 그래도 내가 가정을 먹여 살리고 나라를 위해서도 뭔가 보람찬 일을 한다고 생각했는데 이것이 물거품처럼 사라져버린 거죠. 가정과 사회에서 쓸모없는 존재가 되어버렸다는 자괴감이 요즘 우리 아빠들의 자화상일 겁니다. 온갖 희화화된 우스갯소리의 주인공이 요즘 은퇴남들이죠.

우리 세대 아빠들은 오로지 경제만 생각해왔는데 그게 뜻대로 되지 않으니 무너질 수밖에 없는 거 아닌가요. 물론 경제가 중요하죠. 살기가 힘들어졌다고 하지만 과거보다 엄청난 풍요를 누리고 있는 것도 사실이고요. 지난 세월을 돌아보면 아무도 이를 부정하지 못할 겁니다. 그렇다면 무엇이 문제일까요? 저는 오로지 경제 논리에 속박된 우리의 고정관념이 더 큰 문제라고 생각해요. 한마디로 성장이죠. 계속 성장해야 한다는 강박관념이 우리 모두를 불행하게 만들었다고 생각해요. 오로지 돈으로만 자신의 정체성을 찾는 사회가 된 게 진짜 문제죠. 어느 날부터 경제가 뜻대로 돌아가지 않으니 모두들 정신이 황폐해진 거죠.

언젠가 동년배 친구들과 술자리에서 〈나는 자연인이다〉라는 텔레비전 프로그램에 나오는 사람들에 대해서 이야기를 나눈 적이 있어요. 그들을 부러워하는 사람들이 적지 않더군요. 그들처럼 사회나 가정에서 실패하거나 큰 좌절을 겪은 것도 아닌데 왜 그들을 부러워하는 걸까요? 막연하게 부럽기는 한데 도대체 그 이유를 정확히 설명할 수 없다는 게 더 큰 문제죠. 저는 우리 동년배 아빠들이 단 한 번도 자기 자신을 돌아보며 살지 않았기 때문이라 생각합니다. '자신과 가족에게 진짜 중요한 삶이란 어떤 것일까'를 제대로 고민도 해보지 않고 이렇게 노년의 초입에 들어서버린 겁니다.

노력으로 행복을 살 수 있을까?

한기호 세 분의 말씀을 들어보면 지금 우리 사회가 구조적으로 아빠들의 행복을 방해하는 것은 아닌가 하는 생각이 들기도 합니다. 물론 인생 2막에서 새로운 길을 찾으신 세 분은 예외지만요. 그런데 세 분의 과거가 어땠을지 궁금하네요. 지금은 모두들 행복하지만 과거에도 행복한 아빠였나요?

윤석윤 행복의 기준을 감정적인 측면에 둔다면 대체로 '행복한 아빠'였다고 생각합니다. 젊은 시절은 '열심히 일하는 아빠'였지요. 그때는 열심히 공부하고 일한 기억만 있습니다. 가슴속에 꿈틀대는 꿈이 있어 행복한 시기였죠. 중년의 실패는 저를 '실패한 아빠'로 만들었어요. 경제적·심리적 충격이 컸어요. 근무하던 회사의 부도로 임원이었던 제가 금융폭탄을 맞아서 쓰러지게 되었으니까요. 가정에서도 실패한 아버지의 모습을 보이는 게 힘들었어요. 친구들과 만나는 것도 싫었고요. 그때 아내와 지인들의 격려가 재기하는 데 도움이 되었습니다.

인생 중반을 넘어서서는 '재기하는 아빠'의 시기가 왔습니다. 제가 개인적으로 "화려한 노후 준비가 끝났다"라고 생각하게 된 것은 다시 시작한 공부 덕분이에요. 바로 독서토론과 글쓰기죠. 이것이 제 인생 후반을 변화시켰어요. 개인적으로도 더 자신감을 갖게 되었고, 가정에서도 아버지의 자리를 지킬 수 있었고, 강사로서 사회활동을 하는 데도 큰 힘이 되었지요.

최병일 가족에게 부족한 점이 한두 가지가 아니겠지만 지난날을 회상해보면 행복한 아빠였다고 자평할 수 있습니다. 저는 많은 아빠들의 어깨를 짓눌러왔던 경제 문제에 크게 얽매이지 않았습니다. 돈을 많이 벌어서라기보다 적은 돈으로 규모 있게 사용해왔다고 해야 옳을 것입니다. 삼남매가 사립대학을 졸업했는데 학자금 대출은 한 푼도 받지 않았습니다. 학교를 다니는 동안 거의 사교육을 시키지 않았고, 아이들도 대학 다닐 때 스스로 용돈을 벌어서 썼습니다. 아들은 군대 생활을 하는 동안 파병을 해서 번 돈 1,000만 원을 나에게 보태줬습니다. 군인 아들로부터 돈을 받아본 아빠는 거의 없을 것입니다.

가장 고마운 일은 대부분의 친구들이 은퇴를 해서 경제 활동을 하지 못하고 이선에 물러나 있지만, 나는 지금까지 현역에서 열

요즈음은 가족이 함께 온라인으로 독서토론을 할 때가 가장 행복합니다. 책이나 가족 서로에게 좋은 영향을 받아 삶에 변화가 일어나고 있습니다.

-최병일

심히 활동하고 있다는 겁니다. 건강이 허락되는 한 일선에서 활동할 것입니다. 75세까지 현역에 있을 예정이라고 많은 사람에게 홍보하고 있습니다. 늦은 나이까지 일할 수 있다는 사실만으로도 얼마나 행복한지 모릅니다. 돈은 나이가 들어도 여전히 필요합니다. 손녀가 곧 돌이 됩니다. 요즘은 손녀를 위해 돈을 쓸 때 가장 행복합니다.

우리 가정에 대해 다른 사람들이 부러워하고 있는 것이 있다면 나와 아이들의 관계입니다. 삼남매 모두와 속 깊은 대화를 나누며 지냅니다. 아이들이 생활을 하다가 작은 문제라도 생기면 상담을 합니다. 충분히 들어주고 잘한 일은 칭찬하고 어려운 일은 응원하고 격려합니다. 나이 먹은 사람의 지혜가 쓸모가 있는 모양입니다. 큰딸에게 삼총사 친구들이 있는데 큰딸 친구들의 상담도 학교 다닐 때부터 해왔습니다.

아이들이 초등학교 다닐 때부터 집에 텔레비전을 없앴습니다. 그 대신 에버랜드 연간 회원권을 끊어줬습니다. 집에서 버스를 타면 5분 거리에 에버랜드가 있어서 방과 후 삼남매는 자신들의 전용 놀이터로 알고 열심히 돌아다녔습니다. 실컷 놀다 돌아오면 집안에 텔레비전이 없기 때문에 자연스럽게 책을 읽었습니다. 그래서 삼남매는 각기 독립적인 터전을 마련했지만 하나같이 살림살이 목록에 텔레비전은 없습니다. 대신 책을 보는 습관을 가졌습니다. 지금도 내가 본 책들을 둘러보고 가져가거나 좋은 책을 추천해달라고 합니다.

요즈음은 가족이 함께 온라인으로 독서토론을 할 때가 가장 행복합니다. 한 달에 책 한 권을 모두 읽고 2시간 30정도 토론을 합니다. 내가 진행을 하고 아이들은 의견을 SNS 대화방에 실시간으로 올립니다. 용인, 부평, 천안, 베이징이라는 공간을 초월하여 연결합니다. 책이나 가족 서로에게 좋은 영향을 받아 삶에 변화가 일어나고 있습니다. 숙제처럼 의무감으로 하는 토론이 아니라 그리움으로 합니다. 그래서 그 시간을 기다리고 있습니다. 『비폭력대화』『부모라면 유대인처럼』『태초 먹거리』『최성애 박사와 함께 하는 행복일기』 등의 책으로 네 번을 마쳤습니다. 1년이 되고 2년이 지났을 때 가족 간에 어떤 변화가 올지 기대됩니다. 성장해서 부모의 품을 떠난 자녀들에게 작은 도움이라도 줄 수 있는 아빠가 되었다는 사실만으로 이보다 더 행복할 수는 없습니다.

윤영선 저는 오로지 돈과 출세만을 위하여 살아왔던 것 같습니다. 경쟁에서 밀리면 끝장이라는 심정으로 젊음을 다 바치고 나니 어느새 정년퇴직이 눈앞에 다가와 있더군요. 정말 아찔했습니다. 이미 나라 경제는 저성장 경로로 진입하고 있고, 정말 대책이 없는 것처럼 느껴졌습니다. 직장 문을 나서면 어떻게 살아갈까 정말 걱정됐죠. 거기에 무슨 '행복'이란 말이 가당키나 하겠어요. 불행인지는 몰라도 불안이 늘 그림자처럼 따라다녔습니다.

그러나 지금은 다릅니다. 직장을 은퇴하기 몇 년 전부터 그렇게 살지 않으리라고 몸부림쳤죠. 은퇴하면 지금까지의 생각과 행동의 틀을 완전히 바꾸어야겠다고 생각했습니다. 한마디로 돈을 최우선으로 생각하는 사고에서 벗어나려 노력한 것이죠. 결코 돈이 많다거나 미래를 잘 준비했다는 뜻이 아닙니다. 밥 굶지 않고 기본 생활을 꾸려나갈 수 있는 정도만 준비했죠. 경제적으로 계속 잘나가야만 행복할 수 있는 것은 아니지 않습니까?

발상을 바꾸려 노력했습니다. 예를 들면 사회적 체면 같은 것에 결코 연연하며 살지 않겠다는 생각을 한 게 바로 그런 것이죠. 우리 사회에 만연한 남의 눈을 의식하는 문화가 사람들의 진정한 행복을 빼어버린다고 생각해요. 저는 아이들 결혼에 저의 노후자금을 왕창 부을 생각 따위는 추호도 없습니다. 부모가 행복해야 자식들도 행복한 것 아니겠어요? 그런 생각으로 살아가니 마음이 한결 가볍고 행복해졌습니다.

물론 더 중요한 게 있습니다. 제가 좋아하는 일을 찾았다는 것이죠. 남을 의식하지 않고 제가 좋아하는 공부를 하니 저절로 행복해지더군요. 행복이 결코 멀리 있지 않다는 것을 알게 되었습니다. 지난 1년 8개월 간 그렇게 살다보니 직장에 다닐 때보다 훨씬 행복합니다.

한기호 아빠가 노력만 하면 행복해질 수 있는 사회인가요?

최병일 단군 이래 가장 공부를 많이 했다고 자타가 공인하는 젊은이들의 청년실업이 장기화되면서 3포 세대, 5포 세대, N포 세대라는 유행어를 만들어냈습니다. 아빠가 될 수 있는 가능성조차 차단당한 청춘들이 점점 늘어나는 세태를 어찌해야 좋을지 가늠할 수 없어 더욱 안타깝습니다. 취업을 해서 경제생활을 하고 있는 젊은이들조차 결혼의 충분조건을 확보한 뒤에 결혼해야 한다는 인식 탓에 한국의 인구 정책은 빨간불이 켜졌습니다. 아이의 울음소리가 끊어진 마을이 점점 늘어나고 있습니다. 이런 사회가 과연 희망이 있는 사회일까요? 서로 질문을 하고 장시간 토론해야 할 문제라고 봅니다.

젊은 아빠들은 어깨에 가족들의 경제적인 문제를 책임지고 동분서주 정신없이 뛰고 있습니다. 경제력도 좋고 일도 좋지만 행복한 가정을 만들 수 있는 균형 잡힌 사회에 대한 준비를 해야 합니다. 어느 토론 자리에서 어떤 여성분이 한 대기업을 결혼 대상자 기피 기업이라고 하기에 그 이유를 물었더니 별 보고 출근해서 별 보고 퇴근해서 그렇다더군요.

얼마 전 대기업에 다니고 있는 젊은이를 만나 이야기를 나누었는데, 가슴이 답답했습니다. 남들이 부러워하는 직장을 다니고 있는 젊은이 입에서 이민을 고민하고 있다는 말에 한동안 어리둥절했습니다. 가족들과 단란한 시간을 보낼 수 없는 상황에다 회사에서 업무나 인간관계에서 받는 스트레스가 상상을 초월한다고 했습니다. 오랜 시간 옆에서 같이 근무하던 선배들이 공정한 룰이 아닌 방식으로 회사 밖으로 밀려가는 것을 보며 본인의 미래라는 생각 때문에 불안해서 업무에 진심을 갖고 집중할 수 없다고 합니다. 힘을 가진 사람에게 잘 보여야 살아남을 수 있는 기업의 미래는 과연 어떻게 될까요?

아이들을 키우고 있는 대부분 가정에서는 아이들의 교육비 비중이 가장 클 것입니다. 좋은 대학에 들어가고 전문직에 종사하기 위해 마음껏 뛰어 놀아야 할 어린이들조차 빡빡한 스케쥴에 시달립니다. 세상은 예측할 수 없을 정도로 변하고 있는데 오랜 기간 똑같은 방법으로 아이들을 몰아가고 있습니다. 아이들의 교육비를 대야 하는 역사적 사명을 지닌 아빠들의 등골이 휩니다.

자녀가 잘되면 모든 일이 해결될 것이라 생각하고 교육비에 거의 모든 재산을 바친 부모들은 나이 들어 설 자리를 잃습니다. 자녀들의 독립 시기가 점점 늦어지고 있습니다. 30세가 되어도 취업이 안 된 자녀들은 부모에게 용돈을 타갑니다. 캥거루족이란 말이 우스갯소리가 아닙니다. 은퇴 준비가 안 된 부모와 독립할 수 없는 자녀가 한 지붕 아래 있을 때 어떤 상황이 벌어질지 뻔합니다. 건강이 좋지 않은 부모와 독립이 안 된 자녀들 사이에서 이러지도 저러지도 못하는 아빠들이 너무 애처롭습니다.

윤영선 어려운 질문이네요. 우선 쉽지 않다고 말하고 싶어요, 아빠고 자식이고 모두 행복하기 쉽지 않은 사회가 되었다고 생각해요. 앞서 말한 것처럼 경제가 저성장 시대로 진입했잖아요. 다시 과거와 같은 고도성장 사회로 돌아가기가 쉽지 않을 겁니다. 한마디로 경제적으로 크게 희망이 없는 사회가 되어버린 거죠. 경제에서 희망과 행복을 찾는 시대는 지나가고 있습니다.

그러나 저성장 사회가 되었다고 곧바로 불행할 것이라고 말하고 싶지는 않아요. 그것은 우리의 고정관념일 뿐이죠. 수많은 나라의 사례를 보더라도 그 나라의 경제적 수준과 국민의 행복도는 상관관계가 높지 않다고 하잖아요. 어느 경제 서적을 보니 1인당 국민소득이 1만 5,000달러를 넘어서면 그다음부터는 더 많은 소득이 국민들의 행복에 별 긍정적인 영향을 미치지 않는다 하더군요. 지금 우리나라는 3만 달러에 육박하고 있으니 이미 경제 성장이 국민의 행복에 도움이 되는 단계를 넘어서버린 거죠. 그럼에도 모두들 그 힘든 성장을 위해 온몸을 불사르고 있으니 오히려 행복은 더 멀어지는 거 아닌가 생각해요. 물론 성장은 계속해야죠. 그러나 지금과 같이 피와 땀만을 짜내는 방식으로는 불가능하고 의미도 없습니다. 경제 양극화를 심화시키는 그런 방식의 성장은 1퍼센트 계층만 행복해지는 사회를 만들 뿐입니다. 어떻게 해야 할까요? 발상을 바꾸어야죠. 지금까지의 생각을 완전히

저성장 사회가 되었다고 곧바로 불행할 것이라고 말하고 싶지는 않아요. 수많은 나라의 사례를 보더라도 경제적 수준과 국민들의 행복도는 크게 상관관계가 높지 않다고 하잖아요. -윤영선

바꾸어야 진짜 행복한 아빠의 사회가 될 수 있습니다.

윤석윤 저도 부정적이에요. 아빠가 행복하기는 점점 어려워질 것입니다. 박노자는 『주식회사 대한민국』에서 한국 사회를 소수의 금수저 주주와 그에 속하지 않는 대부분의 흙수저로 이루어진 사회라고 말했습니다. 전통사회에서는 주인이 최소한 머슴이나 노비들의 식량 문제를 해결해주었는데, 현 자본주의 사회에서 임금노예들의 주인인 자본은 그들의 삶을 보장하지 않는다고 말해요. 정확한 진단이지요.

한국은 현재 조세 부담률이 18퍼센트인데, OECD 국가 평균인 26퍼센트, 나아가 42퍼센트인 노르웨이 수준까지도 올려야 합니다. 그 돈으로 GNP 대비 10퍼센트 수준인 사회복지 지출을 OECD 평균인 21퍼센트까지 올리는 것은 '기술적으로' 어려운 문제가 아니에요. 하지만 세금을 많이 거두면 조세 저항이 심할 수밖에 없어요. 박노자는 대한민국의 기본적 구조와 지배자들의 전략, 그들이 선호하는 정책, 그리고 그에 맞서는 민중의 저항이

변수라고 말합니다. 이명박 정부나 박근혜 정부에서도 개인의 세금은 올렸지만 기업 세금을 올리는 것에는 부정적이잖아요.

지금까지 '성장이 우선이냐, 분배가 우선이냐' 문제를 가지고 다투었어요. 파이를 키워서 더 크게 나눠먹자는 논리가 대세였지요. 최근에야 그 기조가 조금 변하고 있지만 앞서 말씀드린 수치를 보면 대한민국의 민낯을 확인할 수 있잖아요. 박노자는 IMF 사태 이후 한국은 소수의 주주들을 위한 신자유주의적 '주식회사형' 국가가 되었다고 주장해요. 하지만 대부분의 국민들은 주식회사 대한민국의 주주가 아닙니다. 결국 국가의 역할이 중요한 것이죠. 북유럽 국가들도 수십 년에 걸쳐서 사회복지 제도를 정착시켰으니까요.

한기호 그러면 아빠가 행복해지기 위해서는 어떤 노력부터 기울여야 할까요?

최병일 과연 아빠들도 행복해하는 세상이 올 수 있을까요? 그런 세상이 온다면 그 시기는 언제쯤일까요? 아무리 머리를 쥐어짜도 구체적인 생각이 떠오르지 않습니다. 아빠들도 행복한 세상이 살 만한 세상입니다. 그러나 행복한 세상은 누군가로부터 선물처럼 받을 수 있는 것이 아닙니다. 행복은 여러 가지 조건이 균형을 이룰 때 찾아옵니다.

먼저 아빠들이 가치 있는 일에 우선순위를 정할 필요가 있습니다.『우리가 만나야 할 미래』란 책을 보면 스웨덴의 총리 후보 1순위에 오른 사람이 아이와 함께 시간을 보내기 위해 정중하게 총리 자리를 거절한 내용이 나옵니다. 아이의 어린 시절은 시간이 지나면 다시 올 수 없기 때문에 그 시기 만큼은 아이와 보내야 한다는 주장이 큰 울림이 있었습니다. 영국에서 아빠들이 아이와 함께 도서관에서 책을 읽어주는 프로그램에 참여하여 행복하게 시간을 보내는 영상을 보고 많은 생각을 하게 되었습니다. 어떻게 되겠지 하는 막연한 기대는 금물입니다. 가족과의 관계를 소중하게 생각하고 함께하는 행복한 추억을 만들어가야 합니다. 남는 것은 가족뿐이라는 생각을 젊었을 때부터 해야 합니다.

본인의 삶을 점검해보고 행복한 미래를 향해 나아가기 위해서는 독서를 해야 합니다. 건강한 육체를 위한 양질의 음식이 필요하듯 마음 건강을 위한 양식도 필요한데, 그것이 바로 책입니다. 책을 읽고 토론까지 하면 금상첨화입니다. 토론하는 모임에 가면 그동안 만났던 사람들과 많이 다른 사람들이 있습니다. 처음에는 낯설죠. 시간이 지나면 더 나은 삶을 위해 시간을 아껴가며 노력하고 있는 이들의 모습이 참 경이롭게 느껴질 겁니다. 직업도 다양하고 남녀노소도 초월한 신세계가 열리는 거죠. 이런 사람들과 책을 읽고 생각을 나누다보면 서서히 변화되는 자신의 모습을 곧 발견하게 됩니다. "하버드 대학이 의학과 과학으로 증명해낸 인간관계의 비밀!"이란 부제를 달고 출간한『행복은 전염된다 *Connected*』에서는 누구와 인간관계를 맺고 있느냐가 행복의 열쇠 가장 중요한 것은 바로 나입니다. 다음이 너고 그다음이 우리입니다. 나를 어떻게 사랑하고 보살피며 살 것인가를 고민해볼 때입니다. 다른 사람의 시선에 얽매여 살면 불행의 씨앗이 됩니다. -최병일

라고 합니다.

아빠가 가정의 중심에 서려면 큰 목소리와 경제력만으로는 안 됩니다. 자녀들에게 존경받는 아빠가 되어야 합니다. 가정에서 아빠는 어렸을 때부터 하나에서 열까지 자녀에게 모든 것을 보여줄 수밖에 없습니다. 아이들의 머릿속에는 아빠의 모든 삶이 아빠라는 이름의 폴더에 저장되어 있습니다. 인간은 기억되는 사람에게 각각의 감정 계좌를 갖고 있습니다. 처음 만나 지금까지 플러스 계좌와 마이너스 계좌가 교차하며 행복과 불행이라는 결과물을 내놓습니다. 과거는 돌이킬 수 없습니다. 지금부터라도 행복이라는 결과물이 나올 수 있도록 작은 노력이라도 해야 합니다.

가장 중요한 것은 바로 나입니다. 다음이 너고 그다음이 우리입니다. 나를 어떻게 사랑하고 보살피며 살 것인가를 고민해볼 때입니다. 다른 사람의 시선에 얽매여 살면 불행의 씨앗이 됩니다. 행복한 사람들의 공통점은 자아가 건강하다는 것입니다. 자신의 존재 가치를 충분히 인정하고 스스로를 소중하게 생각하며

사는 사람들입니다. 자! 이제 아빠들의 행복을 위해 건배를 들 시간입니다.

윤석윤 저는 먼저 '질문'을 해야 한다고 생각해요. 우리는 지금까지 '질문하는 법'을 모르고 살아왔어요. 항상 답만 생각했지요. 그러다보니 모든 것은 다 내 탓, 개인적 책임이 되는 것이지요. 현직 교사인 황주환이 쓴 『왜 학교는 질문을 가르치지 않는가』는 질문의 중요성을 말해요. 초년 교사 시절 학교를 자퇴하려는 여학생이 있었는데, 설득하지 못해 자퇴하고 말았다고 해요. 그는 세월이 지난 후 그 고민 때문에 '질문'을 시작했다고 해요. "그 아이에게 학교는 어떤 곳이었을까?" "가난과 절망으로 무기력에 빠진 아이에게 학교는 돌아올 만한 곳이었을까?" 자신이 학교에서 배운 것은 '노예의 품성'이었고, 교사가 된 그가 학생들을 또 다른 노예로 제작하고 있었다고 고백합니다. 고통의 이유를 알면 벗어날 길이 생깁니다. 중요한 것은 자신의 언어로 고통에 대해 정확하게 묻는 것이지요. "물음이 정확하면 답도 정확하다"는 황 교사의 주장이 문제의 핵심을 꿰뚫고 있어요. 세상을 바꾸는 것은 질문이지요.

"아빠가 행복해지려면 어떻게 해야 하나?" 질문을 했으면 답을 찾아야죠. 답을 찾는 과정이 '공부'라고 생각합니다. 한국 사회는 상위 10퍼센트가 전체 소득의 50퍼센트를 소유하고 있어요. 하위 70퍼센트는 전체 소득의 10퍼센트만을 차지할 뿐이죠. 이런 현실이 불공평하다고 생각하지 않나요? 정규직은 평균 283만 원을 받지만 똑같은 일을 하는 비정규직은 151만 원을 받습니다. 이런 현실에 분노해야 하지 않을까요? 현실을 바로 알고 답을 찾아야 해요. 저는 책을 읽고 토론하는 것을 제안해요. 독일 프랑크푸르트 대학교 철학과 교수인 악셀 호네스는 『사회주의 재발명*Die Idee des Sozialismus*』에서 '새로운 사회주의'를 대안으로 제시해요. 카를 마르크스Karl Heinrich Marx, 1818~1883처럼 프롤레타리아 혁명과 생산 수단의 사적 소유 철폐, 중앙집권적 계획경제를 주장하자는 게 아니에요. 사회 전 영역에서 발생하는 불의와 불평등, 억압과 지배, 무시와 차별을 함께 해결하려는 민주적 협력을 주장하지요. 미국 대선에서 돌풍을 일으켰던 민주당 후보인 버니 샌더스가 바로 그런 사회주의자이지요.

그러기 위해선 시민이 연대하고 행동해야 합니다. 함께 공부하며 함께 행동해야 하죠. 이제 자본 권력은 무소불위로 국경을 초월하고 있어요. 임금이 더 싼 곳을 찾아 공장을 쉽게 옮깁니다. 노동력을 일회용 부품처럼 사용하다 버리지요. 공공 부분을 민영화해야 한다고 주장하면서 우리의 자유를 빼앗으려 합니다. 우리는 자신의 생존권을 위해 '분노'할 줄 알아야 하고, '투쟁'할 수 있어야 합니다. '저항하라' '분노하라'를 외친 월가의 함성이 바로 그런 것 아닐까요? 일본 게이오기주쿠 대학 오구마 에이지小熊英二 교수는 『사회를 바꾸려면社會を變えるには』에서 '아무것도 하지 않는 것보다 뭔가를 하는 것이 낫다'며 행동하기를 촉구합니다. 세

한국 사회는 상위 10퍼센트가 전체 소득의 50퍼센트를 소유하고 있어요. 하위 70퍼센트는 전체 소득의 10퍼센트만을 차지할 뿐이죠. 이런 현실에 분노해야 하지 않을까요?

-윤석윤

상은 저절로 좋아지지 않는다고 말하는 그는 원전 반대 운동을 하면서 '데모'를 강조합니다. 대의민주주의를 한계를 돌파하는 행동하는 직접민주주의가 필요하다는 것이지요. 세상을 바꾸기 위해 함께 공부하고, 연대하며 행동해야 합니다.

윤영선 저는 사회나 국가가 아니라 자기 자신을 믿으라고 말하고 싶어요. 나라가 우리 아빠들을 위해 해줄 것은 별로 없습니다. 오히려 내가 바뀌어야 사회와 나라를 바꿀 수 있습니다. 그런 사람들의 힘이 쌓일 때 세상을 행복한 장소로 바꿀 수 있습니다.

자기 자신을 믿으려면 어떻게 해야 할까요? 지금까지 믿어왔던 생각을 바꾸는 거죠. 즉 고정관념을 걷어내고 새로운 발상을 하는 겁니다. 무엇보다 현실을 있는 그대로 직시하는 눈을 가져야 합니다. 경영학에 '스톡데일 패러독스stockdale paradox'란 말이 있습니다. 그저 모든 게 잘될 거라는 막연한 생각을 갖지 말라는 말이죠. 현실을 냉혹하게 직시하면서 그 가운데 희망을 잃지 말고 찾아가라는 뜻입니다. 여기서는 자기 자신이 가장 중요합니다. 먼저 자기 자신을 돌아보고 진정으로 무엇을 하며 살고 싶은지를 생각해보아야 하죠. 그리고 지금 우리 세대에게 부족한 감성 능력을 더 많이 키우라고 말하고 싶어요. 그러면 점점 세상이 달리 보일 거라는 생각이 들어요, 더 많은 기회를 얻을 수도 있고요. 많지는 않지만 돈도 따라올 거라 생각해요. 그런 에너지들이 모이면 큰 힘이 되어 사회를 변화시킬 수 있습니다.

한기호 세 분을 만날 때마다 느끼는 것이 너무 행복해 보인다는 것입니다. 저는 세 분이 너무 부럽습니다. 정말 행복하신가요?

윤영선 저는 이렇게 표현하고 싶네요. Definitely yes! 제가 나라는 존재를 의식하기 시작했을 때부터 지금까지를 통틀어 직장 은퇴 이후의 지난 1년 반 동안이 가장 행복한 시기였던 것 같아요. 이건 단연코 이야기할 수 있어요. 내가 하고 싶은 것을 하며 살아가고 있으니까요.

돌이켜보면 저는 남과 경쟁하는 일을 잘 못하는 것 같아요. 그냥 제가 좋아서 스스로 즐기며 하는 일이 좋아요. 그렇게 하는 일이 오히려 더 성과를 잘 내는 것 같아요. 요즘 하는 공부가 바로 그런 일이죠. 학창 시절 이후 직장 생활 내내 남과 경쟁하면서 일을 해서 그런지 그렇게 행복하지 않았던 것 같아요. 그런데 은퇴하고 나서 그것을 떨쳐낼 수 있게 되었죠. 더 이상 남과 경쟁할 이유가 없고 오로지 내가 좋아하는 것을 즐기면 되는 거죠. 지금이 바로 그렇죠. 그래서 행복해요. 그 덕분에 별로 지치지도 않아요. 독서와 관련된 공부라면 아마 죽을 때까지 할 수 있을 것 같아요. 더 바랄 게 없어요. 최고의 행복입니다.

윤석윤 저도 이보다 더 좋을 순 없죠. 『대학大學』에 '구일신 일일신 우일신苟日新 日日新 又日新'이라는 말이 있습니다. 진실로 날마다 새로워지면, 나날이 새로워지고 또 날로 새로워진다는 말이죠. 매일 내가 좋아하는 일을 하고 있으니까 즐겁고 행복합니다. 공부하기 좋아하는 사람들, 책을 좋아하는 사람들과 토론하고 글을 쓰니 즐겁고 행복해요. 앞으로도 계속 해나가겠다는 생각을 합니다.

최병일 저는 첫째로 배움의 행복이 큽니다. 저는 다섯 가지를 꾸준히 하고 있는데요. 하나는 온라인 토론입니다. 1년 6개월 이상 배우고 있지요. 거기서 오는 즐거움이 커요. 또 하나는 천자 칼럼입니다. 그것도 배우면 배울수록 매력을 느낍니다. 『비폭력 대화』 연습 모임에서도 굉장히 많은 도움을 받습니다. 사람을 이해하는 데 그것보다 좋은 것은 없거든요. 내면에 있는 상처를 거기서는 다 주고받으니까요. '함께 걷기' 4기로 100일 동안 매일 10킬로미터를 걷고 있습니다. 혼자 걸을 때는 지속적으로 걷기가 힘듭니다. 마지막으로 독서토론입니다. 이 다섯 가지를 꾸준히 하고 있습니다. 이처럼 배움의 끈을 놓지 않으려고 해요. 한 과정이 끝나면 다른 과정을 배우면서, 행복감을 느끼고 싶어요.

가르치는 기쁨도 생각보다 큽니다. 독서토론 입문 과정도 너무 행복합니다. 늘 새로운 사람들과 만나서 토론을 하는 게 매력 있거든요. 자서전 쓰기 지도 같은 것도, 경제적으로는 큰 도움이 되지는 않지만 얻는 것이 커요. 가르치면서 배우는 즐거움이죠.

그동안은 제가 혼자 행복했다면 이제는 가족과 함께 행복해지는 단계에 들어왔죠. 예전에 아이들에게 "독서토론 해봐라" 이런 얘기를 하면 아이들이 그 중요성이나 맛을 모르니 그냥 지나쳤어요. 큰딸은 리더 과정까지는 했지만 지금은 아기 키우느라 못하고 있어요. 지금은 가족 간에 대화가 됩니다. 책을 사이에 두고 대화가 된다는 것. 이런 것들이 정말 행복이라는 걸 알게 되었어요.

가족 간에 소통이 된다는 것이 얼마나 큰 행복인지를 요즘 실감해요. 토론의 기회가 늘어나면 늘어날수록 사이가 더 끈끈해지고 자부심도 생기는 것 같아요. '토론하는 가족'이라는 긍지가 생기죠. 많은 분들이 주위에서 어떻게 그렇게 할 수 있냐고 물어보는데, 저는 그동안 d쌓인 신뢰가 이런 결과를 만들었다고 봅니다.

윤영선 방금 배우는 것과 가르치는 것의 균형에 대해 말씀하셨잖아요. 이 나이에 남들을 가르치고, 글을 쓰고, 그것을 통해서 돈을 버니 성취감이 있지요. 그런데 저는 성격 탓인지 몰라도, 은퇴 이후에도 꾸준히 배우는 활동을 하고 있다는 사실에서 더 큰 행복감을 느낍니다. 죽는 날까지 배움의 끈을 놓지 않을 생각입니다. 끊임없이 공부하려고 하는 욕구가 제 행복의 원천인 것 같아요. 돈은 좀 들어도 이 끈을 놓지 않을 겁니다. 공부하는 데 드는 돈은 벌면서 할 수 있으니 크게 걱정되지 않아요.

‘마처세대’의 불안

한기호 현재 우리 사회는 총체적 불안에 시달리고 있습니다. 기업과 가족과 개인이 모두 불안합니다. 특히 청소년, 대학생, 청년 들이 매우 불안합니다. 주변 분들은 불안해하지 않던가요?

윤영선 우리 세대 사람들은 다 마음속에 불안을 느끼며 살고 있습니다. 지난 연말 초등학교 시절의 가까웠던 친구들 몇 명과 40여 년 만에 부산 해운대에서 1박 2일 모임을 가졌습니다. 그중 대학교수를 하다가 명예퇴직을 한 친구가 앞으로 1년에 한 번씩 만나자면서 느닷없이 “내년에 만날 때는 ‘나쁜 사람’이 되어 모이자”는 거예요. 농담처럼 하는 말을 자세히 들어보니까 지금까지 자신은 너무 착한 사람으로 살아왔고, 그것 때문에 후회가 많다는 겁니다. 초등학교 때 정말 겁도 많고 착했던 그 친구는 착한 천성 때문에 사회생활을 너무 힘들게 했다고 이야기하더군요. 한창 때인 40대에 건강을 해쳐 죽음 직전까지 갔었고 직장도 휴직한 적이 있다고 했어요. 착한 사람으로 살려다보니 자기 자신을 버리고 사회가 요구하는 것, 사회가 자기에게 바라는 것에만 맞춰 살아왔다는 거예요. 은유적으로 표현한 그 친구의 말에 공감하지 않을 수 없었습니다.

친구의 얘기는 한마디로 이제부터라도 자기 삶을 찾자는 거죠. 아마 베이비붐 세대가 불안해했던 데는 여러 이유가 있겠지만, 그 중에서도 특히 사회에서 성공하고 인정받아야 한다는 압박감이 가장 크지 않았나 싶습니다. 국가나 사회로부터 주입받은 도덕이나 규범의 부담도 컸고요. 그런 압박감 속에서 진정한 자기를 잃어버리고 살아온 것이 우리 세대의 진짜 문제라 생각합니다.

최병일 『비폭력 대화』는 세 가지 관계를 얘기합니다. 첫째는 노예 관계입니다. 남의 모든 것에 자신을 맞추는 것이죠. 다음은 얄미운 관계입니다. 상대방을 무시하고 자기 좋은 것만 하는 관계죠. 마지막으로 해방 관계입니다. 상호간에 주고받는 단계죠. 저는 그분의 얘기가 충분히 이해가 되네요. 지금까지는 노예 관계였다면 그 사슬을 끊고 독립적인 삶을 살아야 하죠.

윤영선 예순이 되니까 그런 말들을 이해하게 되는 거죠. 그러고 난 후 여든, 아흔까지 살면 인생이 달라지는 거죠.

윤석윤 서울의 '한 도서관 한 책 읽기' 선정 도서에 『애완의 시대』라는 책이 있습니다. 길들여진 어른들의 나라, 대한민국의 자화상을 그리고 있죠. 부모 세대는 산업화 시대에 조국의 근대화 역군임에 자부심을 느끼며 자기를 돌아볼 틈도 없이 열심히 일했어요. 자신을 성찰할 틈도 없이 다른 사람의 기준에 맞춰서 살아왔어요. 라캉의 말처럼 '타인의 욕망을 욕망'하면서 살아온 거죠. 그런데 그것이 문제가 된 것이지요.

자식들에게도 "공부만 열심히 하면 된다"고 교육했어요. 공부만 하면 모든 게 해결된다고 생각한 거죠. 그런 교육을 받고 자란 자식 세대는 주체적이지도 자율적이지도 못해요. 달라진 시대에 정서적 지체와 정신적 미숙함으로 현실 부적응자가 되고 있어요. 이 책은 길들여진 어른과 자식의 문제점을 예리하게 지적하고 있어요. 1980년대의 상황과 2000년대의 상황은 완전히 다르죠. 지금은 컴퓨터와 인터넷에게 사람들의 일자리를 빼앗기는 시대입니다. '알파고'가 지배하는 시대가 된 거죠.

개인 문제뿐 아니라 사회 문제에 대해서도 심각하게 생각해야 합니다. "나만 열심히 하면 된다"는 산업화 시대의 자기계발적 사고로는 지금의 문제를 해결할 수 없습니다. 기성세대로서 젊은 세대에게 좋은 환경을 만들어주지 못한 것을 미안해해야 합니다. 취업 준비생으로 살고 있는 그들의 모습을 보면 안타깝고 가슴 아프죠.

베이비붐 세대의 불안에는 사회에서 성공하고 인정받아야 한다는 압박감이 가장 크게 자리 잡고 있습니다. 그런 압박감 속에서 진정한 자기를 잃어버리고 살아온 것이죠. -윤영선

최병일 언젠가 대기업에 다니는 사람들을 만난 적이 있습니다. 토론에서 만난 여성들이 남편을 만나달라고 하더군요. 자기는 남편에게 어떤 얘기도 해줄 수 없다고요. 그래서 (그들의 남편들을) 만났죠. 그중 한 명은 대기업의 차장이었어요. 만나보니까 "왜 내가 이 일을 해야 하지?"라는 딜레마에 빠져 있더라고요. 월급은 받는데 도살장에 끌려가는 기분이라는 거죠. "다람쥐 쳇바퀴 돌 듯 하는 일이 내 삶에 어떤 의미가 있는가?" 이런 회의가 와서 굉장히 오랫동안 고민하고 있더군요. 이러지도 못하고, 저러지도 못하는 상황에 놓인 것이죠. 스트레스의 강도가 우리가 생각하는 수준을 넘어선 것 같았습니다. 속으로 병들고 피폐해진 상태였죠.

그다음은 30대 초반의 입사 7년 차 대리를 만났습니다. 한국 최고의 회사에 들어갔는데도 젊은이의 패기 같은 게 전혀 없어요. 짓눌려 있다고 할까요? 그래서 탈출을 하려고 아버지에게 얘기했는데, 부모님은 절대 사표는 내지 말라고 한대요. 하지만 정작 본인은 "결혼해서 부인과 아이까지 있는데 어떻게 해야 하나?" 고민하는 상태인 거죠.

두 사람에게 제가 해줄 수 있는 게 뭐가 있겠어요? 책을 읽고 토론에 참여할 수 있도록 안내했어요. 놀라운 사실은 두 사람 다 책을 읽고 토론하면서 삶에 대한 의욕의 불씨가 살아나기 시작했다는 겁니다. 많은 사람들이 부러워했던 사람들조차도 불안의 늪에서 허우적거리고 있음을 확인했습니다. 이처럼 우리 주위에 많은 분들이 불안에 대한 대안을 못 찾고 있어요.

윤석윤 제가 한 가지 경험을 덧붙일게요. 얼마 전에 대기업 계열사에 가서 독서토론을 진행한 적이 있습니다. 사서 선생님 한 분이 남편 회사에 가서 토론을 해줄 수 있냐고 부탁해서 하게 된 것이죠. 그분 남편이 부서장이었어요. 보통 대기업 직원이면 실력이 있다고 생각하잖아요. 하지만 현실은 그게 아니었어요. 인문서나 소설 등을 읽고 토론했는데 독서력도 약하고 사고력도 깊지 않았어요. 책도 별로 읽지 않았더라고요. 목표에 맞춰 실적을 내야 하니까 밤낮없이 뛰고 있지만 정작 자기 삶은 준비하지 못하고 있었죠. 그분들이 커다란 기계의 부품처럼 보여서 안타까웠습니다.

'우리나라 대기업 직원들의 인문학 수준이 이 정도인가'라는 의문이 들었습니다. 몇 해 전에 신문에서 직장인을 대상으로 '중산층'에 대한 설문조사 기사를 본 적이 있습니다. 직장인들의 답변은 모두 돈과 관련이 있어요. '월 500만 원 이상 수입, 현금 1억 원 이상의 저축, 대출이 없는 30평 이상의 아파트, 2000cc 이상 중형차, 1년에 한 번 이상의 해외 여행' 등이었어요.

반면 프랑스 사람들은 '외국어 말하기, 스포츠 즐기기, 악기 연주하기, 요리하기, 약자를 돕는 삶'이라고 답변했습니다. 우리와 기준 차이가 확연히 드러났어요. 우리가 얼마나 돈에 찌들어 살고 있는지 알 수 있었습니다. 박정희 시대의 '잘살아보세' 정신이 아직까지 우리의 생각을 지배하는 게 아닐까 합니다. 프랑스는 사회보장제도와 사회적 인프라가 한국에 비해 월등히 나은 나라라고 둘러댈 수 있겠지만, 안타까운 현실이에요. 취업을 못한 사람은 못해서 불안하고, 직장에 있는 사람들은 언제 잘릴까 전전긍긍하면서 불안해하고 있어요.

기업도 마찬가지에요. 신입 사원이 회사에서 잘 적응하기를 바라지만 현실은 그렇지 못해요. 신문 기사에 따르면, 신입사원 중 25퍼센트가 입사 후 2년 내에 그만둔다고 합니다. 적성에 안 맞는다고 하면서 관둔대요. 일은 자신의 이상을 실현하는 도구잖아요? 그렇게 되지는 못하더라도 그 일을 가치 있게 생각하는 것이 필요한데요. 취업할 때는 "일단 들어가고 보자" 하는 마음으로 들어가는 거죠. 하지만 막상 들어가서 보니 자신이 상상했던 것과 다르니까 쉽게 퇴사하게 되는 거죠. 기업이 투자해서 교육시켜 놓았는데 퇴사해버리니 기업대로 고민인 것이죠. 하지만 이런 이야기에 더 상처를 받는 수많은 젊은이들이 있어요. 이들은 그런 이야기에 더욱 불안하고 좌절하게 되죠.

한기호 역시 많은 사람들이 불안해하는군요. 불안의 원인부터 알아야 대안을 세울 수 있을 텐데요, 그런 면에서 불안을 극복하고 행복한 삶을 영위하시는 세 분의 경험이 중요할 것 같아요.

윤석윤 최은미의 소설 『너무 아름다운 꿈』에는 지옥에 대해서 설명하는 부분이 있어요. 지옥은 "천지 사방이 꽉 막혀 빠져나갈 기약이 없는 곳"이래요. 아주 적확한 표현인데요. '불안'한 상태가 곧 지옥의 상황 같아요. 내일이 보이지 않고, 아무것도 할 수 없는 무기력한 상태라고 할 수 있겠죠. 그런 상태가 바로 불안의 시작 아닐까 합니다.

우리 삶도 마찬가지라고 생각해요. 제 경우 고등학교와 대학교 입학 시험에서 낙방했어요. 고등학교 입학 시험에서 불합격했을 때 처음으로 자살을 생각했어요. 정말 창피하더라고요. 중학교 시절 짝꿍은 광주일고에 들어갔어요. 초등학교부터 친했던 친구는 서울고등학교에 합격했죠. 명문고들이지요. 그런데 저는 떨어진 거예요. 대학 시험도 실패했어요. 제가 원하는 학과는 철학과였는데 부모님은 공대가 아니면 안 된다고 하셔서 결국 공대 건축과에 지원했다가 떨어져서 수산계 대학에 가는 계기가 되었죠. 스스로 경제적으로 독립하려고요.

입시가 초년에 만난 불안과 위기였다면, 중년의 위기는 다니던 회사가 도산한 40대 때 찾아왔습니다. 그전에 작은형이 하던 사업이 부도나는 바람에 온 형제가 타격을 받았거든요. 설상가상이라고 어려움이 동시에 오더라고요. 그처럼 어찌할 수 없는 상황,

지옥 같은 상황이 불안한 상태라고 생각해요.

윤영선 윤석윤 선생님 얘기를 들으니까 저도 학창 시절 생각이 나네요. 저는 중학교 입학 시험에 네 번이나 떨어졌어요.(웃음) 제 고향은 경상남도 밀양인데, 중학교 때부터 공부 잘하는 친구들은 부산 또는 대구로 유학을 갔었죠. 어린 나이에 객지로 유학 간 친구들이 대부분 그 뒤로 잘 풀리지 않은 것을 보면 결과적으로 저는 떨어진 게 잘된 것 같아요. 그때 입시는 문제 한두 개 틀리면 떨어지고 그랬어요. 체력장 시험도 있었는데 거기서 만점을 못 받으면 아무리 공부를 잘해도 소용이 없던 잔인한 시절이었죠. 그래서 저는 중학교를 고향 친구들보다도 한 해 늦게 들어갔습니다. 그때 심리적 위축은 말도 못했죠. 고등학교 입학 시험에서도 1차는 떨어졌는데, 웬일인지 대학 때부터 풀리더라고요. 아마 제 사주팔자 탓이 아닌가 하는 생각이 들어요. 그 이후 대학원이나 직장 입사 시험 등은 떨어지지 않았어요. 초년에 고생하면 말년 운이 좋다고 하던데. 하여튼 저는 학업과 관련하여 청소년 시절에 고생 많이 했어요.

불안은 상급 학교를 준비하는 초등학교 고학년 때 시작된 것 같아요. 그 이후 제 인생 내내 불안의 그림자가 따라 다녔던 듯해요. 직장 시절도 마찬가지고요. 학창 시절과 직장 시절 내내 무엇에 쫓기듯 불안했어요. 더 많이 돈을 벌고 남과의 경쟁에서 이겨야 하고 더 높은 곳으로 올라가야 한다는 욕심이 불안을 재촉했던 것 같습니다. 사실 불안에서 해방된 건 은퇴하고 난 이후입니다. 보통 사람들은 은퇴하고 나서 불안이 더 커진다고 하잖아요. 저는 정반대인 것 같습니다. 은퇴하고 나서 비로소 '나'를 찾은 것 같아요. 진짜 나를 알게 됐고, 내면의 욕구를 발견하고, 거기에 맞는 삶을 찾으니 불안이 없어지더라고요.

최병일 그럼 이제 불안은 끝났네요?

윤영선 네, 지금은 불안하지 않습니다. 물론 경제적 불안이 전혀 없는 건 아니지만 제가 좋아하는 공부를 하면서 그것을 상당 부분 극복하고 있습니다. 저는 솔직히 절대적 빈곤층을 제외하고는 많은 사람들이 근거 없는 경제적 불안에 시달리고 있다고 생각해요. 우리 사회에 만연한 기업과 언론의 소위 '불안 마케팅'이 지나칩니다. 우리 사회의 수많은 은퇴자들이 자신이 원하는 삶을 살지 못하고 여전히 돈의 노예로 살아가는 데는 사회가 조장하는 심리적 요인도 크다고 봅니다.

최병일 저는 연수원에 근무하고 있었는데, 외환위기가 닥치니까 교육이 확 줄더라고요. 원래 연수원에 대기업들이 많이 교육받으러 왔었는데, 어려워지니까 교육은 우선순위에서 밀렸어요. 연수생에 관계없이 고정비는 들어가야 하기 때문에 연수원 분위기가 안 좋아졌어요. 연수생이 차고 넘칠 때는 활기에 넘치더니 연수생이 안 들어오니 썰렁해져서 다들 눈치만 보고 있는 거예요. 그래서 저는 자청해서 가장 먼저 퇴직을 결정했습니다. 연수원 부담을 줄여줄 요량으로 몇 사람의 취업까지 알선해줬죠.

갑자기 연수원을 나온 뒤 가장 걱정된 것은 아이들 교육 문제였어요. 애들이 아직 학생인데 어떻게 잘 키울 수 있을까 걱정스러웠죠. 그리고 전세를 살았는데 경매가 들어와서 한참 애를 먹었어요.

게다가 무슨 배짱이었는지 자존심 상해서 실업급여 신청도 안 했어요. 그러다보니 또 건강에 문제가 오더라고요. 안면 마비도 왔어요. 설상가상으로 여러 악재가 겹치더라고요. 제 성격이 워낙 낙천적이라 문제에 골몰하거나 걱정하지 않고, 침도 맞으러 다니고 운동도 열심히 한 덕분에 겨우 해결되었어요.

아까 윤영선 선생님도 말씀하셨듯이 요즘 저도 불안하지 않아요. 어떤 경우가 와도 그렇게 막 불안하게 느껴지지 않거든요. 그동안 책을 읽었던 덕분에 면역력이 강해졌다고 할까요? 오히려 더 희망적으로 보이면 보였지 불안하다거나 하는 마음은 거의 없어졌어요.

한기호 지금 느끼고 있는 불안의 정체를 구체적으로 말씀해주시죠.

윤석윤 알랭 드 보통Alain de Botton, 1969~은 『불안*Status Anxiety*』에서 현대인들이 갖고 있는 불안의 원인을 '속물근성, 기대, 능력주의,

불확실성' 때문이라고 말하더군요. 사람들은 항상 자신에 대해 기대감을 갖잖아요. 그런 기대감에는 '오늘보다 내일이 더 나아질 것이다' '꿈을 이룰 것이다' 등 여러 가지가 있을 겁니다. 그것이 불확실성으로 나타나게 되는 거죠. 게다가 그런 기대는 사람을 서로 비교하는 능력주의로 몰고간다고 해요. 철학자 한병철은 『피로사회』에서 사람들이 '스스로 뛰는 말'이 되어 자기 착취를 하고 있다고 말해요. 현대인은 피로사회에서 스스로 피해자이면서 가해자가 된다는 얘기지요. 신자유주의 체제는 개인이 모든 것을 책임지게 하니까요.

학생일 때의 불안은 시험, 입시, 친구 관계 같은 것이었죠. 나머지 부분은 부모가 책임을 져주니까요. 성인이 된 후에는 모든 게 자기 책임이잖아요. 경제적인 면과 같은 현실적인 것이 가장 시급한 문제이고요. 내 몫을 제대로 하고 있는지 의구심이 들면서 불안감에 휩싸이게 되지요. 저는 회사가 부도나면서 불안의 강도가 커졌죠. 하지만 아예 사회생활을 출발조차 못하는 요즘 젊은이들은 얼마나 불안하겠어요. 그런 면에서 젊은이들의 불안감이 이해가 되요.

윤영선 저는 은퇴하면 더 불안해질 거라고 생각했어요. 그 불안의 정체는 무엇일까 많이 고민했죠. 퇴임식을 할 때 직원들 앞에서 얘기했습니다. "나를 지금까지 불안으로 몰아넣은 것은 두 가지다. 앞으로는 이 두 가지에 끌려 다니지 않겠다"고 선언했죠. 하나

책을 읽고 토론하는 공부를 실천하고 있기 때문에 저는 지금 불안에서 벗어나 행복감을 느끼고 있습니다. 책과 함께하는 공부가 저의 오랜 생각을 바꾸는 데 결정적인 기여를 했습니다. -윤영선

는 돈이었어요. 돈이 없으면 불안하죠. '앞으로 월급도 끊어질 텐데 어떻게 먹고살아야 하지' 하는 불안입니다. 그다음으로 나를 끊임없이 불안하게 만든 것은 '남으로부터 인정받아야 한다는 욕구'였어요. 남이 나를 인정해주지 않으면 불안하고, 반대로 남으로부터 인정받으면 나의 존재감이 커지죠.

돈이 어느 정도는 필요하겠지만 돈이 절대로 내 인생의 중심이 되도록 만들지 않겠다고 말했어요. 은퇴하고 나서도 모든 가치판단을 돈 중심으로 한다면 나의 불안은 더 커질 것이라 생각했던 거죠. 그래서 돈에 지나치게 끌려다니지 않을 것이라고 선언한 것입니다. 그다음으로 남한테 인정받으려는 욕구를 버릴 것이라고도 했죠. 자유를 얻었으므로 남에게 인정받는 것에 매달리지 않을 것이라는 의미입니다.

이 두 가지를 물리칠 수 있게 만든 것이 저에겐 책이고 공부입니다. 책을 읽고 사람들과 토론하는 공부를 꾸준히 실천하고 있기 때문에 저는 지금 이 두 불안에서 벗어나 행복감을 느끼는 것이 아닌가 생각해요. 책과 함께하는 공부가 저의 오랜 생각을 바

꾸는 데 결정적인 기여를 하고 있다고 생각해요.

윤석윤 그래도 윤영선 선생님은 운이 좋은 경우에요. 정퇴자시잖아요. 송호근 교수의 『그들은 소리 내 울지 않는다』에 등장하는 중견 건설사 부장 출신의 대리운전 기사를 생각해보세요. 대학을 졸업한 딸은 아르바이트에 나서고, 대학생 아들은 학업을 포기하고 입대합니다. '졸퇴자'가 된 아버지는 대리운전 기사로 나섭니다. 재정 절벽에 세워진 그들은 어떻습니까? 절벽 앞에 서 있는 베이비부머들은 "아픈 청춘은 그래도 행복하다"는 말을 해요. 독재에 저항했고, 산업화 역군으로 열심히 일했던 젊은 시절을 역설적으로 그리워하는 거죠.

저도 20대 때는 미래가 그리 불안하지 않았어요. 산업화 시기이기도 했지만 꿈과 희망이 있던 때이니까요. 인생에서 가장 도전적인 시기였어요. 20대의 특징 중 하나가 도전정신이잖아요. '그걸 내가 왜 못해?' 하는 마음으로 꿈을 먹던 시기였죠. 하지만 40대 중반에 들어서 졸퇴자가 되니까 망연자실했어요. 외환위기 직전에 회사가 도산했고, 제가 하던 무역일도 못하게 되니 정말 막막했어요. 오직했으면 선배인 최병일 선생님을 찾아가서 일자리를 부탁했겠어요. 절박했어요. 송호근 교수와 대화를 나눈 대리운전 기사처럼요.

과거에는 자식들 잘 키우는 게 일종의 종신보험이었죠. 그런데 지금은 우리 세대를 '마처세대'라고 표현합니다. 효도를 하는 마지막 세대, 효도를 포기하는 첫 세대라는 의미죠.

최병일 전문가들의 말에 1차 베이비부머는 부모를 모시는 마지막 세대이면서 자식들로부터 버림받는 최초의 세대라는 의미로 '마처세대'라고 부른다죠?

윤석윤 지금 우리 자식들은 단군 이래로 가장 좋은 스펙을 가지고 있어요. 그런데 갑자기 환경이 달라졌어요. 산업화 시대에는 대학 졸업장만 있으면 취직하는 데 지장이 없었어요. 그러나 지금은 좋은 스펙을 갖추고도 취직을 못합니다. 그런 상황을 부모들도 정확히 인식해야 해요.

이제 자식들은 부모보다 많이 배웠지만 능력은 뒤떨어지는 시대가 되어버렸어요. 부모보다 나쁜 근무 조건과 적은 수입으로 살아가야 해요. 이런 상황 자체를 제대로 이해해야 해요. 그런 현실 인식 없이 자기 판단을 하는 것은 불안의 근본 요인이 무엇인지 모르는 거라고 생각합니다.

공부가 맺어준 새로운 인연

한기호 누구나 인생에서 큰 불안을 맞이합니다. 세 분은 인생에서 맞이한 최대의 불안을 어떻게 극복하셨는지요?

최병일 저는 콘텐츠를 많이 준비했어요. 교육을 하는 사람들은 불러주는 사람이 있어야 하잖아요. 불러주는 사람이 없으면 아무리 내가 발버둥을 쳐도 안 되니까요. 그래서 직장을 나오자마자 교류분석을 공부했어요.

많은 사람이 불안한 상태에서 그냥 머물러 있습니다. 한 걸음 나아가기 위한 준비를 하지 않지요. 행운이라는 것은 기회에 준비를 더해야 찾아옵니다. 기회는 널려 있어요. 보통 사람에게는 평생 세 번의 기회가 온다고 하는데, 사실 세 번이 아니라 지금도 기회는 여기저기 널려 있어요.

그런데 왜 행운의 주인공이 못 될까요? 결국 준비가 되어 있지 않아서입니다. 그러니 기회를 못 잡을 수밖에요. 그런데 준비할 생각은 하지 않고 하늘에서 행운이 저절로 떨어지기만을 바라는 사람들이 의외로 많은 것 같습니다.

제가 불안을 극복한 가장 좋은 방법은 꾸준한 공부였습니다. 저를 가르쳐주신 분이 기업에서 잘 아는 분이었는데, 그분도 기업 교육이 끊어졌죠. 옛날에는 그것에 관한 노하우를 가르쳐주지 않았는데 그렇게 되니 저한테도 가르쳐주신 거죠.

그러다보니 그것이 제 콘텐츠가 됐죠. 여러 개의 콘텐츠를 준비하다 자연스럽게 교육을 하게 됐고, 꾸준히 교육할 수 있는 기회도 만들어졌죠. 오히려 직장에 있을 때보다 수입도 많아졌고 제 마음대로 쓸 수 있는 시간까지 충분해졌습니다. 그래서 틈나는 대로 더 다양한 배움과 인연을 맺을 수 있게 되었습니다.

프리랜서라는 게 이런 맛이구나 싶었어요. 만약에 직장에 있을 때보다 경제력이 떨어졌다면 불안에서 벗어날 수 없었겠죠. 여러 면에서 좋아지니까 오히려 그때가 나에게 기회였다 싶었지요. 직장에서 나오기를 정말 잘했다 생각했어요. 어떻게 보면 IMF가 고맙게도 제 인생의 전환점이 된 거죠.

윤영선 최병일 선생님과 저는 경우가 좀 다릅니다. 선생님은 IMF 직후에 은퇴하셨으니 퇴직한 후 약 18년이 지났잖아요. 그 사이에 준비도 많이 하신 다음 일을 해오시면서 프리랜서로 자리를 완전히 잡은 경우고요. 저는 이제 은퇴 2년 차에 해당되는 신참입니다. 저도 그런 꿈을 갖고는 있지만 아직 그걸 논할 단계는 아니라고 생각합니다.

아까 윤석윤 선생이 말씀하신 송호근 교수의 『그들은 소리 내 울지 않는다』에는 은퇴한 사람들에게는 경제적 불안보다 정서적·심리적 불안이 더 크다는 얘기가 나옵니다. 직장 생활을 하는 동안은 돈을 벌어온다는 이유로 가족들로부터 정서적 지지를 받아왔는데 은퇴를 하자마자 갑자기 그것이 사라져버린 거죠. 자신은 아무런 준비가 되어 있지 않은데 말입니다. 그래서 친구나 옛 동창들을 찾아다녀보지만 그런다고 심리적 위축이나 상실감은 충족되지 않죠. 그래서 송호근 교수는 은퇴자에게 가장 필요한 것이 '독립'이라고 말하더군요. 저는 거기에 전적으로 동의합니다. 가족과 사회로부터 심리적 · 정신적으로 독립을 해야 하는 거죠.

그런데 이건 무엇으로 할 수 있습니까? 공부가 바로 그 길을 안내합니다. 책을 읽고 자신을 돌아보는 성찰을 하면서 정서적·심리적 불안을 해소하고 독립할 수 있습니다. 저는 그렇게 해서 정말 효험을 보고 있습니다. 은퇴자에게 공부가 필요한 일차적인 이유는 바로 여기에 있다고 생각해요. 공부를 하다보니 "지금까지 내가 다해줬는데 이제는 가족들이 나를 거들떠보지도 않네" 하는 나약한 마음이 자연스럽게 사라지더군요.

최병일 윤영선 선생님 말씀을 듣다보니 생각나는 게 있네요. 저는 운이 좋았던 게, 그 당시 대학원을 다니고 있었어요. 대학원을 다니면서 강의 기회가 생긴 건데요. 당시 한창 IMF 즈음이다보니 창업자 과정을 대학에 맡기게 되었어요. 창업자 양성을 위해 여러 기관에서 예산을 주고 교육을 의뢰했어요. 그 당시 대학원 지도교수님이 제가 연수원에 있으니까 창업자 과정 프로그램을 함께 기획하자고 하시더라고요. 처음부터 아이디어를 주고받았어요. 자연스레 저도 강의 하나를 맡게 됐죠.

다행히 창업자들의 반응이 무척 좋았어요. 그러다보니 제 의지와 상관없이 대학원을 졸업하자마자 학부 강의를 맡아달라고 하더군요. 종종 하는 사회 강의에도 대학에서 강의를 하고 있다는 사실이 영향을 미친 덕분에 다양한 방면에서 혜택을 받을 수 있었습니다.

제가 교육을 해보니 보람이 있었어요. 교육의 도움을 받아서 긍정적인 결과가 나타나는 사람들이 있다보니 거기에서 오는 보람이 불안을 없애주었죠. 희망도 불안을 없애주는 하나의 좋은 도구가 되지만, 사람을 키워가면서 느끼는 보람도 상당히 작용한 것 같아요.

윤석윤 40대 초반인 1996년도 초에 회사의 부도로 위기가 찾아왔습니다. 자연스럽게 인간관계가 단절되더라고요. '이래서 사람들이 우울증에 걸리나 보다' 하는 생각도 했어요. 왜냐하면 자꾸 사람들이 근황을 묻는데, 설명하는 것도 한계가 있죠. 그러다보니 사람들 만나는 것을 꺼리게 돼요. 제가 위기를 극복할 수 있었던 것은 주위에 좋은 분들이 계셨기 때문입니다. 먼저, 직장생활을 하는 아내에게 고마워요. 늘 위로하고 격려해주었죠. 선배와 친구들도 찾아와서 위로해주었어요. 일본에 있는 선배도 그랬고 최병일 선생님도 그랬어요.

40대의 위기 속에서 그것을 극복하는 데 그런 분들의 위로와 공부가 긍정적으로 작용했어요. 그렇게 공부하고 책만 읽고 지냈지요. 최병일 선생님은 현실적으로 저를 도와주셨어요. 세상으로 다시 나가는 데 키맨 역할을 해주셨어요. 제가 시계 회사, 교육 회사, 화장품 회사, 마케팅 회사에서 일하게 된 것은 모두 최병일 선생님의 소개 덕분이었어요.

불안한 상태였지만 자기를 객관적으로 보게 하는 것이 공부인 것 같아요. 책을 통해서, 공부를 통해서 "이렇게 주저앉아서는 안 되지, 일어서야지, 도전해야지" 하는 생각을 갖게 되었어요. 또 미래에 대해서도 가능한 한 긍정적으로 생각을 하게 되었고, 그렇게 방황의 시간이 좀 걸렸지만 어려움을 통과해낸 거죠.

아까 최병일 선생님께서 기회는 준비하는 자의 것이라고 하셨는데요. 맞아요. 준비가 중요하지요. 말콤 글래드웰Malcolm Gladwell은 『아웃라이어*Outliers*』에서 '아웃라이어'를 성공의 기회를 발견한 사람들이라고 설명합니다. 성공에서 기회보다 더 중요한 것은 그것을 잡으려는 노력이에요. '1만 시간의 법칙'도 바로 그런 것이죠. 빌 게이츠와 스티브 잡스의 사례가 그것을 잘 보여줘

말콤 글래드웰은 '아웃라이어'를 성공의 기회를 발견한 사람들이라고 설명합니다. 성공에서 기회보다 더 중요한 것은 그것을 잡는 노력이에요. '1만 시간의 법칙'도 바로 그런 것이죠.

-윤석윤

요. 빌 게이츠는 좋은 부모를 만났고 기회가 잘 맞았어요. 이것을 시운時運이라고 하죠. 그는 "남들이 컴퓨터를 모를 때 먼저 할 수 있었던 것"이 자신을 만들었다고 말했어요. 스티브 잡스도 리드대학교에서 컴퓨터그래픽을 공부하게 된 것이 바로 그런 기회였잖아요. 저도 불안한 시기를 공부로 견뎠어요. 제게 인생의 위기를 극복한 요인을 말하라면 '인간관계와 공부'라고 말하고 싶습니다.

최병일 김형석 교수님이 1920년생이더라고요. 한국 나이로 97세이신데요. 지금도 일주일에 사흘씩 강의를 나가신대요. 사람들이 늘 "건강의 비결이 뭡니까?"라고 묻더랍니다. 그러면 그분은 세 가지로 이야기한다고 합니다. 첫째가 우리가 계속 이야기했던 공부, 그다음이 여행, 세 번째가 연애죠.

윤영선 공부는 충분히 이해가 가는데 다른 둘은 잘 안 와닿는데요. 그 연세에 가능한가요?

최병일 가능하대요. 이분은 어디선가 전화가 오면 애인에게서 전화가 온 듯이 생각한대요. 보통 사람들이 생각하는 육체적인 게 아니라, 만남 자체를 연애로 즐기는 거죠. 그렇게 지금까지 열심히, 현역으로 뛰고 있는 거죠.

한기호 불안을 극복하는 특별한 인연은 없었나요? 원래 사람들은 손 잡아주는 사람이 한 사람만 있어도 절대로 자살하지 않는다고 하잖아요?

윤영선 저는 은퇴 시기가 다가오면서 정말 불안했어요. 독서를 좋아했지만 과연 이게 실제로 내 삶의 불안을 극복하는 것으로 연결될 수 있는지, 자신이 없었어요. 그래서 오랜 시간 정신적 방황을 했지요. 여기저기 두드린 곳도 많았죠. 평생대학원 같은 곳도 여러 군데 가보았고 이곳저곳 많이 기웃거렸죠. 그런데 정작 다녀보면 남는 게 별로 없었어요. 빤한 이야기만 하는 것 같았죠. 끝나고 나면 동문회 같은 걸 만드는데, 서로 잘해보자는 이야기만 하고 실제 도움이 되는 콘텐츠도 별로 없었습니다. 무엇보다 싫었던 건 거기에 있는 사람들이 다 동년배들이라는 거죠. 비슷한 연배의 사람들이 비슷한 생각을 공유하는 게 저는 하나도 재미가 없더라고요. 다들 지난 시절을 그리워하고 자랑하는 것처럼 느껴졌어요. 저는 좀 특이한 체질인지 그런 모임에 가면 주눅이 들 뿐 즐겁지 않았어요.

그러다가 은퇴하기 서너 달쯤 전에 한겨레교육문화센터에 '서평쓰기 과정'이 있다는 걸 알게 되어 등록을 했죠. 책을 좋아하니 글을 쓰면 도움이 될 거라는 막연한 생각에서였습니다. 거기서 숭례문학당의 김민영 선생님을 만났어요. 저에겐 소중한 인연이었습니다. 제가 독서와 글쓰기를 너무 재밌어하고 좋아하니까 그분이 제게 다른 과정도 참여해보지 않겠느냐 하시더군요. 그게 바로 '서평독토'란 모임이었는데 사실 처음에는 뭐하는 곳인지도 모르고 갔어요. 가보니 대부분 젊은 사람들이더군요. 제가 가장 나이가 많았죠. '이런 자리에서 내가 과연 버틸 수 있을까?' 하는 걱정이 들더라고요. 그런데 막상 참여해보니 굉장히 재미있는 거예요. 한 달에 한 번 책을 읽고 각자 서평을 써서 토론을 하는데 재미있을 뿐 아니라 성취감도 컸어요. 그 모임에 약 열한 달 동안 나갔는데, 그때의 경험이 지금 제가 공부의 길로 나서게 된 계기가 되었다 해도 크게 틀리지 않을 것 같습니다.

인연이란 두드리고 노력하는 가운데 찾아오는 것이라는 생각이 들어요. 두려움과 불안 속에서도 포기하지 않고 좋아하는 것을 하면서 여기저기 두드려보면 행운이 온다는 것을 알게 되었죠. 행운은 준비하고 노력하는 자에게 온다는 말이 맞는 것 같아요. 아까 두 분 선생님 말씀도 같은 얘기란 생각이 들어요. 자기가 좋아하는 쪽에서 노력을 하다보면 그다음에 어떤 도움의 인연, 계기가 오게 되는 것 같아요. 아무런 준비도 하고 있지 않는데 턱하니 찾아오는 인연은 없다고 생각해요. 제가 두드리고 노력하면서 방황하는 가운데 저에게 맞는 인연이 온다고 생각해요. 그 인연을 계기로 저는 지금 매일같이 바쁘게 책 읽고 글 쓰면서 사람들과 만나 토론하고 어울리는 활동을 하고 있습니다. 이게 지금 제 생활의 거의 전부입니다. 1년 반 동안 한 번도 지루하다는 생각이 들지 않았어요. 그러다보니 불안이 들어설 틈이 없었죠.

최병일 고기가 물을 만난 거네요.

윤영선 그렇게 된 것 같아요. 제 안에 잠재되어 있던 욕구를 충족시킬 무언가를 확실히 찾은 것 같습니다.

최병일 누가 이런 얘기를 하더라고요. 인연에 대한 아주 실감 나는 이야기입니다. 태평양에 가랑잎이 하나 떠다닙니다. 그 바다에는 200년에 한 번 수면 위로 올라오는 거북이가 살고 있었죠. 그렇게 200년에 한 번 올라온 거북이의 머리에 마침 망망대해를 떠다니던 낙엽이 얹히는 겁니다. 이런 걸 인연이라고 하죠.

윤석윤 인연은 우연보다는 어떤 기운에 의해 이어지는 것 같아요. 동기상구同氣相求라는 말이 있어요. 같은 기운이 서로를 끌어당긴다는 거죠. 기운이 통하기 때문에 인연이 맺어진다고 봐요. 왜냐하면 그런 기운이 통하지 않으면 절대로 만날 수 없으니까요. 한양대학교 정민 교수가 쓴 『삶을 바꾼 만남』은 다산 정약용과 소년 제자 황상의 만남을 다루고 있어요. 다산은 평민인 황상의 재능을 알아보고 가르칩니다. 황상은 평생 스승의 가르침대로 살려고 노력하죠. 다산은 죽음이 임박했을 때도 제자를 불러요. 이런 인연이 삶을 바꾸는 인연이죠. 사람마다 인생을 바꾸는 인연들이 있습니다. 그 인연 중에는 좋은 인연도 있고 악연도 있지요. 흔히 말하기를 나에게 이익을 주면 좋은 인연이고, 손해를 주면 나쁜 인연이라고 말을 하는데요. 결정적으로 삶에 영향을 주는 만남이 저는 좋은 만남이라는 생각이 듭니다.

문학사에서도 좋은 인연의 사례가 몇 개 있어요. 먼저, 요한 볼프강 폰 괴테Johann Wolfgang von Goethe, 1749~1832와 문학청년 요한 페터 에커만Johann Peter Eckermann, 1792~1854의 인연입니다. 그것을 기록한 책이 『괴테와의 대화*Gespräche mit Goethe*』죠. 또 프란츠 카프카Franz Kafka, 1883~1924와 구스타프 야누흐Gustav Janouch, 1903~1968의 만남도 있습니다. 열일곱 살 문학소년 구스타프 야누흐는 아버지 직장 동료인 카프카를 만나 카프카 말년의 4년 동안 정신적인 교류를 가졌어요. 야누흐가 그것을 책으로 남겼어요. 『카프카와의 대화*Gespräche mit Kafka*』죠. 이 책 덕에 우리가 실존주의 문학의 선구자인 카프카의 생각과 사상을 엿볼 수 있습니다. 또 아르헨티나 국립도서관장을 지낸 작가 호르헤 보르헤스Jorge Borges, 1899~1986와 열여섯 살 소년 알베르토 망구엘Alberto Manguel, 1948~의 만남도 손에 꼽을 수 있습니다. 보르헤스는 유전적인 병으로 눈이 멀게 되었지요. 서점에서 일하던 망구엘은 4년 동안 보르헤스에게 책을 읽어주었습니다. 위대한 문학가와의 만남 속에서 망구엘도 작가가 되었어요. 그의 역작이 바로 『독서의 역사A History of Reading』입니다.

이렇듯 인생은 누구를 만나느냐에 따라 바뀝니다. 황산이 다산을 만나서 평민 학자가 된 것도 그와 같죠. 저 역시도 몇 개의 인연이 있어요. 저도 사람을 많이 사귀지는 않지만, 한 번 인연을 맺은 사람은 오랫동안 사귀는 편입니다. 여기 계신 최병일 선생님과의 인연도 한 40여 년 됐죠. 제가 부산에서 어려울 때 찾아왔던 유 선배도 40년 인연이에요. 지금도 일본에서 귀국하면 저희 집에서 머물거든요. 그리고 일로 맺어진 인연도 있습니다. 처음 탔던 배에서 기관장과 기관사로 만났던 최 사장님도 벌써 36년째 인연을 맺고 있습니다. 미국에서 공부하면서 만났던 문 선배도 26년째 인연이고요.

그런 인연들이 지금까지 제 삶을 지탱해주는 인연이었다면, 글쓰기와 독서토론 공부를 하면서 만난 새로운 인연들은 후반기 인생의 인연들이죠. 제 인생 후반부를 완전히 바꾼 결정적인 만남이라고 생각해요. 아까 말씀드린 대로 동기상구, 공부를 좋아하는 사람은 공부를 좋아하는 사람을 좋아할 수밖에 없는 거죠.

윤영선 제가 말한 행운이 그런 식으로 연결되는 거죠.

윤석윤 그렇죠. 그리고 그 행운은 우연히 일어난 것이 아닙니다. 자

태평양에 떠다니는 가랑잎이 200년에 한 번 수면 위로 올라오는 거북이의 머리 위에 얹히는 게 인연입니다. -최병일

기계발서 표현으로 말하면 '끌어당김의 법칙' 같은 거죠. 고전평론가 고미숙은 『나의 운명 사용설명서』에서 인간의 운명은 정해진 것이 아니라 변화하는 것이라고 해요. 명리학이란 이런 삶의 변화에 적절하게 대응하는 법을 알려주는 것이죠. 명리학에서 중요하게 생각하는 것은 용신用神이에요. 오행의 균형이 깨져 있을 때 그것을 잡아주는 것이지요. 운명을 좋게 만드는 용신은 '공부와 관계'가 있다고 합니다. 어떤 공부를 하느냐, 누구와 관계를 맺느냐에 따라 그 사람의 운명의 길이 달라진다고 하죠. 저는 지금 그것을 절실하게 느끼고 있습니다.

최병일 저는 연수원에 있을 때부터 한솔교육과 인연을 맺었습니다. 수원 지사에서 강의를 했는데, 지금까지도 20년 넘게 강의를 하고 있어요. 매달 한 번씩 강의를 해요. 제가 전국 지사를 다 다니면서 강의를 했는데, 그때 도움이 된 것이 자녀 교육에 대한 많은 정보를 알게 되었다는 겁니다. 덕분에 저 스스로 공부를 열심히 하게 되었죠. 최고의 공부는 가르치며 배우는 것이라는 말이 틀림없는 것 같습니다.

교육을 하면서 저는 앞으로 반드시 책을 한 권 쓰겠다는 말을 입버릇처럼 했습니다. 무슨 준비가 되어 있어서 그런 말을 한 것은 아니었죠. '책을 쓰기는 해야겠는데, 글쓰기를 할 줄 알아야 책을 쓰든지 말든지 할 것 아니냐?' 싶어서 공부를 하러 갔다가 거기서 숭례문학당 신기수 대표를 소개받았습니다. 처음엔 혼자 열두 주 정도 배웠는데 전혀 앞이 안 보이더라고요. 그래서 (다른 사람에게 글쓰기에 도움을 줄 분을) 소개해달라고 했더니 신기수 대표를 소개해줬어요.

한번은 분당에서 만나고 한번은 학당에 가서 만났는데 그게 인연이 됐어요. 그때부터 6년 동안 꾸준히 토론도 배우고 글쓰기도 배우면서 제 인생의 후반부가 자리 잡히지 않았나 싶습니다. 물론 다른 강의도 하고 있지만, 그 인연을 통해 나이 들어서 나도 성장하고 남들에게 도움도 될 수 있는 큰 틀이 마련된 거죠.

그런 면에서 여러 가지 공통점이 있는 것 같아요. 서로 공부를 좋아한다는 점, 배우려고 하는 자세를 갖고 있는 점. 그다음으로 인연을 찾으려고 노력했다는 점 등도 공통점인 것 같아요.

어떤 자세로 공부할 것인가?

한기호 나이 들어서 공부를 한다는 게 말처럼 쉽지는 않을 텐데 어떤 자세로 공부를 하셨는지요?

윤석윤 자세라기보다는 일단 배움을 '좋아하느냐, 그렇지 않느냐'가 첫 번째인 거 같아요. 그래서 저는 『논어論語』 학이편學而篇의 첫 문장인 '학이시습지 불역열호學而時習之, 不亦說乎'가 유독 마음에 와닿습니다. 배우는 것 자체의 즐거움을 싫어하는 사람은 단순히 직업적으로 무언가를 익히죠. 재미가 없어도 하는 겁니다.

하지만 공부의 세계는 즐거우면 일단 쉽게 진입합니다. 50대 중반에 글쓰기 강좌에 등록하면서 생각했어요. '나이 먹었다는 것은 인생에 끈기가 있는 것이다'라고요. 그러니 시작했으면 끝을 보겠다고 생각했죠. 서양 고전문학을 공부하는 여섯 달 동안

한 번도 빠지지 않고 과제를 모두 제출한 사람이 두 사람뿐이었어요. 바로 최병일 선생님과 저였죠.

나이를 먹으니 견디는 힘이 확실히 강해졌어요. 평생학습 시대에 베이비부머의 문제는 또 다른 배움의 즐거움을 모른다는 거예요. 안타깝죠. 독서토론을 강의하러 도서관에 가면 가끔 60대를 만나기도 합니다. 중랑도서관에서 만난 63세 여성은 도서관 교육과정에 참여한 이후로 너무 행복하다고 하시더군요. 오랫동안 학생 독서 지도를 하면서 작은 도서관에서 봉사했는데 능력이 부족하다고 느낄 때 이 교육을 추천 받았대요. 독서토론 과정에 참여하면서 젊은 세대와 만나서 이야기하니 행복하다고 고백했어요.

다른 사례는 김포 중봉도서관에서 만난 65세의 남자 분이에요. 젊어서 컴퓨터 회사의 프로그램 운영을 담당하다가 50대 중반에 은퇴한 후 "이렇게 살아선 안 되겠다"고 생각했답니다. 그래서 독서지도사 자격을 취득하고 학교에서 방과후수업 교사를 하면서 독서토론 리더 과정에 참여하게 되었답니다. 이런 분들은 특징이 있어요. 공부의 즐거움을 아는 거죠. 적어도 배우기를 재미있어 하는 사람들입니다.

윤영선 제가 은퇴하고 독서토론 모임에 참여하면서 특이하다고 생각했던 점은 무엇보다 세대가 다양하다는 것이었습니다. 두 분 선생님은 저와 동년배지만 대부분은 젊거든요. 20대부터 있으니까요. 그리고 여자 분들이 더 많죠. 가정주부도 많고요. 인문학 분야의 공부는 여자 분들이 더 좋아하는 것 같아요.

사실 우리 베이비부머, 특히 직장 생활을 오래 한 사람들은 그런 모임에 나가기가 쉽지 않습니다. 쓸데없는 자격지심과 권위의식 때문이죠. 거기 가면 창피할 것 같고, 인정받지 못할 것 같은 느낌이 들죠. 거기서는 누구도 이력을 묻지 않고 대단하다고 칭찬해주지도 않거든요. 저는 박사학위를 갖고 있는데 아무도 저를 '박사님'이라고 부르지 않아요. 그냥 '선생님'이라 부르죠. 저는 직장 문을 나서면서 박사라는 호칭을 버리기로 결심했고, 지금은 그냥 선생님이라고 불리는 것이 더 좋습니다. 그냥 아무 차이 없는 참여자 중 한 사람인 거죠. '은퇴남'들이 이런 권위의식을 버리지 못하면 아무리 원해도 공부 모임과 같은 자발적인 사회활동에 참여하기 힘들다 생각해요.

저는 지적 호기심이 많아서 그런지 그런 게 전혀 문제가 되지 않았습니다. 오히려 서로 구분 없이 자유롭게 토론하는 게 너무 좋았죠. 누가 나를 알아주지 않는 건 별 문제가 되지 않았어요. 세대나 성별을 떠나 서로 격 없이 생각을 나누며 배우는 것이 저에게 맞았던 거죠.

그런 자세로 공부하다보니 서서히 적응이 됐어요. 물론 저도 처음에는 심리적으로 어려운 면이 있었죠. 처음 참여하는 독서토론 모임에서는 낯선 20~30대의 여성들과 자리를 함께하는 것 자체가 어색하기도 했습니다. 만약에 그때 제가 그 모임에 한두 번 가고 그만두었다면, 지금 이 자리에 있지 못했을 겁니다. 끝까지

가다보니 숭례문학당이라는 공부 공동체와 함께하게 되었고, 여기 계신 선생님들도 만나는 인연으로 이어진 거죠.

은퇴하고 나면 직장이나 사회에서 맺은 공식적인 관계망은 거의 다 무너진다고 합니다. 저는 그것을 알았기 때문에 제가 좋아하는 새로운 공동체를 만나서 새로운 사람들과 관계망을 형성해야겠다고 생각했고, 그것이 성공한 것이죠. 가끔 옛 직장 동료들이 연락을 해오면 만나기는 하죠. 하지만 빤한 얘기만 하고 말죠. 거의 의미 없는 이야기입니다. 완전히 외면하지는 않지만 현직에 있는 후배들에게 먼저 연락하지는 않습니다. 어차피 싫어할 게 빤하잖아요. 은퇴한 뒤 저는 옛 직장 동료보다 새로운 사람과 더 많은 인연을 맺었습니다. 그게 스스로 자랑스럽습니다.

최병일 우리가 만나는 사람들이 보통 우리보다 나이가 젊은 사람들이잖아요. 그들을 가르치려고 하거나 그들의 일에 간섭하려고 하면 싫어하는 것 같아요. 그래서 철저히 그 사람들에게도 배워야 되겠다고 생각을 했죠. 충고하거나 가르치려는 마음이 없어야 소통이 시작되는 것을 느끼게 됩니다.

그러다보면 그들의 장점, 노하우 등이 보입니다. 지금도 계속 배우는 입장인 거죠. 내가 나이가 먹어서 모르는 것에 대해서 부끄럽게 생각하는 것이 아니라 각자가 갖고 있는 좋은 점들을 배워야겠다고 생각하니까 아주 편안하고 즐거워졌어요. 열린 마음과 겸손한 자세로 임하면 어린 사람들한테도 배울 게 많이 있다

젊은 사람들을 가르치려고 하거나 그들의 일에 간섭하려고 하면 싫어합니다. 충고하거나 가르치려는 마음이 없어야 소통이 시작됩니다. -최병일

는 걸 알았죠.

배우다가 중간에 포기하는 사람들이 많이 있어요. 뭔가 시작을 했으면 끝까지 배워서 성취감을 느껴야 하는데 조금 배우다가 힘들거나 마음이 안 맞으면 포기해버리는 사람들이 많죠. 저는 그런 면에서는 꾸준히 한 분야에 매진했다고 볼 수 있습니다.

처음에는 진척이 없어 보이고 목적지도 보이지 않았지만 계속 공부하다보니 조금씩 달라지는 것을 느낄 수 있습니다. 순수하고 겸손한 마음으로 끈기 있게 공부하면 속도의 차이가 있을 뿐, 분명 변화가 일어날 겁니다.

저는 한비야 씨의 말이 기억에 남는데요. 그는 중국어를 배우러 칭화대학에 갔대요. 거기서 공부를 하는데 한 젊은이는 세 번만 보고 들으면 암기를 하더래요. 본인은 하루 종일 해야 외울까 말까인데 말이죠. 그래서 너무 높은 벽을 느꼈대요. 그런데 그가 나중에 깨달은 것이 세 번 들어서 암기한 사람은 빨리 잊어버리더라는 거죠. 반면에 자기는 암기하는 데 시간이 오래 걸리지만 한 번 머릿속에 들어간 것은 잊히지 않더래요. 그렇게 "아 세상 모든 것은 평등하구나!"라고 느꼈다고 합니다. 너무 조급하게 생각

해서 결과가 빨리 나오기를 기대하지 않고 꾸준히 하다보면 빨리 가든 천천히 가든 언젠가 정상에 오르는 것은 똑같듯이, 그런 자세로 임하면 공부가 되지 않을까 생각합니다.

윤석윤 고전 평론가 고미숙 씨가 『삶과 문명의 눈부신 비전 열하일기』 서문에 쓴 문장이 좋아서 자주 인용해요. "배움은 우정 나눔이다." 몇 학번이라고 하면 동급생이잖아요. 함께 공부하는 친구라고 해서 학우라는 말을 쓰는데 배움 속에서 우정이 싹트는 거죠. 같이 공부하는 '학인學人'이라는 말도 동등한 입장을 나타내죠.

나이가 계급장도 아니고, 요즘은 나이 많으면 '꼰대' 소리나 듣지요. 직장에서 만난 사람과 어릴 적 학교에서 만난 사람이 다른 이유가 뭘까요? 사회는 이해관계가 얽혀 있어요. 하지만 어릴 적 친구나 학교에서 만난 친구들은 이해관계 없이 만난 사이잖아요. 사회학자들이 말하는 게젤샤프트gesellshaft와 게마인샤프트Gemeinschaft라는 개념으로 생각할 수 있어요. '이익사회, 집합사회 대 공동사회, 협동사회'. 학교 생활에서 친구들과 이해관계로 만난 것이 아니지만 직장과 사회 생활에서는 동료가 경쟁자가 되고 혹은 갑과 을의 관계가 되지요. 공부를 통해 만난 사람들은 모두 평등하게 친구가 될 수 있다는 점에서 좋은 관계인 것 같아요.

"삼인행필유아사三人行必有我師"라는 공자의 말도 있습니다. 세 사람이 길을 가면 그중 한 명은 반드시 스승이 된다고 하잖아요. 잘난 사람은 배울 게 있어서 스승이고, 못난 사람은 못난 대로 '내가 저렇게 하면 안 되는구나'라고 깨달을 수 있는 방편이 되는 거죠. 하여튼 저는 나이를 먹으면서 젊은 사람들과 공부를 할 수 있다는 게 가장 큰 행복이라고 생각해요.

윤영선 그런 관계가 자기 자신도 젊게 만들잖아요.

한기호 함께 공부하시면서 얻은 깨달음은 무엇인가요?

윤석윤 첫째 깨달음은 공부는 평생 하는 것이라는 점이에요. 평생직장은 없어지고 평생직업만 존재하는 시대가 됐어요. 바꾸어 말하자면 평생학습을 해야 하는 시대가 되었다는 얘기죠. 예전에는 학교에서 하는 일시 학습의 시대였다면 지금은 새로운 환경과 직업에 적응하기 위한 평생학습의 시대가 되었다고 생각해요.

세상이 빠르게 변화하기 때문에 그것에 맞춰서 나를 변화시켜야 합니다. 그리고 나를 변화시키는 것이 바로 공부죠. 그중에서도 저는 독서와 토론, 글쓰기가 가장 중요하다고 확신해요. 최근 서평 쓰기를 위해 도쿄대학 사회학 교수 오사와 마사치大澤眞幸의 『책의 힘思考術』을 읽었습니다. 일본어 제목은 '사고술思考術', 사고의 기술이라는 의미죠. 흔히 사람들이 늘 생각하면서 사는 것처럼 보이지만 실제로는 그렇지 않다고 합니다. 생각은 충격을 받았을 때 하는 거래요. 우리의 삶이 흔들릴 정도의 사건을 만나는 것이 충격이죠. 그 예로 일본의 쓰나미와 원전 사고를 말하고 있어요. 우리나라 같은 경우는 세월호 사건을 얘기할 수 있겠죠.

그런 충격이 올 때에야 우리는 비로소 생각한다는 거예요. 삶이란 무엇인가, 죽음이란 무엇인가, 국가는 우리를 왜 이렇게 대하고 있는가. 이런 생각을 시작하게 되는 거죠. 그렇게 충격을 받는 것을 질 들뢰즈Gilles Deleuze, 1925~1995는 '불법침입'이란 용어로 설명하더라고요. 하지만 이런 충격을 받지 않고도 창조적인 생각을 할 수 있는 방법이 있다고 해요. 바로 독서와 토론과 글쓰기입니다. 책을 읽을 때, 타인과 대화하고 토론할 때, 그리고 글쓰기를 할 때 생각한다는 거예요. 다시 한번, 독서와 토론, 글쓰기의 중요성을 깨닫게 되었어요.

윤영선 보는 시각에 따라 여러 가지로 생각할 수 있을 것 같은데요. 저는 두 가지를 말하고 싶어요. 저는 진짜 공부는 '인생 공부'라 생각합니다. 우리 세대가 젊었을 때 한 공부는 대부분 실용 공부, 즉 기능적인 공부였지요. 사회에서 직업을 얻기 위한 수단으로 한 공부였죠. 이제 인생 2막에 들어선 베이비부머에게는 인생 공부가 필요하다고 생각해요. 공부는 책을 통해서만 하는 게 아닙니다. 사람 만나는 것도 다 공부라 할 수 있죠. 다만 이제부터는 무엇을 하더라도 조금 더 깊이 있는 인생 공부를 해야 한다고 생각합니다. 그런데 우리 세대들은 여전히 다시 직장을 찾고 돈을 벌기 위한 실용서들만 주로 읽어요. 자기계발서도 이런 범주에 속한다고 생각해요. 이런 공부가 나쁘다는 말이 아닙니다. 그런 가운데서도 조금의 시간을 할애해서 문학이나 철학책을 읽고 사색을 하고 예술을 가까이 접하는 생활을 해야 한다고 생각해요. 그런 공부를 놓치면 인생 2막을 슬기롭게 향유할 수 없죠. 은퇴 세대에겐 지금이 인생 공부하기에 가장 좋은 시기입니다.

그리고 또 하나는 윤석윤 선생님께서 살짝 말씀하셨는데요. 좀 과장해서 말하자면 제가 공부를 해보니까 혼자 하는 공부는 공부가 아닙니다. 저의 경험상 혼자서 책을 본다면 절반 이하의 효과밖에 못 보는 것 같아요. 정말로 제대로 된 공부는 함께하는 공부입니다. 한마디로 토론하는 공부를 해야 한다고 생각합니다. 함께 토론함으로써 책을 읽는 효과가 두 배, 세 배로 더 커진다고 생각해요. 그래서 저는 제가 가장 잘한 일이 공부 공동체에 나온 거라고 생각합니다. 그것이 저에게 인생의 스트레스를 풀게 해주었고 많은 실질적인 도움을 안겨주었죠.

요즘 소위 인문학 강좌가 많잖아요. 자치 단체나 대학에서 여는 저명인사들의 공짜 강의가 매우 많아요. 저도 많이 찾아다녔죠. 저는 거기서 듣는 것이 소규모 공부 모임에서 보통 사람들끼리 토론을 하는 것보다 못하다고 생각해요. 비록 전문가는 아니더라도 보통의 지식과 생각을 가진 사람들이 같은 책을 읽고 토론할 때 공부 효과가 훨씬 커집니다. 그 이유는 참여자들이 모두 말하고 듣기에 동참하기 때문이죠. 함께 말하고 듣기를 할 때 엄청난 학습 효과가 일어나는 것 같아요. 이왕 공부를 하려면 독서 공동체에서 책을 읽고 토론하는 공부를 하기를 권합니다.

인생 2막에 들어선 베이비부머에게는 인생 공부가 필요합니다. 이제부터는 무엇을 하더라도 조금 더 깊이 있는 인생 공부를 해야 합니다. -윤영선

최병일 저는 어떤 면에서 독서토론이 소크라테스의 산파술을 구현하는 것이 아닐까 생각해요. 질문이 있고 답변이 있잖아요. 소크라테스는 자기가 제자들보다 더 많이 알기 때문에 질문하는 게 아니라고 합니다. 질문 또한 진리를 찾아가는 과정이라는 거죠. 묻고 대답하는 거죠. 그러므로 수동적인 공부는 그냥 흘러가버리고 마는 반면, 능동적인 공부는 안에 쌓입니다. 가장 좋은 자기주도 학습이 바로 독서토론인 거죠.

윤영선 저도 나름대로 책을 읽었다고 생각했는데 모임에 와보니 '아, 정말 우물 안 개구리였구나' 싶더라고요. 제가 생각하지도 못했던 책들을 이미 젊은 분들이 다 읽었더군요. 제가 주로 읽었던 자기계발서나 베스트셀러 위주의 책들로는 명함도 못 내밀겠더라고요. 그런 면에서 저는 독서는 나이나 학벌의 문제가 아니라고 생각해요. 나이가 어리더라도 책을 많이 읽은 분들은 사고의 차원이 다르다는 것을 느끼죠.

그리고 함께 읽는 즐거움을 느껴요. 책을 읽고 나면 늘 토론이 기대가 돼요. 다른 사람은 어떻게 봤을지 알고 싶고 설레기도 하

죠. 다른 사람의 의견을 들으며 같은 책을 보고도 얼마나 다양한 생각이 나올 수 있는지 놀랄 때가 많아요. 그러면서 발전하는 것 아닌가 생각해요. 혼자 책을 읽으면 얻는 것이 적고 독선에 빠질 위험성도 있습니다.

공부가 가져온 삶의 변화

한기호 공부를 하신 이후에는 어떤 변화가 생겼나요?

최병일 공부를 하다보니 인간관계의 질이 옛날보다 한 단계 좋아진 것 같아요. 우선 상대방의 이야기를 많이 듣게 됐어요. 토론을 하면서 젊은 학생들에게서 제가 생각하지 못했던 이야기를 들은 경험들이 저한테는 양식이 되더라고요. 연세 많은 노인의 말도 귀 기울여서 듣게 되고, 젊은 사람들의 이야기도 경청하게 되었죠. 이렇게 듣는 자세가 많이 달라진 것 같아요.

그리고 들은 것을 제 삶에 접목하게 되었어요. 자서전 쓰기에서 들었던 얘기들을 제 삶 속에 적용하고 있거든요. 뭐랄까, 상대방의 좋은 생각, 삶에서 얻은 지혜 등을 활용하여 제 것으로 만드는 것이 가장 두드러지게 달라진 점이라고 생각됩니다.

윤석윤 저의 취미는 만화, 영화, 독서입니다. 그런데 지금 비중이 책 쪽으로 기울었습니다. 얼마 전까지만 해도 일주일에 한 번 이상 만화방에 갔어요. 영화관도 자주 갔고요. 직장 생활을 하면서도 술을 마시지 않으니 스트레스 해소용으로 만화방, 극장을 즐겨 찾았어요. 중소기업이었지만 임원이어서 좋았던 점은 시간의 자유가 있었다는 거죠.

그것이 한 40여 년 된 습관인데 최근에 변했어요. 벌써 만화방에 안 간 지 2년 정도 됐어요. 읽을 책이 쌓여 있으니 자연히 안 가게 되더라고요. 영화도 혼자 보는 것보다 함께 보고 토론하는 게 더 재미가 있어요. 그러다보니 영화관도 잘 안 가게 되었죠.

책은 좋아서 읽었지만 외로움이 있었어요. "이거 읽어서 뭐하지?" 이런 질문이 자꾸 치올라왔어요. "이거 어디다 쓰려고 읽는 거야?" 40대 이후, 상황이 나빠지고 나서 더욱 책이 머리에 들어오지 않았어요. 그때는 만화, 영화가 더 편하고 좋았죠.

알베르 카뮈Albert Camus, 1913~1960의 평전 『카뮈, 지상의 인간 *Albert Camus: A Biography*』을 읽어보니 카뮈도 글이 안 써질 때 도피처가 연극이었다고 해요. 위대한 작가라고 생각했던 카뮈도 마찬가지였던 거죠. 글이 술술 풀리는 때를 '은총의 순간'이라고 표현한 것을 보면 말이죠. 상황이 좋지 않을 때는 책 읽는 것이 힘들었어요. 그런데 지금은 관심이 책으로 향해 있어요. 지금 책상 주변에 읽지 않은 책들이 많이 쌓여 있는데도 관심이 가는 책을 발견하면 또 사게 되요. '아직도 읽어야 할 책은 많구나'라고 생각하며 행복해하는 거죠.

다음으로는, 만나는 사람들이 달라졌어요. 교육 현장에서 만나는 사람들이 많아요. 그런 새로운 만남이 기대되고 설레요. 제가 엊그제 병점도서관 교육에서 이런 얘기를 했어요.

"독서 모임에는 사람 수가 계속 늘어야 합니다. 20년 됐는데도 열 명이 하고 있다면 그건 국가적인 낭비이고 손해입니다. 도서관 문화교실을 그들이 오랫동안 차지하고 있는 것이잖아요? 새로운 사람이 들어와야 새로운 사고와 생각이 함께 들어와요. 그러기 위해 독서 회원 스스로 장벽을 만들어서는 안 됩니다. 오히려 책을 읽으려는 마음이 있는 초심자들을 환대해야 합니다."

그날 강좌에 참여한 초심자가 '용기를 얻었다'고 말하더군요. 그분은 독서회 신입 회원이었어요. 기존 회원들이 책을 많이 읽은 것 같아 위축되어 있었나 봐요. 저의 강의에 감동받았다고 해서 기분이 좋았어요. 이처럼 다른 사람들의 성장에 영향을 주는 것이 또 하나의 달라진 점이죠.

셋째로는, '취미가 일'이 된 거죠. 내가 좋아하는 일을 하니 너무 즐거워요. 취미인 독서, 토론, 글쓰기가 저의 직업이 되었잖아요. 이런 사례가 있어요. 제가 마라톤과 철인삼종경기를 할 때 동아리에서 만난 분인데요. 그는 산악자전거 가게를 하고 있었어요. 원래 검안사 자격증을 가지고 병원에서도 일했고, 안경점을

공부를 하니 인간관계의 질이 한 단계 좋아졌습니다. 노인의 말도 귀 기울여서 듣게 되고, 젊은 사람들 이야기도 경청하게 되었죠. 듣는 자세가 많이 달라졌습니다.

-최병일

직접 경영하기도 했어요. 그런데 MTB에 빠져서 원래 직업을 포기하고 그 일을 하게 된 거지요. 자신의 취미가 직업이 된 사람이죠. 주중에는 가게에서 일하고, 주말에는 MTB를 타러 산에 가고요. 취미가 일이 돼서 너무너무 즐겁다고 하더라고요.

윤영선 저는 부정적인 변화부터 얘기해야 할 것 같아요. 독서 생활에 빠져 지내다보니 육체적인 건강에 좀 문제가 생기는 것 같아요. 무엇보다 생활이 불규칙하게 되었습니다. 이제 공부도 균형잡기가 중요하다는 걸 알게 되었죠. 무엇이든 좋다고 너무 거기에만 몰입하다보면 문제가 생긴다는 것을 깨닫게 되었습니다. 그래서 요즘은 책읽기보다 일정 시간 걷고 체조하는 것을 우선으로 하고 있어요.

간혹 밤 새워 두꺼운 문학책을 읽을 때면 직장 다닐 때는 왜 일을 이렇게 열심히 하지 않았을까하는 생각이 들곤 합니다. 그때 이렇게 열심히 일했으면 더 많이 인정받고 보상도 더 많이 받았을 텐데 하고 말이죠. 반면, 지금은 돈 버는 일도 아닌데 왜 이렇게 열심히 공부할까 하고 스스로 의아해 하죠. 거기에는 '그냥 좋아서 하는가' 아니면 '돈을 위해서 하는가'의 차이가 있다고 봅니다. 지금은 돈이 아니라 좋아해서 하니까 밤을 새워 책을 읽어도 피곤하지 않아요.

새벽 다섯 시에 책을 다 읽고 나면 누구에게든 빨리 내 기분을 말해주고 싶어요. 그런데 말할 사람이 없죠. 아내를 깨워서 "나 너무 기분 좋다"고 말하고 싶을 정도예요. 엄청난 성취감이 밀려와요. 하룻밤 사이에 달라진 제 자신을 발견하는 것 같은 기분이 들기도 하고요. 저는 얻는 것도 얻는 것이지만 정서적으로 느끼게 되는 충족감, 성취감 같은 것을 먼저 말하고 싶어요. 이것이야말로 제가 불안감에서 벗어나는 가장 큰 원동력이라는 생각이 들어요. 남들이 보기엔 무슨 오타쿠나 마니아처럼 보일지 모르겠지만 이제는 건강을 위한 균형 잡힌 생활을 유지하면서 제가 좋아하는 분야에 푹 빠져 그것을 즐기며 살고 싶어요.

최병일 아까 말할 때 빠뜨렸는데요. 저는 책 읽을 시간이 없으면 반드시 지하철을 타고 다니며 시간을 확보합니다. 좀 오래 걸려도 지하철을 탑니다. 오늘도 이곳에 오면서 『태초 먹거리』라는 책을 읽으면서 왔는데요. 오는 동안 보통 100페이지를 읽습니다. 그리고 가는 동안 또 100페이지를 읽고요.

없는 시간을 쪼개서 하다보면 무리가 생깁니다. 그래서 오며 가며 읽는 것이죠. 그리고 어쩔 수 없이 지방에 차를 갖고 가야 하는 상황이 생기면 휴게소에 세워 놓고 50페이지 읽고 떠납니다. 너무 많이 읽으면 힘드니까 한 휴게소에서 50페이지 읽고 다른 곳에서 또 읽고요. 그렇게 읽으면 제가 목표한 독서를 충분히 할 수 있게 됩니다.

많은 사람들이 "아니 어떻게 책을 그렇게 여러 권 읽느냐?"고 하는데요. 저는 그렇게 나름의 방법을 찾았어요. 꼬박 밤을 새워 가며 읽지는 않아요. 예를 들어서 우리가 다음 달에 다뤄야 할 편혜영의 『홀』은 이미 다 읽었어요. 막 닥쳐서 읽으면 솔직히 생각도 별로 나지 않으니, 미리 읽어서 숙성을 시켜야 토론할 때 이야기를 할 수 있게 됩니다. 이렇게 시간 관리를 하게 되었지요. 더군다나 노트북이 있으니 기다리는 시간에 언제나 작업을 할 수가 있잖아요. 너무 좋은 세상에 살고 있다는 생각을 하게 되는데요. 이것이 제 개인의 변화이지요.

한기호 공부를 하니 가족들도 변화하더라는 이야기는 간간히 말씀하셨습니다. 가족들이야 은퇴를 해서 뒷방 노인이 되어야 할 사람이 열심히 공부하고 돈도 벌어오니 무조건 좋아할 것 같은데요. 자식 자랑하는 사람은 팔불출이라고도 하니 그것은 빼놓고 가족 이외에 주변의 반응은 어떤가요?

윤석윤 기본적으로 만나는 사람만 만나는 건 여전한 거 같아요. 다만 그분들이 저를 바라보는 눈빛이 달라진 것 같아요. 공저지만 책을 다 읽고 나면 엄청난 성취감이 밀려옵니다. 정서적으로 느끼게 되는 충족감, 성취감이 대단합니다. 이것이야말로 제가 불안감에서 벗어나는 가장 큰 원동력입니다.

-윤영선

몇 권의 책을 내니까 다르게 보는 것 같아요. 행운에 감사하지요. 이번에 일본 군마에 있는 선배가 SNS로 자신이 쓴 '산행기'와 '관동대지진 위령제 추도사'를 봐달라고 부탁하더라고요. 민단 간부로 있는 분이거든요. 그래서 고쳐주었더니 글이 훨씬 잘 읽힌다고 하더군요. 누나와 동생에게도 책을 보내주었는데, 별거 아니지만 저자로 데뷔한 것처럼 그들에게는 그렇게 보이나 봐요.

그다음은 늘 새로운 사람을 만난다는 겁니다. 하고 있는 일이 교육이잖아요. 특강 위주의 강의를 할 때의 만남은 일회적 만남이었어요. 수강생들도 아마 얼마 지나지 않아 강의 내용을 잊었겠죠. 어느 정도 자극은 주었겠지만 일회성이라는 한계가 있죠. 반면에 독서토론과 글쓰기 교육은 지속적인 '과정'이에요. 『하류지향下流指向』의 저자 우치다 타츠루內田樹는 이런 말을 했습니다. 물건을 팔고 사는 일은 동시에 진행되는 무시간적 교환 현상이지만 배움은 '불가역적으로 진행되는 시간적인 현상'이라고요. 따라서 배움에는 당연히 일정 시간이 필요해요. 또한 어떤 사람이 스승인가에 대해 질문해요. 스승의 조건이란 '그 자신이 스승을 갖는 것'이라고 말해요. 무한히 연결되는 삶의 고리 같은 것이죠. 대상을 통해 교육하는 자도 대상과 함께 성장해요. 제자가 스승의 기량을 뛰어 넘는 일도 얼마든지 있고요. 교학상장教學相長이란 말이 바로 그런 점을 얘기하는 것이 아니겠어요? 교육을 통해 변화하는 사람들을 만나는 것이 제게는 또 다른 삶의 의미가 되지요. 요즘은 수강생 중에서 저처럼 강사가 되고 싶다고 고백하는 사람들이 많아져요. 그런 것이 더욱 사명감을 갖게 해요.

최병일 맞는 말씀입니다. 지금까지의 일회성 강의는 어떻게 보면 허전했지요. 그런데 독서토론을 통해 지속적으로 사람들을 만나고 그 사람들의 변화를 지켜보면 굉장한 쾌감이 몰려옵니다. 관계가 좀 더 농밀해진다고 할까요? 아이들이 어렸을 때부터 커나가는 것을 보는 것과 같은 맛이죠. 옛날의 관계가 그저 잠시 스쳐지나가는 관계였다면 지금은 인연의 끈이 맺어지는 관계로 변화하고 있는 것 같아요. 저도 그 사람들을 성장시키는 보람과 맛이 있죠. 한 단계 발전한 겁니다.

윤석윤 두 가지 측면이 있습니다. 독서토론을 하다보면 자신의 속사정을 이야기하게 됩니다. 서로가 서로를 이해하고 친해지는 거죠. 그다음으로 개인적인 이야기 수준을 넘어서서 공론화의 장, 사회적 담론으로 승화되기도 하지요. 토론을 통해 관점과 시야를 넓히고 깊어지는 거죠. 그리고 그것이 실천으로 이어지고요. 그래서 재능기부를 하는 것에 굉장히 만족하고 자랑스러워하죠. 뭔가 사회에서 가치 있는 일을 하고 있다는 것에 자부심을 갖고 계세요. 그런 것들을 보는 즐거움이 크죠.

최병일 그동안 칼럼 쓰기도 꾸준히 했잖아요. 몇몇 멤버가 교체되기도 했지만 지금까지 남은 사람들은 도반道伴이라고 할 수 있어요. 공동의 목표를 향해 함께 걸어가는 거죠. 이제까지 느끼지 못했던 관계의 맛을 느끼는 거죠. 어느 고등학교 교장선생님 같은 경우도 독서토론만 하고 헤어졌다면 그렇게까지 친해지지 않았을 텐데, 글쓰기를 통해서 굉장히 가까워졌습니다.

"우리들끼리는 좀 길게 가자. 글이라는 것이 하루아침에 달라지는 것이 아니니 호흡을 길게 2년 정도 잡고 꾸준히 해보자"고 하니 다들 동의했습니다. 참가자 중에 젊은 건축가인 이원형 씨 같은 경우는 건축에 관한 글을 많이 쓰는데요. 우리는 건축에 대해 문외한이었는데 그분의 글을 보면서 '아, 건축의 세계에 이런 애환이 있구나!' 하고 새로운 분야를 배우게 됩니다.

윤영선 저는 아직 누구에게 영향을 주었다고 말할 단계는 아닌 것 같습니다. 2015년 하반기부터 새로운 분야에서 강의를 좀 해봤는데요. 일회성 강의는 피드백이 안 되기 때문에 정확히 어떤 영향을 주었는지 모르겠습니다. 다만 조금씩 새로운 경험들을 해나가고 있다고는 말씀드릴 수 있겠네요. 앞에서 제가 시니어 글쓰기 독서와 글쓰기를 중심으로 한 공부는 서로 주고받는 관계입니다. 주변에 지적인 열망, 공부에 대한 열망을 갖고 있는 사람들이 있다는 사실 덕분에 외롭지 않고 공부의 즐거움을 느낄 수 있습니다. -윤영선

강좌를 진행하고 있다고 말씀드렸죠. 참여자들 중에는 아마추어 시인도 있고 수필집을 내신 분들도 계세요. 그런 분들에게 글쓰기 코칭을 한다는 게 여간 조심스럽지 않아요.

저는 무엇보다 책과 글을 좋아하는 분들이 우리 사회에 계시다는 것, 그리고 그런 분들을 만난다는 것 자체가 굉장히 중요하다고 봅니다. 두 분 선생님도 관계의 변화를 이야기하시면서 그런 분들과의 관계를 이야기하셨잖아요. 좀 다른 측면의 이야기일지 모르겠지만 기존에 우리가 직장에서 맺었던 관계나 친구와의 관계는 이와는 전혀 다르죠. 대체로 겉도는 관계라는 생각이 들어요. 조금 깊이 들어가서 책이나 문학, 삶에 관한 이야기를 공유하기가 쉽지 않잖아요. 그렇다고 그 친구들한테 이런 이야기를 나누자고 하기도 쉽지 않죠. 이미 수십 년을 다른 영역에서 다른 생각을 갖고 살다보니 서로 심리적 거리가 너무 멀어졌다는 생각이 들 때도 있죠.

지금의 인간관계는 예전과는 완전히 다른 새로운 관계이지요. 독서와 글쓰기를 중심으로 한 공부는 서로 주고받는 관계라는 생

각이 들어요. 그러다보니 굉장히 돈독하다는 느낌을 받죠. 일종의 도반 같은 느낌이죠. 인간적인 신뢰감도 생기고요. 주변에 이렇게 나와 같이 지적인 열망, 공부에 대한 열망을 갖고 있는 사람들이 있다는 사실 덕분에 외롭지 않고 공부의 즐거움을 느낄 수 있습니다.

2부

아빠들이 행복해지기 위한 인사이트 10

Insight 01

자신을 발견하는 문학작품 읽기

한기호 그럼 이제 세 분께서 어떤 책을 어떻게 읽으면서 공부를 하셨는지 이야기해보겠습니다. 아마 세 분의 은퇴 이후의 삶이 행복한 이유도 바로 그 책들에 있을 것 같습니다. 물론 아무 책이나 다 끄집어내서 이야기하는 것은 아니고, 최소한 몇 가지 장르를 나누어 이야기하겠습니다. 먼저, 윤석윤 선생님은 고전 읽기를 여섯 달 동안 했다고 하셨습니다. 그렇다면 아무래도 문학작품이 가장 많았겠죠?

윤석윤 고등학교 때까지는 소설을 많이 읽었습니다. 하지만 졸업한 뒤로는 거의 읽지 않았죠. 건방지겠지만, '내 인생이 소설이다' 하는 마음이었을 겁니다. 경박하고 무지한 생각이었죠. 문학 소년이었다면 계속 읽었겠지만 저는 아니었거든요. 그냥 학창 시절에 책을 좋아하니 소설을 읽는 정도였죠. 다른 장르 책들은 계속 읽었지만 문학은 읽지 않았어요.

20대의 삶은 너무 빡빡했습니다. 배를 타면서 보낸 시기였으니까요. 뱃사람들은 바다를 보며 "발밑이 지옥이다"라고 말하곤 하죠. 어선의 하루는 생선을 많이 잡을 때나 적게 잡을 때나 늘 긴장의 연속이었어요. 따라서 감상적인 기분에 빠지기를 원하지 않았는지도 몰라요. 아마 직장 생활을 하는 분들도 대부분 비슷하지 않을까 싶어요.

직장에서 일하는 것도, 꿈을 위에 열정을 쏟는 데도 감정 소비가 많아요. 윗사람한테는 눌리고 동료에게는 치받치고 밑에서는 기어 올라와요. 적자생존의 법칙이 작동되는 세계잖아요. 남자들이 역사물을 좋아하는 이유가 성공한 영웅의 이야기이기 때문이라고 봐요. 패배자, 실패자의 이야기가 아니죠. 그런데 소설은 실패자들의 이야기잖아요. 내 삶이 힘들어 죽겠는데 힘든 사람들의 이야기를 본다는 것은 더 피곤한 일이죠. 앞서 말씀드렸듯 '내 인생이 소설인데 뭘 굳이 소설을 읽어' 하는 마음이 된 거죠.

문학평론가 신형철은 소설에는 세 가지 가치가 있다고 했습니다. 정서적 가치, 미학적 가치, 인식적 가치죠. 정서적 가치는 소설이 주는 감동과 감정의 카타르시스입니다. 독자는 소설의 등장인물에 감정이입하여 희로애락을 함께 느끼죠. 미학적 가치는 별로 몰랐어요. 최근에 글쓰기를 하면서 미학적인 면도 생각하게 되었지요. 유미주의자 오스카 와일드Oscar Wilde, 1854~1900가 『도리

언 그레이의 초상*The Picture of Dorian Gray*』 서문에 "도덕적이거나 비도덕적인 책은 존재하지 않는다. 잘 쓰든 못 쓰든 둘 중 하나다"라고 말한 이유를 알 것 같아요. 좋은 문장을 보면 발췌도 하고, 필사도 하면서 작가처럼 멋진 글을 쓰고 싶은 욕구도 생겼어요.

인식적 가치는 작가가 독자에게 전하는 메시지입니다. 삶 속에 숨어 있는 진실을 예리하게 제시하죠. 밀란 쿤데라Milan Kundera, 1929~는 "소설의 유일한 도덕은 인식이다. 실존의 그때까지 알려지지 않은 어떠한 단면도 발견하지 못하는 소설은 곧 비도덕적이다"라며 인식의 가치를 높게 평가했어요. 소설이 윤리나 도덕책이 아니잖아요. 소설에서 만나는 주인공들은 일상에서 우리가 쉽게 접하지 못하는 문제 인물들이 많아요. 그런 주인공들을 통해서 작가의 메시지를 파악해야 하죠.

예를 들어, 귀스타브 플로베르Gustave Flaubert, 1821~1880의 『마담 보바리*Madame Bovary*』나 레프 톨스토이Lev Tolstoy, 1828~1910의 『안나 카레니나*Anna Karenina*』, D. H. 로런스David Herbert Lawrence, 1885~1930의 『채털리 부인의 연인*Lady chatterley's lover*』 등이 그렇죠. 블라디미르 나보코프Vladimir Nabokov, 1899~1977의 『롤리타*Lolita*』는 한 술 더 떠요. 앞서 세 편의 주인공은 세칭 바람난 여성들이잖아요. 그런데 『롤리타』의 주인공은 10대 소녀를 욕망하죠. 이런 주인공들에 대해 사람들이 어떻게 생각하겠어요?

저 역시 사회생활을 하면서 문학을 별로 읽지 못했고, 읽을 때는 대개 스토리를 중심으로 봤습니다. 나에게 삶의 용기를 주는 영웅의 이야기가 아니면 기피했죠. 소설을 읽으면서 미학적, 인식적 측면을 제대로 이해하지 못했어요. 글쓰기를 시작하면서 문학으로 다시 입문하게 된 거죠. 글을 쓰는데 문장이 형편없었고, 늘지도 않았어요. 글을 잘 쓰려면 어휘력이 중요한데 어휘력을 늘리는 데 소설이 좋다고 해서 읽기 시작했습니다. 그것이 여섯 달 동안 서양 고전문학 과정을 버티게 한 것이지요. 과정을 완주한 후 문학의 맛이랄까, 매력을 조금씩 알게 되었죠.

윤영선 저는 윤석윤 선생님보다 더했던 것 같아요. 은퇴하기 전에는 문학을 거의 읽은 기억이 없어요. 학창 시절을 포함해서요. 학창 시절에는 교과서에 나온 작품 정도만 접했으니 그걸 가지고 문학작품을 읽었다고 말할 수는 없겠죠. 학교를 졸업하고 직장을 다니면서부터는 문학과 완전히 결별했습니다. 한국적 현실에서 저뿐 아니라 대체로 남성 직장인은 거의 문학의 문외한으로 살아가지 않나 싶습니다. 내게 하등의 도움이 되는 것 같지도 않고, 시간도 없는데 뭐하러 문학을 가까이 하겠습니까?

저의 경우 퇴직을 서너 해 정도 남겨두고 문학과 조금씩 가까워지기 시작했던 것 같아요. 그때 소설을 읽고 싶다는 생각이 들곤 했죠. 그러나 실제로는 많이 읽지 못했죠. 읽고 나서도 별로 감흥 같은 것을 느끼지도 못했고요.

그 시절 한 가지 변화라면 시를 찾게 된 거죠. 제 스스로의 의지로 처음 접한 문학은 시입니다. 아마 소설은 두껍고 시는 짧아서 그랬던 것 같아요. 물론 그건 착각이었죠. 시를 많이 읽었죠. 쓰기도 했고요. 은퇴하면 시집을 하나 낼까 하면서 틈나는 대로 시를 썼죠. 시집은 못 냈지만 쓴 시를 활용하기는 했습니다. 아버지가 돌아가시기 전에 가족사진과 함께 저의 시를 수록한 책(『보고 싶을 때마다 그리울 때마다』)을 제작하여 일가친척에게 나누어드렸죠. 그런데 지금은 시를 쓰지 않아요. 너무 어렵더라고요. 제가 잘할 수 있는 분야가 아니라는 생각이 들었죠. 그 시절 산 시집이 150권 정도 되는데 여전히 서가의 한편을 차지하고 있어요. 간혹 시집들이 꽂혀 있는 서가를 쳐다보면서 시에 빠져 지내던 시절이 생각나기도 해요. 인간은 계속 변하는 것 같습니다.

직장 생활 말년에 러시아 여행을 갔었는데 상트페테르부르크가 표도르 도스토옙스키Fyodor Dostoyevsky, 1821~1881의 활동 무대라는 것을 그때 처음 알았어요. 러시아 사람들의 문학과 예술에 대한 자부심이 대단한 걸 보고 깜짝 놀랐어요. 여행을 갔다 와서 당장 『죄와 벌』을 사서 읽었죠. 저의 소설 읽기는 부끄러움 같은 것에서 시작됐다고 해도 과언이 아닙니다. '내가 이렇게 무식해도 되는가' 하는 자책감에서 소설을 읽기 시작했죠.

그런데 은퇴 후에는 완전히 달라졌습니다. 숭례문학당에서 독서토론을 하면서 저의 독서는 문학 쪽으로 크게 기울었습니다. 문학의 매력에 흠뻑 빠져든 것이죠. 그때부터 제가 가장 많이 읽는 책은 단연코 문학작품입니다. 문학 대 비문학으로 구분해보면 7 대 3 정도 되는 것 같아요.

문학은 은유가 많고 환상적인 특징을 갖고 있습니다. 나이 예순을 넘어 문학의 마니아가 된 제 자신이 새삼 놀랍기도 합니다. -윤영선

비문학은 논리적인 글이지만 문학은 은유가 많고 환상적인 특징도 갖고 있습니다. 그런 표현들이 처음에는 와닿지 않았고 이해가 잘 안 됐지만 이제는 제법 익숙해졌어요. 제 자신 논리와 감성 두 영역에서 어느 정도 균형을 찾은 것 같아요. 나이 예순을 넘어 문학의 마니아가 된 제 자신이 새삼 놀랍기도 합니다. 한 달에 대여섯 권 정도의 문학책을 읽는 것 같아요. 늘 가방 속에는 문학책이 들어 있어요. 지금 가방 속에는 무라카미 하루키村上春樹, 1949~의 『상실의 시대ノルウェイの森』가 들어 있어요. 한 달에 한 번 한 작가의 대표작들을 읽고 온라인 토론을 하는 모임에 참여하고 있는데, 이번 달에는 하루키의 작품을 읽고 토론할 예정입니다. 이 책을 읽고 나면 그의 산문집 『먼 북소리遠い太鼓』를 읽을 예정입니다. 이제 문학은 제 인생에서 떼려야 뗄 수 없는 소중한 존재가 되었죠.

최병일 저는 주로 역사책을 읽었습니다. 남자들이 대개 그렇듯이 『삼국지三國志』나 『대망大望』, 『수호지水滸誌』 같은 책을 읽었죠. 그러다가 리더 과정에서 제대로 된 문학을 처음 접했습니다. 러시

아 문학 같은 경우는 이름도 복잡하고 스토리도 일목요연하게 정리가 안 돼서 힘들었죠.

리더 과정이 끝나고 인문고전 과정 여섯 달을 거치면서 문학을 조금 더 알게 된 것 같습니다. 『닥터 지바고*Doctor Zhivago*』를 읽고 영화도 보고 토론도 하고 뮤지컬까지 봤죠. 그러면서 문학을 조금씩 이해하게 되었어요. 문학과의 만남은 제가 스스로 찾아서 했다면 어려웠을 텐데, 이런 교육 과정에 들어오니까 자연스럽게 접하면서 가치를 알게 된 거예요.

한기호 우문 같지만 문학작품에서 얻게 되는 것이 무엇이던가요?

윤석윤 먼저, 생각하는 힘이 강해진 것 같아요. 문학은 답을 주는 게 아니라 질문하는 책이었어요. "넌 이 문제에 대해 어떻게 생각하느냐?"며 불편하게 질문하는 거죠. 독자를 불편하게 하는 소설이 좋은 소설이라고 하잖아요. 지금은 소설을 생각하면서 읽어요. 소설가 성석제는 『투명인간』 후기에 "소설은 위안을 줄 수 없다. 함께 있다고 말할 수 있을 뿐"이라고 썼어요. 작가 김연수는 『소설가의 일』에서 소설가를 '세상만사를 뒤틀고 뒤집어보는 사람'이라고 하더라고요. 작가들은 인간 문제의 본질을 예리하게 짚어내는 사람인 것 같아요.

소설을 단순히 재미있는 이야기라고 생각했었어요. 그러니 고전이라 불리는 작품들은 더욱 재미가 없었죠. 그런데 문학작품을 읽고 토론을 하다보니 생각이 달라지더군요. 재미를 좇던 독서에서 의미를 생각하는 책 읽기로 변한 것이죠. 재미만의 한계가 있어요. 의미를 찾으면 더욱 재미있어요. 그것이 작가가 전하는 메시지잖아요. 그것을 파악하며 읽게 되면 독서의 맛이 달라져요. 글의 구성이나 묘사까지 생각하게 되지요. 작가가 이런 장면을 이렇게 표현하는구나 배우게 되지요.

『채식주의자』로 2016년 맨부커상을 받은 작가 한강은 『소년이 온다』로 만났어요. 그 소설을 쓰게 된 계기가 자신이 열 살 때 겪은 광주민주화운동이라더군요. '어떻게 사람이 사람을 죽일 수 있는가. 인간이 그럴 수 있는가.' 어릴 적부터 간직하고 있던 의문이었다고 해요. 소설가가 된 후, 그녀의 주제는 "인간이란 무엇인가"라고 하더군요. '인간이란 무엇인가'는 모든 문학의 화두잖아요.

문학을 통해 새로운 공부를 하게 됩니다. 예를 들어, 도스토옙스키의 『죄와 벌』이나 『카라마조프 씨네 형제들*Brat'ya Karamazovy*』을 읽으면 자연스럽게 당시 러시아의 역사와 사회상, 풍습이나 문화 등을 공부할 수밖에 없어요. 그런 시대적, 사회문화적 배경을 모르면 소설을 제대로 이해할 수 없지요.

문학은 기쁨뿐 아니라 위로를 주기도 해요. '약자, 실패자, 소외된 자들의 이야기'가 어떤 위로의 말보다도 더 큰 위로가 된다고 해요. 동병상련의 교감을 통해 위로가 이루어지는 것이지요. 『이젠, 함께 읽기다』에서 제갈인철은 문학의 힘을 말하고 있어요. 그는 '고통의 터널을 지나게 한 문학'이라고 표현했죠. 사업 부도로 어려웠던 시절, 교보문고에 들어갔다가 만난 조경란의 소설 『움직임』도 그랬습니다. 소설을 사면 점심을 굶어야 하는데 그 책을 읽으면서 '움직일 힘'을 얻었죠. 문학을 좋아하는 사람은 공감 능력이 뛰어난가 봐요. 제 경우 환갑이 되어서야 겨우 문학에 눈꺼풀이 떨어지기 시작했는데 말이에요.

결국 소설은 사람 이야기에요. 사람을 보는 눈을 키워줍니다. 우리는 일인분의 삶을 살 수밖에 없지만 문학을 통해 많은 사람의 삶을 경험할 수 있어요. 그런 다양한 사람들을 만나면서 어떤 사람이 좋은 사람인지 알 수 있는 눈을 가지게 되지요. 톨스토이는 『부활*Voskresenie*』에서 사람을 판단할 수 있는 기준을 제시합니다. 일반적으로 능력 있는 사람을 높게 평가하는데, 톨스토이는 다른 기준을 가지고 있어요. 예를 들면, 주인공 네플류도프는 학자이자 이지적인 혁명가 노보드보르프를 높게 평가하지 않습니다. 많은 능력에도 불구하고 자만심이 너무 크다는 겁니다. 교만이 능력을 덮어버리는 것이지요. 흔히 '난 사람', '든 사람'보다 '된 사람'이 더 중요하다고 하잖아요. 문학이 사람 판단의 기준을 일깨워주는 거죠.

윤영선 저는 문학을 접한 지가 얼마 안 됐지만 이제는 문학을 가장 좋아하고 또 문학의 영향을 가장 많이 받는 것 같아요. 그것이 구체적으로 무엇일까 생각해봤어요. 분명 영향을 받기는 하지만 그것을 구체적인 언어로 표현하는 건 쉽지가 않더군요. 문학 공부 소설은 사람 이야기입니다. 사람을 보는 눈을 키워줍니다. 우리는 일인분의 삶을 살 수밖에 없지만 문학을 통해 많은 사람의 삶을 경험할 수 있어요.

-윤석윤

를 하기 시작한 어느 날 『변신*Die Verwandlung*』의 작가 프란츠 카프카의 말을 박웅현의 『책은 도끼다』에서 봤어요. 책 제목이 바로 그걸 암시하죠.

카프카는 "책은 우리 내면의 얼어붙은 바다를 깨는 도끼다"라고 말했습니다. 저는 이 말을 처음 접하고 엄청난 충격을 받았습니다. 이 말의 의미를 생각하며 내가 갖고 있는 고정관념과 편견을 깨뜨리는 데 문학만큼 큰 역할을 하는 게 있을까 하는 생각을 하게 되었죠. 실제로 여러 문학책을 읽으면서 그런 걸 느꼈죠. 문학 읽기 초창기에 그런 충격을 받은 책으로 윌리엄 서머싯 몸William Somerset Maugham, 1874~1967의 『달과 6펜스*The Moon and Six Pence*』를 들 수 있어요. 평범하면서도 유복한 삶을 살아가던 중년 가장 스트릭랜드가 어느 날 가정을 탈출하여 자신이 좋아하는 그림을 그리는 내용이 저의 내면에 큰 충격을 던져주었죠.

최근에 파스칼 메르시어Pascal Mercier, 1944~의 『리스본행 야간열차*Nachtzug nach Lissabon*』를 읽었는데, 거기에 이런 말이 나와요. "우리가 우리 안에 있는 것들 가운데 아주 작은 부분만을 경험할 수 있다면, 나머지는 어떻게 되는 걸까?" 이 글이 크게 가슴에 와닿았어요. 정말 우리는 우리가 살 수 있는 삶의 가능성의 아주 작은 일부분만 살다 가는 것 같아요. 정답은 없지만 도전적으로 열정적으로 사는 것이 얼마나 중요한가를 이 글이 일깨워주었죠. 문학은 늘 저에게 이런 식의 자극을 주어서 좋아요.

숭례문학당에 와서 문학 책을 한 권씩 읽을 때마다 제 의식이 확장되는 것을 느낍니다. 제가 미처 생각하지 못했고, 보지 못했던 영역을 새로이 발견하는 거죠. 그것을 내 안에 흡수함으로써 내 의식이 변하는 거죠. 마치 여행을 할 때 낯선 곳을 보고 새로운 세계를 받아들이는 것처럼 말이죠. 그래서 저는 문학을 읽을 때 여행한다는 느낌을 받아요. 지난 1년 반이 그랬습니다. 이제 문학은 영원한 내 삶의 동반자입니다.

작가 김영하는 자신의 산문집 『읽다』에서 우리가 문학을 읽는 이유로 휴브리스hubris, 즉 오만을 말합니다. 저는 이 말에 크게 공감합니다. 인간은 자신이 잘나간다고 생각하는 순간 오만에 빠지고 마는 존재죠. 그래서 수많은 '성공한 인생'들이 소위 '똥통'에 빠지고 맙니다. 저는 문학이 늘 저로 하여금 그런 함정에 빠지는 것을 막아주고 깨어 있게 해준다고 생각해요.

최병일 읽었던 기간은 짧은데 할 얘기는 더 많은 케이스군요. 저는 문학이 인간을 이해하는 데 가장 좋은 도구가 아닌가 생각합니다. 왜냐하면 사람을 만나는 데는 한계가 있잖아요. 그리고 또 아무리 사람을 만난다 해도 깊은 이야기를 나눌 수 있는 사람은 그렇게 많지도 않고요.

그냥 만나고 헤어지고 정도이지, 그 사람 내면에 들어 있는 생각과 고민과 철학까지 아는 사람은 손가락으로 꼽을 정도로 소수일 겁니다. 그런데 문학 속 인물들은 복잡하게 얽혀 있는 내면의 철학, 생각, 관계 들을 현미경 들여다보듯이 볼 수 있잖아요. 위화余華, 1960~의 『허삼관 매혈기許三觀賣血記』나 『인생人生』은 매우 비참한 인간의 이야기를 다루고 있어요.

그런 주인공들의 이야기가 제 머릿속에 다양한 모습으로 들어와 있거든요. 실제 우리가 어떤 사람을 봤을 때, 그 사람이 어려운 이야기를 하면 연상이 되는 거죠. 소설 속의 인물과 현실에서 만난 사람이 자연스럽게 떠오릅니다. '소설 속의 어떤 인물이 이러이러한 고민을 갖고 살아왔는데, 이 사람도 그렇구나!' 하는 생각이 들어요.

오노레 드 발자크의 『고리오 영감*Le Père Goriot*』에 나오는 노인은 딸 둘을 행복하게 하기 위해서 많은 노력을 합니다. 그런데 결국은 딸도 불행하고 본인도 비참하게 죽어갑니다. 그런 것들을 보면서 인간의 깊은 내면 세계를 간접적으로 느낄 수 있게 되었어요.

또 하나는, 우린 감성이 메말라 있지요. 대개 이성적으로 생각하는 반면 감성은 메말라 있어요. 남성들의 경우 여성들의 감성에 못 미치잖아요. 결론만 이야기하고 이런저런 사정을 얘기하기 힘들어합니다. 감성이 말랑말랑해지면 사물 하나를 보더라도 지

문학작품을 읽으면 감성이 말랑말랑해지면 사물 하나를 보더라도 지나치지 않고 예민하게 관찰하게 됩니다. 뭔가 두루뭉술하게 보는 것이 아니라 내면의 작은 변화도 포착할 수 있게 됩니다. -최병일

나치지 않고 예민하게 관찰하게 됩니다. 뭔가 두루뭉술하게 보는 것이 아니라 내면의 작은 변화도 포착할 수 있게 됩니다. 꼭 봐야겠다고 생각해서가 아니라 느껴지는 거죠. 작은 변화에도 촉이 생긴다고 할까요.

그런 면에서 문학이 우리에게 주는 많은 것들이 있는데요. 그중에 작은 부분이라도 얻을 수 있어서 참 부자가 된 것 같은 느낌이 들어요. 이런 것들이 또 문학을 읽게 하는 힘인 것 같습니다.

한기호 문학을 멀리하는 사람에게 해주고 싶은 말씀은 무엇인지요?

윤영선 저는 모든 사람에게 문학의 효용을 말하기보다는 저와 같은 세대, 즉 베이비부머들에게 말하고 싶어요. 방금 최병일 선생님이 하신 그 말씀을 받아서요. 저희 세대는 이제 노인으로 들어가는 초입 단계에 와 있어요. 저는 노년의 삶을 한마디로 감각의 상실, 즉 감수성의 고갈이라고 말하고 싶어요. 극단적으로 감각이 없어지는 게 죽음이죠. 사실 늙은이와 젊은이의 차이는 여기

에 있다고 봐요. 나이가 들수록 감각이 둔해지잖아요. 입맛도 없어지고 귀도 잘 안 들리고 눈도 잘 안 보이고요. 저는 나이 든 사람이 고정관념에 빠지고 자기중심적인 생각을 갖고 사는 것도 바로 이 감각 내지 감수성의 상실과 관련이 있다고 생각해요. 다른 사람과 세상에 대하여 감정이입할 수 있는 능력이 부족한 사람이 되어버린 거죠.

베이비붐 세대들이 자기 안의 약화되고 상실되어가는 감각들을 끌어올리려면 문학을 읽어야 합니다. 문학을 읽으면 다시 감수성이 예민한 사람으로 거듭날 수 있습니다. 모든 예술이 다 그런 역할을 한다고 생각해요. 문학과 예술은 노년 인생에서 반드시 함께해야 할 동반자라고 말하고 싶습니다.

글로 쓰는 예술 영역이 바로 문학이죠. 문학을 읽는다는 것은 자기 안에 고갈되고 상실되어가는 감수성을 다시 찾아내는 과정입니다. 쉽게 말하자면 바로 젊음을 회복하는 것이죠. 젊게 산다는 것은 육체적 운동만으로 되는 것이 아닙니다. 문학과 예술을 통하여 정신의 감각을 활성화시키는 것이야말로 노년의 삶을 젊게 사는 비결입니다.

최병일 이야기를 듣다보니까 이런 생각이 드네요. 자기 안에 씨를 뿌리기 위해서 갈아엎는 과정 같아요. 딱딱하게 굳어 있는 것들을 부드럽게 하는 과정에서 문학이 쟁기와 같은 역할을 하는 것 같습니다.

윤석윤 문학은 당연히 읽어야죠. 문학에서 감수성을 익힐 수 있어요. 감수성은 공감 능력이고, 타인의 고통을 이해하는 능력입니다. 배려와 환대의 능력이기도 해요. 살아가면서 부족한 게 감수성이잖아요. 이것을 회복시켜주는 것은 논리가 아니라 감성이에요. 그리고 아까도 말씀드렸지만 문학의 정서적 가치가 바로 그 부분이라 생각합니다. 문학은 감수성을 키워주는 좋은 도구입니다.

문학은 인생을 이해하게 만들어줍니다. 문학평론가 신형철은 단편과 장편의 차이를 이렇게 설명해요. 단편은 진실이 발견되는 순간 끝나지만 장편은 진실이 발견된 곳에서 질문으로 다시 시작합니다. 질문에 대한 주인공의 응답이 장편소설이라는 거죠. 소설은 독자에게 직접 답을 주지 않고 문제만 보여줍니다. 답은 독자 스스로 찾아야죠. 이것을 '문학적 바꿔 쓰기'라고 하더군요. 마치 유능한 수학 교사가 학생들에게 문제를 해결할 수 있는 여러 방식을 제시하는 것처럼, 소설도 독자가 소설을 읽으면서 진실에 점점 다가가게 만드는 것이죠. 답은 주지 않지만 답을 찾도록 도와줍니다. "인생을 알고자 하는 자, 소설을 읽어라!"라고 말하고 싶네요.

소설 읽기를 좀더 구체적으로 들어가보지요. 희극과 비극의 차이점은 무엇일까요? 알랭 드 보통의 해석이 마음에 들었어요. 비극은 패배자를 너그러운 눈으로 바라보게 만든다는 거예요. 주인공이 그럴 수밖에 없음에 공감하는 거죠. 또 희극은 힘 있는 자를 조롱하고 비판하며 약한 자에게는 미소를 보내는 것이라고 해요.

이런 것들이 비극과 희극을 통해서 길러지는 감수성이겠지요.

또 하나, 희곡에 대해서도 말하고 싶어요. 장진의 〈택시 드리벌〉을 가지고 연극을 하기 위해 몇 개월 동안 '리딩' 연습을 했어요. 그때 '리딩'하면서 깜짝 놀랐어요. 연극의 매력을 조금 알게 되었다고나 할까요? 대학에서 연극 연출자까지 초빙하여 연습했으니 꽤 진지하게 한 것이죠. 리딩하면서 배역에 감정을 이입하려고 노력했어요. 그때 희곡 읽기의 매력을 알게 되었죠. 숭례문학당 연말 모임에서 연극을 했어요. 『투명인간』의 석수 역이나 『허삼관 매혈기』의 허삼관 역을 맡으면서 절절하게 느꼈어요.

희곡(대본)에는 상황에 대한 구체적인 설명이 없어요. 다만 무대 상황에 대한 간단한 지문과 대사만 있죠. 배우는 대사만으로 상황을 이해하고 배역을 해석하여 창조해야 해요. 배우란 창조적인 역할을 하는 사람이라고 생각한 것이 그때예요. 텔레비전에서 한 연기자의 인터뷰를 보았어요. 연극 배우 출신으로 생활이 어려워 몇 번이나 연극판을 떠났다가 다시 돌아왔대요. 그것을 병이라고 하더군요. 예술의 힘이지요. 저도 그런 마음을 조금은 이해할 수 있습니다. 저의 꿈 리스트 중 하나가 연극 배우예요. 나이가 적지 않아 어떨지 모르겠지만.

소설에 감정이입하는 것도 연극과 비슷하지 않을까요? 젊은 나이에 세상을 떠난 소설가 김소진1963~1997은 "소설이란 덜 절망하는 것을 보여주는 것"이라고 말했어요. 절망적인 삶 속에도 다시 일어날 용기를 문학을 통해 얻기도 하잖아요. 논리는 머리를

소설가 김소진은 "소설이란 덜 절망하는 것을 보여주는 것"이라고 말했어요. 절망적인 삶 속에도 다시 일어날 용기를 문학을 통해 얻기도 합니다.

-윤석윤

통해서 가슴으로 내려오는 데 시간이 걸리지만 감동은 바로 가슴을 뚫고 들어오는 거지요. 소설, 희곡, 시 등 문학에는 그런 힘이 있는 것 같아요.

최병일 저는 문학이 지혜의 보고라고 생각합니다. 우리가 문학 한 작품 한 작품 속에서 사실 얻는 게 많이 있어요. 물론 그냥 얻어지는 게 아니라 질문을 해야 하죠. 그리고 어떤 경우는 거울 역할도 하고요. 아까 얘기했던 『고리오 영감』의 경우, 우리가 직접 살아본 것은 아니지만 그의 삶을 통해서 '이러면 안 되는구나, 이것이 딸을 망치는 길로 가게 하는구나, 본인의 삶도 그렇게 살면 안 되겠구나' 느끼게 하죠.

그것은 생각을 하려 해서가 아니라 자연스럽게 스며드는 것 같아요. 『변신』의 주인공 그레고르의 경우도 돈을 벌 때는 가족들이 그렇게 귀한 대접을 하더니 벌레가 되고 나니까 푸대접을 하는 거죠. 가족 안에서 투명인간 취급을 받고 학대 받는 것을 보니 가족이란 과연 무엇인가 생각하게 되지요.

경제적으로 도움을 줄 때의 가족과, 돈을 벌지 못할 때의 가족의 차이는 무엇일까? 이런 것들을 자꾸 생각하면서 우리 가족을 점검하게 되죠. 과연 우리 가족은 정말로 이 소설에 나오는 가족과 무엇이 다른가. 그리고 정말 제대로 된 가족을 만들기 위해서는 어떤 노력을 해야 할까? 이런 식으로 여러 질문이 꼬리에 꼬리를 물면서 사람을 지혜롭게 만들어주는 것 같아요.

할레드 호세이니Khaled Hosseini, 1965~의 『연을 쫓는 아이*The Kite Runner*』 같은 경우, 우리가 언제 아프가니스탄에 가보겠어요. 심지어 잘 듣지도 못하죠. 그곳에 살고 있는 사람들의 삶, 가치의 정신적 배경, 종교적인 문제점 등이 거기에 낱낱이 기록되어 있잖아요. 그래서 그 나라를 가보지 않았지만 '그 나라에 이러이러한 아픔이 있고, 이런 시련을 겪었고, 지금은 이런 상황이구나' 하는 것을 책 한 권을 통해 알게 되는 거죠.

할레드 호세이니가 이어서 쓴 책이 『천 개의 찬란한 태양*A Thousand Splendid Suns*』인데요. 그 책을 읽으면 그 나라에서 여성들의 지위가 어떤지, 어떤 아픔이 있는지가 눈물이 날 정도로 느껴지죠. 그래서 문학을 읽어야 하는 이유는 사고의 확장, 인간에 대한 이해, 내 삶을 점검하게 하는 촉매가 되기 때문입니다. 취미가 아니라 반드시 읽어야 하는 거죠. 우리의 삶을 조금 더 풍요롭게 하고, 지혜롭게 하기 위해서 반드시 읽어야 합니다.

윤영선 문학은 우리에게 삶을 바라보는 통찰력을 안겨줍니다. 그런데 우리는 대부분 청소년기에 문학을 읽고 말죠. 정작 문학이 필요한 중년 이후에는 거의 읽지 않습니다. 물론 청소년기에도 읽어야 하죠. 하지만 청소년기에는 정작 심오한 문학의 메시지를 이해하기가 쉽지 않습니다. 풍부한 삶을 경험하고, 수많은 인생의 파고를 넘은 사람들이야말로 문학을 통하여 많은 것을 느끼고 깨닫는다고 생각합니다. 그렇다면 진짜 문학을 읽어야 할 사람은 청소년이 아니라 중년을 넘어선 사람들이죠.

예를 하나 들자면 제가 처음 숭례문학당에 발을 디딜 즈음 어니스트 헤밍웨이Ernest Miller Hemingway, 1899~1961의 『노인과 바다*The Old Man and the Sea*』를 읽고 토론을 했어요. 가만히 더듬어보니 중학교 때 읽었던 것 같더라고요. 청소년 권장도서라는 이유로 읽었던 것 같아요. 과연 그때 소설의 내용을 이해했을까요? 아무리 생각해도 무슨 말인지 몰랐을 것 같아요. 거친 바다를 향해 무모한 도전을 하는 노인의 생각을 아무런 삶의 경험도 없는 중학생이 뭘 어떻게 알았겠어요. 그런데 지금 읽으니 너무 가슴에 와 닿았습니다. 인생에서 무엇이 정말 중요한지 깨우침을 얻는 것 같았어요. 소설 속에 나오는 '파멸할지언정 패배하지 않아'라는 글귀가 저의 머리를 한 방 쳤답니다. 저는 노년 인생에 꼭 필요한 책이 문학이라고 생각합니다. 많은 노년들이 문학을 외면하는 것이 너무 안타깝습니다.

윤석윤 신형철을 많이 사례로 드는데 어쩔 수 없네요. 그를 통해 문

문학을 읽어야 하는 이유는 사고의 확장, 인간에 대한 이해, 내 삶을 점검하게 하는 촉매가 되기 때문입니다. 삶을 더 풍요롭게 하고, 지혜롭게 하기 위해서 반드시 읽어야 하죠.

-최병일

학을 많이 공부했으니까요. 그가 이런 얘기를 했어요. 음악사와 미술사에는 어린 나이에 천재가 된 사람이 많은 반면 문학에서는 어린 나이에 천재가 되기 어렵다고요. 왜 그럴까요? 문학은 삶에 대한 이야기이기 때문입니다. 삶 속에서 많은 것을 경험하고, 그것에 대한 통찰력을 얻어야 하는데 어떻게 어린 사람이 가능할 것이냐는 말이지요. 공감이 가는 말이 아닙니까? 윤영선 선생님이 말씀하시는 것을 들으니 그 말이 생각났어요.

하나 덧붙이자면, 예술과 미학적인 눈을 기르는 데도 문학 읽기가 중요하다고 생각합니다. 그렇지 않으면 도덕적인 범주에 머물러 교훈이 무엇인가만을 살피게 되지요. 실패자의 모습을 외면하고 성공자의 삶만 동경하지요. 자기계발적 관점으로 보게 되는 거죠. 예술로서의 문학은 조악한 도덕주의에 반기를 들고 있잖아요. 밀란 쿤데라도 "소설은 윤리적 판단이 정지된 땅이다"라고 주장하잖아요. 우리의 가치관을 문학에 곧바로 들이대는 순간, 작가의 메시지를 오독하게 됩니다.

Insight 02

세상을 바라보는 안목을 키우는 인문·사회과학서 읽기

한기호 윤영선 선생님은 자기계발서를 버리고 인문·사회과학서와 만났다고 하셨는데요. 인문·사회과학서를 접하니 어떤 변화가 일어나던가요?

윤영선 저는 대학 학부에서 경제학을 전공했고, 부전공은 아니지만 사회학을 특히 좋아했습니다. 32년간 다닌 직장도 사회과학 분야의 연구소였죠. 그러다보니 늘 사회과학 서적을 가까이 접한 셈입니다. 짐작하시겠지만 제가 주로 접한 사회과학은 거의 계량적인 지식이었어요. 이른바 사회를 하나의 통합된 시스템으로 이해하는 사회공학적 접근의 지식이었지요. 이런 의미에서 제가 사회과학 서적을 폭넓게 읽었다고는 말할 수 없을 것 같습니다.

전공서적 외에 제가 주로 읽은 책은 50대를 넘겨서 접한 자기계발서였습니다. 자꾸 뒤쳐져가는 것만 같고 다시 일어서야 한다는 생각이 강렬하게 일어날 때 제일 먼저 잡은 책이 자기계발서였어요. 50대 중반까지 주로 자기계발서 위주로 책을 읽었던 것 같아요. 그런데 자기계발서를 계속 읽다보니 그게 그거라는 생각이 점점 들더라고요. 강렬하기는 한데 금방 약효가 떨어졌죠. 아무리 읽어도 책의 요구나 가르침대로 실천할 수 없는 나를 발견하고는 점점 자기계발서에서 멀어지기 시작했죠.

본격적으로 인문·사회과학 서적을 읽게 된 것은 자기계발서의 한계를 인식하기 시작하면서부터였습니다. 제대로 된 인문·사회과학 서적은 개인과 사회에 대한 사고력을 키워준다고 생각해요. 자기계발서는 사회 체제를 있는 그대로 받아들이고 그 안에서 잘 적응하여 성공하는 길을 가르쳐주는 책인 반면, 인문·사회과학서는 개인과 사회의 유기적 관계를 생각하도록 유도하죠. 사회는 늘 문제가 있는 시스템이라는 시각에서 그것을 제대로 꿰뚫어보게 하는 책이 인문·사회과학서라 생각합니다.

인문·사회과학 서적을 읽어야 하는 이유가 바로 여기에 있습니다. 즉 비판적인 안목을 기르는 것이죠. 그런데 그런 책을 읽고 나름의 안목을 키우다보니 점점 동년배 직장 동료나 친구 들과 멀어진다는 느낌이 들 때가 한두 번이 아니었어요. 내 생각을 진지하게 말하기가 쉽지 않았어요. 저와 비슷한 연령대의 사람들은 무슨 문제가 생기면 그건 개인의 잘못, 그 사람의 문제라고 생각하는 경향이 강합니다. 사회나 정치의 문제를 지적하면 무슨 이

자기계발서는 사회 체제를 있는 그대로 받아들이고 그 안에서 잘 적응하여 성공하는 길을 가르쳐주는 반면, 인문·사회과학서는 개인과 사회의 유기적 관계를 생각하도록 유도합니다. -윤영선

념의 딱지를 붙여 이상한 사람으로 몰아붙이는 상황에서 자기 의견을 말하기란 쉽지 않죠. 중년 이후의 사람들이 인문·사회과학 서적을 외면하는 것은 사회를 비판적인 안목으로 보지 않으려는 태도와도 관련이 있는 것 같습니다.

윤석윤 저도 자기계발교의 '교인'이었습니다. 개인이 열심히 노력하면 된다고 믿었어요. 성공한 인생을 살고 싶었으니까요. 문제는 그것을 법칙처럼 믿었다는 데 있습니다. 그것의 한계를 인식하지 못한 것이죠. 예를 들면 구조적인 문제를 외면하고 개인의 문제로 축소시키는 것이지요. 개인이 열심히 노력한다고 해도 구조적인 문제를 해결할 수 있는 게 아니잖아요. 지금 20대의 상황이 딱 그래요. 우리가 열심히 살았던 1980년대는 대학 나오면 곧바로 취직이 되었어요. 하지만 지금은 다르잖아요. 시대와 환경이 변했는데 "네가 열심히 하지 않아서 그런 거야"라고 말할 수는 없는 노릇입니다.

이원석의 『거대한 사기극』은 그것을 지적하고 있어요. 이 책은

자기계발서를 윤리적 패러다임과 신비적 패러다임의 측면에서 분석합니다. 전자는 근면과 성실을 말하면서 기술적 측면을 강조해요. '어떻게 해라, 어떻게 하면 된다.' 이것은 어느 정도 이해되고 받아들여요. 하지만 비판하는 것은 후자에요. 환상과 무의식을 강조하죠. 문제는 이것을 과학적 법칙으로 설명한다는 데 있어요. 과학의 원리는 인과의 법칙이에요. 원인이 있으면 반드시 결과가 나온다는 것이지요. 저도 나중에 깨달았어요. 이것은 인과법칙이 아니라 상관법칙이라는 사실을 말이죠. 열심히 노력하면 성공할 확률은 높아집니다. 하지만 열심히 노력한다고 반드시 성공하는 건 아닙니다. 이게 현실이죠.

이제 자기계발의 주제가 '성공'에서 '행복'으로 진화했어요. 철학자 탁석산은 『행복 스트레스』에서 행복이 무엇인지 따지고 있어요. 우리가 사용하는 행복이란 단어는 원래 공리주의자들이 쓰기 시작했다고 합니다. 행복은 역사적으로 공리주의, 민주주의, 개인주의, 시장주의 등의 가치가 겹치는 부분에서 생겨났다고 해요. 하지만 탁석산은 행복이란 하나의 환상이라고 단언해요. '최대 다수의 최대 행복'이 모든 사람을 만족시켜주지 못하잖아요. 행복의 기준도 굉장히 모호한 것이고요. 그래서 탁석산은 행복을 추구하기보다는 '좋은 삶'을 추구하라고 충고하죠. 안타깝게도 지금 세상은 물신주의가 지배하고 있어요. 행복이 모두 돈과 연결되어 있어요. 아이들에게 무엇이 되고 싶은지를 물으면 "부자"라고 말할 정도잖아요.

물론 저도 자기계발서를 무조건 나쁘다고 부정하지는 않습니다. 다만 한계가 있다는 거죠. 이제 저의 독서 리스트에서는 자기계발서가 거의 사라졌어요. 우선순위에서 밀려난 것이죠. 예전에는 비중이 50퍼센트 이상이었다면 지금은 10퍼센트 미만으로 줄었어요. 오히려 문학이 30~40퍼센트로 올라오고 인문·사회과학 서적이 그 나머지를 차지할 정도로 독서의 패턴이 바뀌었죠.

최병일 자기계발서는 사회와 국가의 몫은 이야기하지 않고, 모든 문제를 개인이 노력하면 마치 다 이루어지는 것처럼 말하죠. 두 발이 있어야 정상적으로 걸어갈 수 있는데 한 발은 잘라버리고 외발로 뛰어가는 사람으로 만들어버리죠.

물론 개인이 노력해야 할 부분도 있죠. 사회가 모든 것을 해주는 것은 아니니까요. 하지만 이 두 가지가 조화를 이루어야 하는데 그동안은 너무 자기계발 쪽으로만 초점이 맞춰져 있고, 사회의 문제에는 눈이 가려져 보지 못하고, 판단을 못하게 되었던 거죠. 사회과학을 접하면서 개인의 노력으로는 해결할 수 없는 문제들이 많다는 것을 깨닫게 되었습니다.

최근에 영국이 유럽연합에서 탈퇴했습니다. 우리가 영국이라는 나라를 모르면 그냥 '탈퇴했는가 보다' 하고 속단할 수도 있잖아요. 그런데 알고 보니 영국은 불문법 국가래요. 자기 스스로 판단해서 나갈 수 있도록 되어 있는, 그만큼 성숙한 사회인 거죠. 죄를 크게 짓기 전에는 스스로 판단해서 살아갈 수 있도록 되어 있한 가지 사회적 문제에는 복합적인 많은 문제가 포함되어 있습니다. 사회과학을 공부하면서 복잡하게 얽혀 있는 여러 사회적인 상황들을 조금씩 이해하려 노력하게 됩니다.

-최병일

죠. 그런데 유럽연합의 법은 아주 구체적으로 조항이 만들어져 있다고 합니다. 할 수 있는 것과 해서는 안 되는 것이 분명하죠. 예를 들면 커피포트를 만들 때, 전력은 환경이나 에너지 절약 차원에서 몇 볼트 이상은 만들면 안 된다는 식으로 구체적으로 정해진다고 합니다. 영국은 차를 많이 마시는 나라이고, 제품을 외국에 팔 것도 아니기 때문에 자기들이 만들어서 안에서 소비하는 것까지 간섭하면 정서적으로 거부감을 느낀다는 거죠.

이것은 아주 극단적인 예이지만, 한 가지 사회적 문제에는 많은 문제가 복합되어 있는데 우리는 그것을 생각하지 않고 함부로 결론내리는 우를 범하죠. 사회과학을 공부하면 복잡하게 얽혀 있는 여러 사회적인 상황들을 조금씩 이해하려 노력하게 됩니다. 또 개인 차원에서 해결할 수 없는 사회적인 문제를 어떻게 풀어야 하는지 생각하게 되는 거죠. 절름발이가 되지 않으려면 사회과학을 공부해야 합니다.

남의 일로 치부하지 않고, 서로가 담론을 만들어가면서 더불어 좋은 사회도 만들어야, 그 안에 있는 개인도 행복할 수 있습니다.

그런 차원에서 "자기계발서는 무조건 나쁘다, 사회과학서만을 읽어야 한다"는 게 아니라 개인의 몫과 사회의 몫을 조화롭게 이뤄가는 공부가 되어야 하지 않을까 싶습니다.

윤영선 저도 무조건 자기계발서를 읽지 말아야 한다고 생각하지는 않습니다. 자기계발서도 좋은 책이 상당히 많죠. 하지만 너무 타이틀 위주로 독자를 현혹하는 책을 사 볼 필요는 없다고 생각해요. 개인과 사회를 균형 잡힌 시각으로 바라보는 것이 중요합니다. 개인의 문제를 해결하기 위해서는 개개인의 노력도 필요하지만 개인을 넘어선 사회적 문제를 해결하려는 노력도 있어야 하죠. 이런 관점에서 책도 다양하게 읽을 필요가 있습니다. 즉 훌륭한 자기계발서도 읽으면서 사회를 비판적 안목으로 바라보는 인문·사회과학서도 읽어야 합니다. 그런데 우리는 쉽게 우리를 자극하는 자기계발서에는 손을 뻗으면서도 골치 아픈 인문·사회과학서는 외면하려 합니다. 이렇게 해서는 자신이 속한 사회의 발전을 꾀하기가 힘듭니다.

좋은 인문·사회과학 서적들은 지식도 제공하지만 사유하는 힘을 길러줍니다. 자신이 속한 사회에 대해 사유하는 힘을 잃어버릴 때 우리는 자신도 모르게 소수 기득권자, 권력층, 전문가 들의 시각에 끌려가게 되죠. 최근에 이반 일리치Ivan Illich, 1926~2002의 『전문가들의 사회*Disabling Professions*』를 읽었는데, 겉으로는 풍요를 향해 치닫는 오늘날의 사회가 실은 지속적으로 전문가들에 의존

하는 인간을 만들고 있다고 말합니다. 정말 공감하지 않을 수 없었습니다. 전문가 의존이 가장 심한 법이나 의료 분야를 보면 인간은 점점 더 거기에 종속되어간다는 느낌을 떨칠 수가 없어요. 그게 과연 우리가 원하는 삶일까요? 우리가 냉철한 사회의식을 가지지 않으면 자기도 모르게 사회의 지배층에게 자신의 영혼마저 팔아버리는 삶을 살게 될 것입니다. 그런 사회를 결코 좋은 사회라고 말할 수 없죠. 책을 읽지 않고 생각을 하지 않으면 우리는 우리 자신의 미래를 일부 엘리트 계층들에게 내맡긴 채 그들이 우리를 위해 좋은 세상을 만들어줄 거라는 낙관적인 생각으로만 살아갈 것입니다.

저는 무엇보다 사회 문제에 대한 토론이 중요하다고 봅니다. 전문가나 권력자들의 토론이 아니라 보통 사람들의 토론이 필요합니다. 내 생각이 일방적으로 옳다고 밀어붙이는 식의 토론이 아니라 저마다 사회를 보는 자기 논리를 갖고 지혜를 모으는 그런 토론이 활성화될 필요가 있어요. 그래야만 우리 사회가 보다 건강하게 발전할 수 있습니다. 특히 우리 베이비부머 세대들이 인문·사회과학서를 읽고 토론하는 기회를 많이 가질 필요가 있습니다. 예를 들면, 유시민의 『국가란 무엇인가』를 읽고 늘 당연시해온 국가의 존재 이유와 역할에 대해서 함께 토론해보는 것입니다. 그런 질문과 토론 자체를 불온시하고 회피하는 사회는 발전 가능성이 거의 없는 사회라고 해도 과언이 아닙니다. 우리 베이비부머들이 좋은 인문·사회과학 서적들을 많이 읽고 적극적으로 토론에 참여해서 새로운 사회를 만드는 데 더 많이 기여하면 좋겠습니다.

최병일 김경집의 『고장 난 저울』에 실린 어느 에피소드가 충격적으로 와닿았습니다. 책에는 경비원들의 최저임금을 올려주어야 하는 상황에 놓인 두 아파트의 이야기가 나옵니다. 한 아파트 단지에서는 경비원들의 인원을 감축했습니다. 경비원들의 입장은 고려하지 않았습니다. 입주자들 입장에서 아무런 손해도 없다고 생각한 겁니다. 사람을 보지 않고, 경제 논리를 모든 것의 해결책으로 제시한 것이지요.

그런데 강북에 있는 아파트의 주민들은 이런 문제가 있는데 어떻게 하면 좋을지 논의했어요. 그들은 지하의 전등을 LED로 바꾸자고 합의합니다. 그러니 전기세가 낮아졌고, 거기에서 나온 이익으로 경비원들의 월급을 올려주었습니다. 한 사람도 감축하지 않았습니다.

두 아파트의 이름까지 거론이 되었더라고요. 결국은 세상을 어떤 눈으로 바라보느냐가 상황을 갈랐습니다. 경비원들도 어떤 가정의 가장이고 생활인인데, 갑자기 실직을 당하면 대책이 없는 거죠. 경제 논리로만 보는 아파트와 사람의 시선으로 보는 아파트의 차이는 분명합니다. '이분이 직장을 잃으면 어떡하지, 방법은 없을까?' 이런 관점에서 사람을 보며 대책을 세운 아파트는 해법이 다른 거죠. 같은 서울이지만 해결하는 방법에 차이가 많다는 것을 말해줍니다.

이렇게 토론을 통해 사회 문제를 해결해나가는 것은 공부를 하면 얼마든지 가능합니다. 그러지 못하면 그냥 경제 논리에 맞춰서 무 자르듯이 잘라버리고 알 바 없다고 하는 거죠. 그런 식으로 되면 이 사회는 점점 황폐해질 수밖에 없고 인정이 메마르는 거죠.

윤석윤 그것은 강북, 강남의 문제만이 아니에요. 작년에 제가 살고 있는 주공아파트는 경비원 수를 절반으로 줄였어요. 동대표들이 모여 매월 관리비 2만 원을 절약하자며 투표에 붙였어요. 결과는 불을 보듯 빤했습니다. 강남 부자 아파트의 주민만 갑질하는 게 아니라 주공아파트의 서민들도 마찬가지예요. 내 주머니에서 나가는 1~2만 원이 아까운 거죠. 나이든 비정규직 경비원들이 잘렸을 때 이들의 삶이 어떻게 될까는 생각하지 못하는 거죠.

오히려 서민이 서민을 이해하지 않더라고요. 숫자가 반으로 줄어든 후 경비원의 일이 두 배로 늘었어요. 각 동에서 한 명이 하던 일을 두 동씩 해야 하니까요. 택배 문제도 그렇고 재활용품, 쓰레기 정리, 청소 등 많아요. 주민들도 불편하죠. 인간적인 유대와 나눔보다 한 달 지출 2만 원 줄이는 것을 선택한 결과죠.

이런 생각이 신자유주의적 인간관과 비슷합니다. '인간은 개인적인 존재이고, 자신의 욕망을 추구한다. 또 인간은 감각적이고 물질적인 존재이며 자기 이익을 최우선으로 여긴다. 따라서 신자유주의자는 시장을 자율에 맡겨야 하고, 정부는 시장 개입을 최

정부란 무엇입니까? 정부가 역할을 포기하면 힘을 가진 자들이 시장을 좌지우지하게 됩니다. 평등과 정의가 약화되거나 사라지게 됩니다. 모든 것을 개인의 책임으로 넘깁니다.

-윤석윤

소화해야 하고, 작은 정부를 실현해야 한다'는 것이 이들 주장의 핵심이죠. 모두 경제 논리입니다. 하지만 정부란 무엇입니까? 정부가 역할을 포기하면 힘을 가진 자들이 시장을 좌지우지하게 됩니다. 평등과 정의가 약화되거나 사라지게 됩니다. 모든 것을 개인의 책임으로 넘깁니다. 부모와 출신에 따라 금수저나 흙수저는 숙명이 되는 것이죠. 하지만 인간은 이기적인 면도 있지만 이타적이기도 하잖아요.

아파트 경비원들을 보고 서슴없이 "머슴이잖아"라고 하는 사람들은 누구입니까? 왜 그런 생각을 할까요? 우리의 정신적, 문화적 수준이 그 정도라면 문제입니다. 생활 수준이 높은 동네에서 윤리적 수준이 낮은 생각과 행동을 한다는 것은 우리 사회에 문제가 있다는 증표입니다. 이들의 소위 '갑질'과 권위의식, 계급의식, 눈앞에 보이는 이익과 손해에 민감한 그들의 모습을 보면서 이런 현상에 문제의식을 느끼게 되는 거죠.

인간은 개인적 존재인가, 사회적 존재인가? 인간은 이기적 존재인가, 이타적 존재인가? 이런 근본적인 문제를 생각하도록 돕는 게 인문학입니다. 자기계발서는 이런 문제에 답을 주지 못하죠. 인문학과 사회과학이 현실 문제를 외면하지 않고, 바른 세상을 추구하는 비판정신을 갖게 만들어준다고 생각합니다.

윤영선 지금 우리나라는 중진국을 넘어섰으나 선진국 문턱에서 왔다 갔다 하는 상태입니다. 이제 자기계발식 논리로는 개인과 사회의 발전에 한계가 있습니다. 지금이야말로 패러다임의 전환이 필요할 때인 것 같아요. 이제는 성장 모델이 달라져야 하고, 생각과 발상 등 모든 것이 달라져야 합니다. 양적 성장 모드에서 질적 성장 모드로 바뀌어야 하는 거죠. 그런데 우리는 여전히 과거의 양적 성장 모델에 집착하고 있어요. 우리 사회는 무엇이 진정한 발전인지 국민이 어떻게 하면 참된 행복을 누릴 수 있을지 진지하게 고민하고 토론하지 않습니다.

OECD 회원국 중 자살률 1위라는 지표 하나만 보더라도 우리 사회가 지금 얼마나 심각한 구조적 문제에 빠져 있는지 알 수 있어요. 그런데 우리는 이를 안타까워하면서도 그저 표피적으로만 해결하려는 것 같아요. 정부나 정치권, 그리고 학계에서조차 아무도 이를 우리 사회의 구조적 문제와 연관 지어 고민하고 해결하려 하지 않아요. 사회는 이런 것이니 각자 알아서 잘 버텨주기 바란다는 발상이 지배하고 있죠. 이제 우리 사회를 바라보는 관점을 근본에서부터 고민해볼 필요가 있습니다. 자살 이슈 외에도 우리 사회에 출산, 고령화 문제 등 얼마나 심각한 문제가 많습니까? 모두 '한강의 기적'이라는 고도 성장의 부작용들이죠. 여전히 과거식 성장 방식에 집착하는 우리 사회 지도자들의 상상력 빈곤과 비전 없음을 지적하지 않을 수 없습니다.

제러미 리프킨Jeremy Rifkin, 1945~은 2000년대 초반에 쓴 『소유의 종말*The Age of Access*』에서 사회가 빠르게 소유 중심에서 네트워크와 체험 중시형으로 바뀌어간다고 말했습니다. 실제로 지금 전 세계가 그런 방향으로 빠르게 변하고 있죠. 그의 최근작 『한계비용 제로사회*The Zero Marginal Cost Society*』는 그런 변화가 근본적인 경제 및 사회 변혁을 일으키고 있다고 말하죠. 어쩌다가 이토록 공부는 하지 않으면서 고정관념에 사로잡혀 독설만 내뱉는 정치가가 많은 나라가 되었는지 모르겠어요. 그런 생각을 할 때마다 암담한 기분이 들어요.

최병일 저는 스웨덴의 사례를 찾아봤어요. 스웨덴에서 대학 교수로 있는 최연혁이라는 분이 있어요. 그분이 한국의 미래에 대한 책을 한 권 썼죠. 『우리가 만나야 할 미래』라는 책입니다. 책을 읽고 토론을 해보니, 사람들이 "우린 200년을 가도 이렇게 안 된다"는 거예요. 스웨덴은 부자들이 세금의 60퍼센트를 내더라고요.

그런데도 세금을 더 내려는 마음을 갖고 있어요. 국회의원들이 그렇게 급여가 많은 것도 아니래요. 그런데도 정말 열심히 자기가 발의한 법이 국민에게 얼마나 혜택을 주는지에 기쁨을 느끼면서 일한다고 합니다.

보좌관도 없답니다. 국회의원 몇 명이 한 명의 비서를 공동으로 둔다고 합니다. 참 감동적인 스토리가 많더군요. 총리를 마친 한 사람은 임기가 끝나고 나니 집이 없는 거죠. 집이 없고 갈 데가 없으니 국가에서 여생을 마칠 수 있도록 연수원 공간을 내주었다고 합니다. 그곳에 많은 젊은이들이 찾아와 질문하고 토론하며, 지혜를 배우는 장이 되었습니다.

그다음에 총리 후보로 다섯 명이 선정되었는데, 1순위 인물이 "미안하지만 나는 아이를 키워야 하기 때문에 총리를 할 수가 없다"고 한 거죠. "아이의 성장 시기는 지나가버리면 내가 어떻게 할 수 없다"면서요. 그래서 총리를 못한다고 1순위 후보가 포기, 2순위도 포기, 3순위, 4순위도 포기했어요. 그래서 5순위 후보가 가만히 있다가 총리가 된 거죠.

그런 얘기들이 그 책에 나오는데요. 우리도 그러한 선진국들의 사례를 공부하면서 작은 거라도 바꿔가려는 운동을 해야지, 사회의 문제를 외면하고 개인의 문제에만 빠져 있으면 잘못이 반복되는 절망의 늪에 빠질 수밖에 없습니다.

윤석윤 우리는 그런 문제가 남북통일과도 연결되는 것 같아요. 케임브리지 대학교 교수 장하준의 『나쁜 사마리아인*Bad Samaritans*』에서 그런 내용을 보았습니다. 유럽 선진국들도 그런 수준에 올라가는 데 수십 년 걸렸다고 해요. 국민들의 합의와 생각의 변화가 하루아침에 이루어지는 것은 아니잖아요. 시간이 걸리는 거죠.

그런데 한국은 분단 문제가 발목을 잡고 있죠. 안보 논리 대 경제 논리, 어떤 것을 우선으로 해야 할까요? 종교와 정치를 분리하듯이, 정치와 경제를 분리하고, 안보와 경제 문제를 분리하여 실용적인 노선을 채택하면 안 되는 건가요?

지금 한반도 정세가 그래요. 북쪽 정권은 연일 미사일을 쏘아 올리면서 "우리는 죽지 않았다"고 시위를 하고, 남쪽 정권은 미국의 사드 배치를 한다고 결정했습니다. 그러니 주변국인 중국이나 러시아는 반발하죠. 중국은 현재 한국이 수출을 가장 많이 하는 나라인데, 중국이 경제적인 면에서 제동을 걸면 우리한테 큰 타격이 오지죠.

단순히 경제 논리로만 되는 것도 아니에요. 정치, 경제는 당연한 것이고 한반도의 지정학적 요소 등도 고려해야 하는 거죠. 자식, 손자 세대를 위해서도 통일 문제를 지혜롭게 해결해야 한다고 생각해요. 그러니 한국이 위대한 철학자가 나올 수 있는 땅인 건 분명해요. 고민이 많으니까요.(웃음)

인문서가 생각하는 힘을 키워준다면 사회과학서는 현실을 보는 눈을 강하게 만들어줍니다. 정치와 경제는 가장 현실적인 것입니다. 저는 정치나 경제, 사회를 보는 눈을 가져야 한다고 말하고 싶어요. 손석춘의 『신문 읽기의 혁명』처럼 매스컴을 보는 눈도 달라져야 하고요. 우리가 읽는 기사도 결국은 편집된 거잖아요. 매스컴은 편집권을 누가 갖고 있느냐에 따라 주도권을 갖게 되지요. 국민들에게 바른 정보를 제공하기도 하고 때론 오도하고 세

뇌하는 도구가 되기도 하지요. 과거 군사독재 시절을 통해 '땡전 뉴스'를 경험했잖아요. 그 유명한《말》지 사건도 결국은 권력자의 언론 장악 실상을 드러낸 사건이고요.

역사 문제도 얘기할 것이 많아요. 요즘 심용환의『역사 전쟁』을 읽고 있는데요. '권력은 왜 역사를 장악하려 하는가'에 초점을 맞추고 있어요. 박근혜 정부의 역사 교과서 국정화 문제를 다루고 있죠. 저자는 "역사의 해석은 보장되어야 하지만, 해석이 사실을 바꾸면 안 된다"고 주장해요. 현재의 논란은 역사적 사실에 근거한 것이 아니라 실체가 없는 이념 논쟁이라는 것이지요. 문제의 핵심에 '이승만과 박정희'가 있어요. 역사는 학계의 논쟁에서 출발하여 시민들의 공감 속에서 서술되어야 하는 게 맞지요. 국가가 역사에 간섭하는 경우는 조선 시대에도 없었어요. 고작 5년짜리 정부가 5,000년의 역사를 '올바르게' 수정하겠다는 것은 어불성설입니다. 권력의 사심이 들어 있다고 볼 수밖에 없죠.

정치적인 면도 중요해요. 반부패법인 '김영란법'(정식 명칭은 '부정청탁 및 금품등 수수의 금지에 관한 법률')이 시행되었는데 말이 많잖아요. 김영란 전 대법관이 KBS 〈명견만리〉에 나와서 한국을 '엘리트형 부패 국가'라고 말했어요. 일부에서 이러다가 경제에 문제가 생긴다고 주장하는데, 그렇다면 계속 그런 부패를 용인하자는 것인가요? 철학자 김용옥이 한 강의에서 청중에게 이런 질문을 했어요. '민주'의 반대말이 뭐냐고요. 사람들은 '민주'의 반대는 '독재'라고 대답했어요. 하지만 그는 '부패'라고 말했습니다.

민주 국가의 반대는 부패 국가이며 민주는 반反부패라고 설명하는데 고개를 끄덕였습니다. 독재는 부패와 이음동의어라고 생각하거든요.

그리고 또 하나 10만 원권 화폐를 만들자고 했을 때도 그런 의문을 가졌어요. 왜 만들어야 할까? 우리가 신용사회로 가면 현금이 필요 없잖아요. 미국처럼 개인 수표를 쓰고 카드를 사용하면 되잖아요. 모든 금융 거래가 투명하게 드러나는 게 정상이잖아요. 결국 5만 원 권을 만들었는데 결과가 어떤가요? 현재 5만 원 권의 70퍼센트 정도가 시중에 없답니다. 어디에 있겠어요? 대부분 비밀금고나 비자금으로 들어가 있겠죠. 요즘은 편의점에서 1,000원짜리 커피를 사는 데도 카드를 쓰잖아요. 사실은 화폐가 필요 없는 사회가 신용사회죠.

이런 부분들이 인문·사회 분야에서 이야기되어야 하죠. 부장판사, 부장검사 하다가 나와서 한두 해 만에 100억 대 돈을 버는 게 정상적으로 보이던가요? 이번 법조 비리로 만천하에 드러났잖아요. 그런 면에서 무소불위의 독점권을 행사하는 검찰은 절대적으로 개혁되어야 한다고 생각합니다. 검찰은 철저히 자기 조직을 위한 조직이란 생각이 들어요. 물이 고이면 썩는 것처럼 견제 받지 않는 조직은 부패하기 마련이죠. 언젠가 텔레비전 대담 프로그램에서 전원책 변호사와 유시민 작가가 말하더군요. 사법부는 검찰 비리를 대충 얼버무리고 넘어갈 것이라고요. 청소한다고 화장실 문을 열어 놓으면 냄새가 진동하니까 문을 닫고 대충 하는 척으로 마무리한다고 표현을 하더라고요. 검찰 조직 자체가 화장실이라는 얘기였어요.

윤영선 지난 4월에 총선이 있었잖아요. 그 즈음 KBS에서 북유럽 국회를 다룬 다큐멘터리를 본 적이 있는데, 우리와 너무 차이가 나서 부끄러웠어요. 거긴 국회의원이 아무런 특권이 없더군요. 우리도 20대 국회 들어서 '특권 내려놓기 위원회'도 생겼잖아요. 그런데 과연 내려놓을까요?

윤석윤 절대로 고양이는 스스로 방울을 달지 않죠.

윤영선 도대체 왜 그럴까요? 그 현상을 생각해봤어요. 여전히 우리를 지배하고 있는 주된 사고는 자기계발의 논리지요. 견고한 사회는 변하지 않고 그대로 있으므로 그 안에서 내가 어떻게 해서든 꼭대기에 올라가서 더 많은 돈, 더 많은 권력을 쥐면 그뿐이라 생각하는 겁니다. 거기에다 전통적인 유교식의 입신양명 논리까지 뿌리박혀 있으니. 사회를 고칠 생각은 하지 않고, 국회의원들의 특권을 뜯어 고칠 생각은 하지 않고, 어떻게든 그 특권에 편승하는 것이 성공이라 생각하는 거죠. 거기에 편승하지 못한 사람은 자기가 그것을 누릴 수 없어 끊임없이 불만을 토로하고요.

이런 사회를 어떻게 고쳐야 할까요? 저는 그 시스템에 문제의식을 갖고 우리 국민들이 함께 참여함으로써 고쳐나가야 한다고

인문서가 생각하는 힘을 키워준다면 사회과학서는 현실을 보는 눈을 강하게 만들어줍니다. 정치와 경제는 가장 현실적인 것입니다. 저는 정치나 경제, 사회를 보는 눈을 가져야 한다고 말하고 싶어요. -윤석윤

봐요. 국회의원이 그런 특권을 못 가지게 하고, 공복으로서 더욱 생산적인 일을 할 수 있도록 만들어줘야죠. 그 시스템에 대해서는 생각하지 않고, 오로지 각자 그 안에서 사익을 누리려는 데만 혈안이 된다면 이 사회는 정말 희망이 없어요. 지금의 입시 열풍이 그것을 적나라하게 보여주고 있습니다. 김대식, 김두식 형제의 『공부 논쟁』을 보면 우리 교육의 실상이 얼마나 왜곡되어 있는지 알 수 있죠. 출세 지향적 공부만 하는 풍토에서 우리 아이들은 벌써 고등학교만 졸업하면 '번아웃'되고 마는데, 거기서 무슨 노벨상 수상자를 기대할 수 있느냐고 이들은 흥분해서 말하죠. 공부 경쟁에서 밀린 대다수의 사람들은 패배의식을 갖거나 아니면 '난 모르겠다. 내 살기도 바쁜데'라는 생각만 하는 게 우리의 현실인 것 같아 안타깝습니다.

최병일 그러니까 패러다임이나 가치관의 전환이 필요한 것 같아요. 현재의 이런 틀을 갖고는 아무리 얘기해봐야 변화의 가능성은 없는 것 같아요. 아까 말씀하신 대로 가진 자들에 대한 동경이 아니라 어떤 것이 진정한 성공이고 행복인지에 대한 패러다임을 전환해야 합니다. 그렇지 않은 상태에서 아무리 얘기해봐야 공염불에 그칠 가능성이 있죠. 요즘 애들에게 꿈이 뭐냐고 물으면 임대업이라고 해요. 아이들이 그런 생각을 하고 있다는 것은 벌써부터 희망이 없기 때문이겠죠. 그러다보니 한 번밖에 없는 인생을 물질을 갖고 편안하게 살려는 거죠.

윤영선 좀 심하게 말하자면 기생충에 가깝다고 생각해요. 물론 자기가 노력해서 부동산을 획득했겠지만 솔직히 그다음부터는 노력하는 사람들 피를 빨아 먹고 살겠다는 거 아닙니까? 경제 논리로 보자면 그 땅이 비교우위가 있고 시장 원리에 따라서 임대료를 받는 것이니까 문제가 있는 건 아니죠. 그런데 온 국민이 거기에 매달려 살아가려 한다면 이런 세상은 더 이상 발전이 없고 희망도 없는 것 아닙니까?

자본주의 경제가 사적 소유권을 기반으로 하고 있으니 그 자체를 부정해서는 안 되지만 모든 사람들이 너무 그것만을 지향한다면 그런 사회는 정말 희망이 없습니다. 젊은이가 가게를 싼값에 빌려 열심히 일해서 부를 창출하고, 일자리도 창출하는 그런 사회 풍토를 만들어줘야 희망이 있지 않나요. 이 나라에 자기 소유의 가게를 갖고 있지 못한 수많은 자영업자들이 얼마나 비참한 상황에 빠져 있습니까? 우리 사회가 지금 뭔가 왜곡된, 건강하지 못한 자본주의 구조 속에 빠져버린 것 같은 느낌입니다.

가진 자들에 대한 동경이 아니라 어떤 것이 진정한 성공이고 행복인지에 대한 패러다임을 전환해야 합니다. 그렇지 않은 상태에서 아무리 얘기해봐야 공염불에 그칠 가능성이 있죠. -최병일

인문人文이라는 말은 건강한 공동체 정신을 기반으로 하고 있습니다. 인간과 사회를 보는 지혜로운 눈을 갖는 게 인문·사회과학을 공부하는 이유입니다. 인문적인 시각으로 공동체 의식을 키워나갈 필요가 있습니다.

최병일 이번에 89세 된 분과 함께 여행을 하면서 그분에게 질문을 던졌어요. "사회가 여러 가지로 비정상적으로 돌아가는 것 같은데 뭐가 문제라고 보십니까?" 그랬더니 인간이 동물화되고 있다고 말씀하시더군요. 사람을 잔인하게 죽이는 등 우리가 상상하지 못하는 별별 일이 일어나잖아요.

동물의 세계는 약육강식의 논리에 따라 힘 있는 동물이 약한 동물을 죽이고 빼앗잖아요. 그런데 지금 인간들이 똑같이 그러고 있는 거죠. 인간의 품위가 사라져가고 있고 동물처럼 살아가는 사람들이 점점 늘어나고 있는 현상을 걱정하시더라고요.

또 하나는 너무 물질화되고 있다는 거죠. 정신이 중심이 되고 물질은 수단이 되어야 하는데 물질이 목적이 되어버린 거죠. 정

인문人文이라는 말은 건강한 공동체 정신을 기반으로 하고 있습니다. 인간과 사회를 보는 지혜로운 눈을 갖는 게 인문·사회과학을 공부하는 이유입니다. 인문적인 시각으로 공동체 의식을 키워나갈 필요가 있습니다. -윤영선

신은 물질의 하수인이 되어버렸어요. 그러다보니 노인들도 그들이 갖고 있는 지혜가 아니라 재산이 있는지 없는지에 따라 평가됩니다. 돈벌이가 없는 사람이니까 쓸모없는 사람이 되잖아요. 노인 자살률이 점점 늘어가고 있는 현상도 지혜를 모아야 할 사안이라고 봅니다.

가치관들을 제대로 세우지 않으면 점점 이 사회는 삭막해지고 빈부의 격차는 더 심해지고, 돈이 신이 되어버릴 겁니다. 돈만 있으면 모든 게 다 된다고 하는 의식을 갖는 것이 걱정입니다.

Insight 03

삶의 자양분을 키우는 영화 토론

한기호 공부를 통해서 은퇴 후 새로운 삶을 개척하고 계신 세 분은 수많은 책을 읽고 계십니다. 그런데 책만이 아니라 영화도 함께 본 다음 꼭 토론을 한다고 들었습니다. 영화 토론은 어떻게 시작하게 되셨나요?

윤석윤 제 인생의 3대 오락거리가 만화, 영화, 책입니다. 한글을 떼면서부터 만화를 보기 시작해서 최근까지 일주일에 한 번 이상 만화방에 갔어요. 영화도 마찬가지예요. 자칭 '할리우드 키드'였죠. 어릴 적에는 '주말의 명화' 광팬이었고, 고등학교 때는 심야 영화를 보고 새벽에 집에 들어가는 일도 종종 있었습니다.

영화를 통해서는 새로운 세계에 대한 동경심을 키웠던 것 같습니다. 엔지니어로 배를 타고 해외에 나가게 된 이유가 되기도 했죠. 어린 시절엔 여행가의 꿈을 갖고 있었거든요. 영화를 통해서 다른 나라, 새로운 문화와 만날 수 있었죠. 과거의 영화 보기는 그런 식이었어요. 나이를 먹고 사회생활을 하면서 생각하는 영화가 싫어졌어요. 물론 예술영화를 즐겨본 것도 아니었지만요. 거의 시간 때우기 용으로 봤으니 액션영화가 주가 되었죠. 소설 읽기와 비슷한 것 같아요.

삶이 고단하고 힘들다고 생각하는 사람은 삼무三無에 빠지게 됩니다. 무감정, 무반응, 무관심이죠. 감정이 메마르고, 타인에게 무관심하고, 어떤 일이 일어나도 자기와 관계가 없으면 반응을 하지 않습니다. 제가 사회생활을 하면서 문학을 떠난 이유도 그런 것 같아요. 문학은 감정이입을 해야 하니까 싫었죠. 지금 처리해야 할 급한 일이 우선이었으니까요. 20대엔 로맨스 영화도 좀 좋아했는데 나이를 먹어가면서 무뎌졌나 봐요. 가슴이 메말라지고 감정이 고갈되었기 때문이겠지요. 아마 한국 남성들이 대부분 그렇지 않을까요.

역사물은 재미있게 보았습니다. 영웅의 이야기니까요. 신나고 재미있고, 요즘 유행어처럼 생활의 '사이다' 같았지요. 주인공을 통해 대리만족하는 것이지요. 실패자나 패배자의 이야기를 통해서 치유 받는 느낌을 받는 것은 쉽지 않잖아요. 제가 영화 토론을 만나기 전에 보았던 영화는 '재미의, 재미에 의한, 재미를 위한 영화'였다는 생각이 들어요.

최병일 예술영화를 접하게 된 것은 언제쯤입니까?

윤석윤 숭례문학당에 오게 되면서부터입니다. 최병일 선생님도 기억하실 거예요. 이화여자대학교 아트하우스 '모모'에서 독일 예술영화 〈파우스트〉를 봤습니다. 흑백 영화였죠. 상당히 이해하기 어려운 영화였어요. 그런데 영화가 끝나고 카페에서 토론을 하니까 재미있더라고요. 그렇게 하지 않았다면 그 영화를 보지 않았을 겁니다. 함께 보니까 기대감도 생기고 공부하는 자세가 되잖아요. 다른 사람들이 어떻게 보았는지 궁금하기도 했어요. 그렇게 예술영화에 대한 흥미가 생기기 시작했습니다.

윤영선 제 영화 이력은 윤석윤 선생님보다 더 극적인 것 같아요. 저는 제 인생 60년을 거의 영화에는 문외한으로 살아왔다 해도 과언이 아닙니다. 그저 한 해에 몇 편 소문난 대중영화를 보는 게 고작이었죠. 영화도 거의 보지 않는 무미건조한 삶을 살아왔다고 고백할 수밖에 없네요.

제가 영화, 그것도 예술성 짙은 영화의 세계로 입문한 것은 은퇴 후 숭례문학당에서 문학 공부를 하면서부터입니다. 문학 책을 읽으면서 제가 감성이 대단히 부족하다는 것을 알게 되었죠. 논리적인 글에만 익숙하다보니 감성적인 글에는 쉽게 공감이 되지 않더라고요. 그래서 같이 공부하는 분들께 질문을 했죠. "제가 감성적 능력이 부족한 것 같은데 어떻게 하면 기를 수 있겠느냐"고

토론이 없었다면 영화를 제대로 이해할 수 없었을 겁니다. 토론을 하면서 제 생각과 느낌을 키워나간 동시에 엄청난 쾌감과 자긍심을 느꼈습니다.

-윤영선

물으니 영화를 같이 보자고 하더군요. 영화는 시각적인 이미지를 보여주는 매체라서 순간적으로 포착되는 감각을 익히는 데 도움이 될 거라고 말하더군요.

그때부터 그분들을 따라다니며 부지런히 영화를 봤죠. 엄청 봤어요. 1년이 채 안 되는 기간인데, 많을 때는 세 개의 모임에 동시에 참가하며 영화를 봤어요. 영화관에서 그리고 인터넷에서 다운을 받아 한 달에 열 편 이상 본 적도 있어요. 대부분 엄선된 예술성 있는 영화들이었죠. 그런데 이 영화들을 그냥 본 게 아니라 전부 다 토론으로 이어졌어요. 토론이 없었다면 제가 영화를 제대로 이해할 수 없었을 겁니다. 토론을 하면서 "아, 이런 것이었구나. 이렇게 느낄 수도 있구나" 하며 제 생각과 느낌을 키워나갔죠. 동시에 엄청난 쾌감과 자긍심을 느꼈습니다. 잘 이해되지 않는 것들을 알아차리고 나의 느낌으로 간직할 때마다 대단한 성취감을 느꼈어요. 지금 제 인생에서 영화는 문학과 양대 축이라 할 수 있어요.

최병일 1년 만에 엄청난 변화가 있었네요. 저도 비슷한 것 같아요. 그동안 영화는 재미 위주로 시간을 보내는 정도였죠. 영화에서 큰 의미를 발견하지 못했습니다. 그렇게까지 영화를 많이 본 것 같지는 않아요. 가끔 가족들과 극장에 가거나 주위 사람들과 영화를 봤습니다. 영화가 우리 삶에 주는 의미는 들어서 알고 있었지만 그것을 실감하지는 못하고, 그저 내 삶에 스쳐 지나가는 인연 정도로 생각했죠. 깊게 생각해볼 여유가 없었습니다.

그래서 특별히 기억나는 영화, 삶에 영향을 준 영화는 없었죠. 마찬가지로 영화 토론과 조조 영화로 안내를 받고 난 이후, 본격적으로 영화와 만나게 되었어요. 스쳐 지나가는 만남에서 뭔가 깊이 있는 만남으로 이어지게 되었죠. 지금은 학교에서 아이들과 영화 토론도 하고, 앞으로 우리 애들과도 영화 토론을 할 계획을 하고 있습니다. 영화라는 도구가 우리 삶에 영향을 미칠 수 있는, 자양분이 될 수 있는 계기가 된 것 같아요.

윤석윤 감성 계발에 영화가 큰 역할을 한다는 데 동의합니다. 영화는 오감을 곧바로 자극하잖아요. 총천연색으로 보여주고, 음악이나 음향 효과로 들려주니까요. 자극을 받으면 감정이 반응해요. 감정과 감성은 이웃사촌이죠. 감성은 감수성의 준말인데, 타인을 이해하는 공감능력이죠. 감동적인 드라마나 영화를 보면서 눈물을 흘린다는 것은 공감했다는 증거잖아요. 제 경우 영화를 보면서 감성이 길러졌다고 생각해요.

숭례문학당에서 영화 입문 과정을 공부하면서 영화감독에 관심을 갖기 시작했어요. 과거에는 주연 배우를 따라 영화를 보았다면 이제는 감독이 누군지가 더 궁금해졌죠. 좋은 영화는 감독의 힘이라는 말이 있잖아요. 그렇게 만난 감독이 우디 앨런Woody Allen, 1935~과 빔 벤더스Wim Wenders, 1945~입니다. 영화 토론 그룹에서 함께 보았던 영화에 빔 벤더스 감독의 〈제네시스: 세상의 소금Le sel de la terre〉이 있어요. 음악이 주제인 〈부에나비스타소셜클럽Buena Vista Social Club〉은 따로 혼자 보았죠. 그의 예술적 심미안이라고 할까요? 그는 예술이 인간에게 얼마나 감동을 주는지를 보여주는 감독이죠. 〈제네시스: 세상의 소금〉은 브라질의 세계적인 사진가 세바스치앙 살가두Sebastião Salgado, 1944~에 관한 다큐멘터리 영화입니다. 전쟁과 기아라는 주제로 사진을 찍던 사진가가 처참한 현실을 마주하면서 받은 상처로 망가지게 됩니다. 고향으로 돌아와 나무를 심으면서 마음의 상처를 치유하는 내용이에요. 살가두의 사진들이 적절하게 배치되어 사진예술과 영화예술의 멋진 조합을 이룬 영화이기도 합니다.

천재 감독 우디 앨런도 알게 되었어요. 다큐멘터리 〈우디 앨런, 우리가 몰랐던 이야기Woody Allen, a Documentary〉는 그의 영화 같은 삶을 보여줘요. 그가 어떻게 작가에서 코미디언으로, 다시 영화감독으로 진화를 거듭했는지 추적하지요. 그는 감독으로서 40년 동안 매년 영화 한 편씩을 내놓았죠. 철저히 자기중심적이고 작가주의적이죠. 자본으로부터 독립한 감독이죠. 우리나라로 치면 홍상수 감독과 비슷하다고 할까요.

이 사람은 영화를 만들 때 자기의 가치관을 침해받는 것을 싫어해요. 많은 배우들이 개런티가 높지 않아도 그의 영화에 출연하고 싶어 합니다. 흥미로운 점은 출연한 배우들이 자기 연기가 만족스럽지 않다며 다시 찍자고 해도 한 번 촬영으로 '오케이' 하는 독특한 감독이에요. 다시 찍는다고 영화가 좋아지는 게 아니라 영화를 많이 만들다보면 좋은 영화가 나온다는 게 그의 지론이지요. 출연한 배우가 오스카상을 받는 경우도 많아요. 그만큼 실력 있는 감독이죠. 저예산으로 영화를 만들며 경제적으로 손해보지 않는 철저한 감독이기도 하고요. 그런데 최근 〈미드나잇인파리Midnight in Paris〉가 대박을 쳤죠. 1억 달러 이상을 벌어서 자기도 놀랐대요.

그의 천재성은 서랍 안에 냅킨이나 메모지에 적어 놓은 영화에 대한 아이디어가 많이 쌓여 있다는 점에서 드러나요. 그는 아직도 만들고 싶은 영화가 많다고 해요. 자기가 직접 대본을 쓰고 영화를 만들어요. 다른 감독들이 그를 부러워하는 점이죠. "자기가 잘하는 분야에서 인정받는 것보다 못하는 분야에서 실패하는 것이 더 아름답다"는 생각을 가진 만년 청년이죠.

윤영선 최근에 저명한 영화감독의 대표작들을 감상하며 토론하는 모임에 참여한 적이 있습니다. 코엔 형제라는 유명한 감독을 이 모임에서 알게 되었는데요. 말 그대로 형제 영화감독 겸 제작

자죠. 형이 조엘 코엔Joel Coen, 1954~이고 동생이 이선 코엔Ethan Coen, 1957~인데 이들이 감독한 영화를 대여섯 편 집중적으로 보고 토론했죠. 철학적으로 깊은 여운을 던져주는 영화들이었습니다. 〈그 남자는 거기 없었다The Man Who Wasn't There〉라는 영화를 보고는 감상평을 써보기도 했는데, 정말 인간에게는 설명할 수 없는 운명 같은 게 있다는 것을 느꼈어요. 저는 지금까지 미국 영화라고 하면 블록버스터형 대중영화밖에 몰랐는데 코엔 형제가 만든 예술성 짙은 독립영화도 있다는 것을 처음 알았어요. 이제 저는 코엔 형제의 광팬이 되었어요. 코엔 형제의 작품이 나오면 만사를 제쳐놓고 보러 갈 겁니다. 이 나이에 어떤 영화감독의 마니아가 된다는 것도 나름대로 행복한 일이 아닌가 생각해요. 이 모임에서 알게 된 영국 출신의 영화감독 켄 로치Ken Loach, 1936~도 좋아하게 되었습니다.

저는 평소 철학 공부를 좋아하는데 김용규가 쓴 『영화관 옆 철학카페』를 읽고 많은 예술영화가 어떤 철학적 메시지를 담고 있다는 것을 알게 되었죠. 그 뒤 저도 영화를 보면서 철학적 사유를 즐기곤 한답니다. 수개월 전 조조영화 모임의 동호인들과 함께 〈더 랍스터The Lobster〉라는 영화를 보았어요. 보고 나와서 할 말이 없더라고요. 특이하기는 한데 도대체 뭘 말하는지 알 수가 없었어요. 아주 독특한 영화였죠. 결혼 아니면 싱글 둘 중 하나만을 선택해야 하는 상황을 우화적으로 보여주는 영화였어요. 어느 날 철학 책에서 '동일성'이라는 단어로 현대의 이성 중심적 사고를 비판하는 글을 보았는데 갑자기 이 영화가 떠오르더군요. 감독이 모든 인간에게 동일성의 횡포를 강요하는 현대 사회를 비판하려는 의도에서 이 영화를 만들었을 거라는 생각이 들었어요. 이렇듯 영화를 제 나름의 철학적 관점으로 이해할 때마다 묘한 성취감을 느끼죠.

윤석윤 대개 영화를 보는 사람들은 자기의 취향과 시각을 통해서만 보잖아요. 오락이나 취미죠. 영화를 좀 더 재미있게 보려면 경험과 학습이 필요합니다. 우리는 학습이 되는 모임 활동을 했기 때문에 나이가 들어서도 영화를 보는 새로운 관점이 생긴 게 아닌가 싶네요.

윤영선 그런 과정이 없으면 영화라는 예술 세계에 접근하기가 힘들 것 같아요.

최병일 김용택 시인은 자신에게 두 가지 소원이 있다고 하는데, 하나는 마음대로 영화관에 갈 수 있는 경제적 여유고, 또 다른 하나는 읽고 싶은 책을 마음껏 사서 볼 수 있는 조건이랍니다. 그 두 가지만 가지면 더 바랄 게 없다고 김용택 시인이 쓴 책에서 보았습니다. 이분도 영화 얘기를 책으로 썼습니다. 그때는 그 책을 보면서도 이게 무슨 말인가 싶고 전혀 와닿지가 않았어요. 『촌놈, 김용택 극장에 가다』라는 책이었어요.

대개 영화를 보는 사람들은 자기의 취향과 시각을 통해서만 보잖아요. 오락이나 취미죠. 영화를 좀 더 재미있게 보려면 경험과 학습이 필요합니다.

-윤석윤

윤영선 그분이 영화를 좋아한다고는 생각도 못했네요.

최병일 그때는 '이 양반이 영화광이구나' 정도였지, 영화가 삶의 기둥 역할을 한다는 것은 몰랐습니다. 그런데 숭례문학당에 와서 본격적으로 영화를 보고 토론을 하면서 영화가 이런 맛이 있구나 싶었어요. 젊은 사람들과 영화 토론을 하면서 그들이 해석해내는 것을 보고 깜짝 놀랐어요. 해석이 예리하고 나름대로의 철학들을 갖고 있었죠.

그런 면에서 영화를 조금씩 알아간다고 할까요, 영화와 친해진다고 할까요? 영화 토론을 하면서 다양한 영화를 보게 되었죠. 저는 영화 토론이 젊은 사람들에게 필요하다고 봅니다. 왜냐하면 책보다 영상으로 접하는 것이 쉬운 세대잖아요. 그래서 학교 수업 시간에 영화 토론을 커리큘럼에 넣었어요.

수업 시간에 〈연을 쫓는 아이〉를 보고 아이들과 토론을 하고 있어요. 책도 있고 영화도 있는 작품이죠. 학생들이 영화 토론을 하면서 책으로 토론할 때보다 훨씬 활발하게 이야기하는 것을 보았습니다. 젊은이들이 사실 영화를 많이 보지만 그렇게 토론까지 하는 경험은 없는 것 같아요. 과거의 우리처럼 그냥 보고 지나쳤겠죠. 그런데 막상 토론을 해보니 굉장히 깊이 있는 얘기들이 나옵니다. 아프가니스탄에 대한 이야기부터, 인종차별, 종교 등 여러 주제를 다양하게 이야기하는 것을 보면서 영화가 교육의 매체로서 참 좋은 도구라고 생각했습니다.

〈라이프 오브 파이〉도 봤습니다. 이 작품도 굉장히 난해하잖아요. 그런데 또 토론을 잘 하더군요. 저는 젊은 세대들에게 영화 토론이 상당히 신선한 충격을 줄 수 있는 교육의 도구라고 생각하고 있어요. 도움이 되는 영화들을 잘 발견해서 젊은이들과 공감할 수 있는 얘기를 해보고 싶어요.

이번에 여수에 가서 다문화가정 아이들의 2박 3일 비전 교육을 진행하며 〈연을 쫓는 아이〉를 같이 봤습니다. 같이 보고 토론을 했는데 학생들을 지도하시던 분들이 "아이들이 저런 생각을 하고, 저런 이야기를 할 수 있다는 사실에 놀랐다"고 하셨어요. 이번 영화 토론을 한 뒤로 대학생뿐 아니라 청소년들에게도 영화 토론이 주는 가치가 있겠다는 생각을 하게 되었지요.

우선 저부터 영화에 대한 고정관념에서 벗어났다고 할 수 있어요. 그럼으로써 주위 사람들에게도 영화에 대한 바른 생각을 가질 수 있도록 영향을 줄 수 있게 된 것이 아닌가 생각합니다.

윤석윤 저는 청소년뿐 아니라 노인 세대에게도 괜찮을 거 같아요.

아무래도 노인들은 눈 때문에 책을 읽는 것을 힘들어 해요. 그래서 요즘 EBS 방송에서 '읽는 책'이 아닌 '듣는 책'을 강조하고 있어요. '읽어주는 라디오'라는 캐치프레이즈로 하고 있지요. 저도 요즘 강의를 다니면서 팟캐스트를 통해 공부하고 있어요. 역사, 문학, 사회, 정치, 경제 등 다양한 강의들이 많이 도움이 됩니다.

영상으로 보면 더 효과적이죠. 윤영선 선생님 말씀처럼 감성 경험에도 좋은 것 같아요. 사실 노인이 되면 점점 무덤덤해지잖아요. 노인에게 텔레비전은 생활 필수품이에요. 저는 그분들이 영화를 보고 토론을 하면 재밌을 것 같아요. 함께하면 외롭지 않습니다. 인생 경험이 풍부하니까 할 얘기도 더 많을 거고요.

최병일 책도 한 작가의 책을 다 읽은 다음에 그와 연관된 책을 읽는 것처럼, 한 감독의 영화를 모두 보는 것으로 영화에 대한 이해의 폭을 넓히는 것도 방법이겠죠. 그러면 다른 영화를 보는 눈도 달라질 것 같아요. 그런 식으로 공부하는 게 좋은 방법 같아요.

요즘 게임이나 영상매체, 스마트폰 때문에 아이들의 뇌가 망가진다고 걱정하는 분들이 있습니다. 전문가들은 보는 것은 뇌의 후두엽에서 작동한다고 합니다. 그런데 집중을 하고 판단을 하고 행동으로 옮기는 것은 전두엽이라고 합니다. 토론을 하고 글쓰기까지 하면 전두엽의 영역까지 갈 수 있는 거죠.

아이들의 뇌가 망가지는 것을 걱정만 하고 있을 게 아니라 활성화시켜서 아이들의 사고의 폭도 넓히고 두뇌 발달에도 기여할 수 있는 대안을 제시해야 합니다. 영화를 보고 생각을 하고 토론하는 것이 그 대안이 될 수 있죠.

윤영선 네. 토론과 글쓰기가 이어져야 하는 거죠.

윤석윤 기본은 결국 독서라고 생각해요. 영상매체는 중독성이 있고 수동적이죠. 실버 TV에서 일본의 90대 노인이 텔레비전을 보고 있는 모습을 보여주었는데 뇌파가 전혀 움직이지 않아요. 즉, 뇌 반응이 없는 거죠. 하지만 한국어와 중국어를 공부하니 뇌파가 활성화되었습니다. 요즘 자기주도학습을 많이 얘기하는데, 사실 독서와 토론이야말로 최고의 자기주도학습이죠.

생각에 균형을 갖춰야 하는데, 한쪽으로 치우치면 문제가 되는 것이지요. 영상매체를 통해 수동적으로 변하게 되는 거죠. 그리고 그런 생각이 자기 생각인 양 착각하게 되죠. 광고가 특히 그렇죠. 무의식을 뚫고 들어와 사람의 생각을 장악하잖아요. 일종의 합리적 세뇌죠. 상품을 사게 만들잖아요. 언론인 홍세화의 『생각의 좌표』는 그런 점을 일깨우지요. "내 생각은 어떻게 내 생각이 되었는가"라는 부제가 핵심을 잘 요약하고 있어요. 읽는 것을 보는 것으로 해도 토론을 통해서 객관화시킬 수 있는 것이죠. 영화를 통해 전달하려는 주제를 파악하고 토론하며 비판하고 상상함으로써 창조적인 생각을 하는 거죠. 그것이 책 읽기와 연동되면 훨씬 더 효과가 있을 거예요.

Insight 04

겸손함의 지혜를 일깨워주는 그림책 토론

한기호 어른들이 읽고 토론하는 책이라고 하면 대개 무겁고 딱딱한 책만 떠올리는 사람들이 많을 겁니다. 실제로 지금까지 묵직한 문학작품과 인문·사회과학 서적 이야기만 하셨고요. 분위기를 풀어보려고 영화 이야기를 꺼냈는데, 그것도 예술영화 이야기만 하셨죠. 그런데 세 분께서는 종종 아이들이 보는 그림책을 읽고 토론하신다고 들었습니다. 그림책에는 어떤 장점이 있나요?

윤영선 사실 저는 숭례문학당에서 그림책을 갖고 토론하는 것을 보고 놀랐어요. 읽을 책도 많은데 왜 애들 책을 갖고 토론을 하나 싶었죠. 그런데 막상 읽고 토론을 해보니 그게 아니었어요. 저는 훈련이 안 되어서 그런지 처음에는 토론이 무척 힘들었어요. 상상력이 부족하다는 것을 실감했죠.

그림책의 특징은 순수성입니다. 그 순수성으로 마음껏 상상하게 만드는 책이 바로 그림책이죠. 정답을 찾는 데만 익숙해진 저로서는 그림책을 갖고 토론하는 것이 훨씬 더 어려웠습니다.

-윤영선

저는 그림책의 특징은 순수성이라고 생각해요. 동심의 세계가 바로 순수성이죠. 그 순수성으로 마음껏 상상하게 만드는 책이 바로 그림책이죠. 그런데 세상에 찌들고 나이마저 들어버린 제가 그림책을 보고 무얼 상상할 수 있겠어요. 오로지 정답을 찾는 데만 익숙해진 저로서는 그림책을 갖고 토론하는 것이 다른 책들보다 훨씬 더 어려웠습니다.

그림책은 '읽다'가 아니라 '본다'가 맞죠. 이미지를 보고 상상하는 것이 그림책이죠. 아직은 부족하지만 간간이 그림책을 보면서 저도 순수한 동심의 세계로 돌아가는 것을 느낄 때가 있습니다. 저는 나이가 들면 들수록 노년들에게 큰 도움이 되는 책으로 그림책을 추천하고 싶어요. 손자들에게 그림책을 읽어주고 함께 이야기를 나누면서 상상의 날개를 펴보는 것도 좋을 것 같아요.

윤석윤 저도 성인 독서토론을 하면서 그림책을 읽게 됐는데요. 공통된 반응들이 있어요. "아니, 이렇게 어려운 것을 아이들이 읽느냐, 어른들도 이렇게 어려운데." 그림책은 어린이용이라는 것은 어른의 착각입니다. 윤영선 선생님 말씀대로 자기 생각에 갇혀 있는 거죠. 정해진 생각만을 고수하기 때문에 그것을 벗어나면 큰일이라도 나는 것처럼 살아왔죠. 그래서 오히려 딱딱해진 생각이 그림책을 보고 토론하면서 말랑말랑해지는 거죠. 특히 나이 든 사람들은 더 그럴 거 같아요.

권옥경의 『그림책 읽어주는 시간』에는 그림책의 세 가지 효과가 나옵니다. 문학적, 예술적, 교육적인 측면이죠. 글과 그림의 조화도 예술작품이잖아요. 캘리그라피는 일종의 글그림입니다. 문학적인 측면에서 상상력을 넓혀주죠. 글이 굉장히 적잖아요. 글이 적은 부분을 그림이 커버해주죠. 그림을 보고 감각적으로 느끼고 그 느낌을 이야기해야 하죠.

그림책은 정해진 생각만을 반복했던 어른들을 교정해준다고 생각합니다. 또한 그림의 역할이 크죠. 어제 가평교육청에 가서 『행복한 청소부』로 토론했어요. 그런데 한 사서가 그림책 여러 군데 등장하는 말에 대해 이야기하더군요. 책 표지에도 말이 나온다고 말하면서요. 그림에 나온 말들을 가지고 질문들이 많이 나와서 굉장히 재미있게 토론했습니다. 침대에 누워서 말에 대해서 생각하고, 마지막에는 말을 안고 있는 그림이 나오죠. 말 그림이 우리에게 전달해주는 메시지가 무엇일까 생각하게 되었죠.

최병일 국립어린이청소년도서관에서 사서들에게 독서토론을 코치하는 프로그램에 참여한 적 있습니다. 가장 인상 깊었던 책이 무엇이냐고 질문했더니 의외로 『꽃들에게 희망을*Hope for the flower*』이 많이 나오더군요. 그때까지 저는 그 책을 읽지 않았죠. 그런데 저도 그 책을 읽고 토론하면서 '아, 이래서 사서들이 이 책을 좋아했구나!' 싶었어요. 부끄러운 이야기지만 그렇게 그림책과 만나게 되었습니다.

인간의 뇌는 좌뇌와 우뇌로 이루어져 있다고 해요. 좌뇌는 논리적인 영역이고 우뇌는 이미지를 담당하죠. 그런데 나이가 들수록 우뇌의 작동이 좌뇌의 작동으로 옮겨간다고 합니다. 가장 이상적인 것은 좌뇌와 우뇌가 균형 있게 발달해서 서로 커뮤니케이션을 하는 것이죠. 나이가 들면 우뇌는 거의 쓰지 않게 된다고 해요. 그림책을 봄으로써 우뇌를 자극할 수 있다고 봅니다. 그림책이 뇌를 살리는 일을 하는 것을 알게 됐습니다.

그림책은 일반 책보다 기억이 더 오래갑니다. 예를 들어 『얼굴 빨개지는 아이*Marcellin Caillou*』를 소개할 때, 알겠더군요. 1,000편의 논문보다 이 한 편의 그림책이 사람들에게 더 깊은 감동과 감화를 준다고 되어 있더군요. 아주 짧은 얘기지만 그 안에 아주 강력한 메시지가 있고 우리가 곱씹어야 할 내용들이 많이 있는 거죠. 그림책이 주는 효과는 대단하다고 봐요. 오히려 두꺼운 책보다 더 많은 것을 주지 않는가 싶어요. 저는 그림책의 가치가 거기에 있다고 봅니다.

윤영선 최병일 선생님 말씀을 들으니까 생각나는 게 있네요. 남성

1,000편의 논문보다 한 편의 그림책이 사람들에게 더 깊은 감동과 감화를 줍니다. 짧은 이야기 안에 강력한 메시지가 있고 우리가 곱씹어야 할 내용들이 많이 있죠. 저는 그림책의 가치가 거기에 있다고 봅니다. **-최병일**

들은 좌뇌 중심이라 하잖아요. 은퇴한 남성들은 거의 다 좌뇌만 굴리고 있을지도 몰라요. 노년이 되면 감성적 능력이 약해진다는 말은 곧 우뇌가 거의 말라버렸다는 뜻이죠. 그래서 노년이 되면 우뇌를 자극하는 문학이나 영화 등 예술을 많이 접해야 한다고 생각해요.

그런데 지금 말씀들을 들어보니 그림책이 대단히 훌륭한 도구네요. 어떤 동화책은 어린이보다 어른들에게 더 도움이 되는 것 같아요. 예를 들면, 사노 요코佐野洋子의 『100만 번 산 고양이100万回生きたねこ』가 그런 책이죠. 고양이의 다양한 모습이 상상력을 불러일으키면서 삶의 의미와 태도에 대하여 진지하게 질문하죠. 어른들이 상상의 날개를 펴고 사색을 즐길 만한 좋은 그림책이 대단히 많습니다.

윤석윤 3년 전 김포 중봉도서관에서 열린 독서토론 리더 과정의 첫 번째 책이 『꽃들에게 희망을』이었어요. 토론을 시작하려는데 한 60대 여성이 항의성 질문을 하더군요. 왜 성인 독서토론을 동화

책을 가지고 하느냐는 거지요. 그분도 학생들을 가르치는 분이셨거든요. 그래서 제가 오히려 역으로 질문했죠. 어떤 책이 좋은 책이냐고요. 대답을 못하시더군요. 우리가 좋은 책이라고 말하는 고전은 역사 속에서 살아남은 책이에요. 시대를 뛰어 넘은 스테디셀러죠. 지금 100만 권 팔린 자기계발서가 100년 후에 살아남을 수 있을까요?

윤영선 살아남기 힘들죠. 자기계발서 같은 책이 어떻게 고전이 되겠어요?

윤석윤 『차라투스트라는 이렇게 말했다*Also spräch Zarathustra*』는 1885년에 프리드리히 니체Friedrich Nietzsche, 1844~1990가 마흔 권을 자비로 출판했어요. 그중 팔린 책은 겨우 일곱 권이었어요 지금 그 책은 위대한 고전으로 살아 있잖아요. 그것을 생각하며 어떤 책이 좋은 책이냐고 질문한 것이죠. "이 책이 나온 게 1972년인데 40년 넘게 세계적으로 읽히고 있습니다, 그렇다면 이 책이 그림동화의 고전이라 말하면 지나친 것일까요?"라고 질문을 던지니 그런 것 같다고 수긍하더군요.

그림책은 아이들이 읽는 책이라는 생각이 편견이라는 거죠. 나이를 먹는다는 것은 결국 편견과 아집이 세지는 겁니다. 자신의 경험과 지식만이 전부라고 생각하죠. 나이가 들고 경험이 많아도 열린 자세를 갖는 것이 중요해요. 겸손한 마음이죠. 가장 아름다운

나이가 들고 경험이 많아도 열린 자세를 갖는 것이 중요해요. 겸손한 마음이죠. 가장 아름다운 손, 겸손! 이처럼 생각을 말랑말랑하게 해주는 것이 그림책이죠.

-윤석윤

손, 겸손! 이처럼 생각을 말랑말랑하게 해주는 것이 그림책이죠.

윤영선 그림책도 토론이라는 매개가 없으면 의미가 굉장히 약화되죠.

윤석윤 그렇죠. 어떤 책은 5분이면 읽어요. 5분 읽고 어떻게 의미를 생각합니까? 그런데 막상 토론을 하니 달라진다고들 하시더라고요. 실질적으로 생각하게 해주는 것이죠. 질문이 답이라는 말도 있지만, 생각을 일으키고 그 주제에 대해서 생각하게 하니 나이 들어서 눈이 어두워지고 읽기 힘들어지는 노인들에게는 오히려 그림책이 좋은 독서의 도구가 될 것 같아요.

최병일 올해 백악관에서 오바마 대통령 부부가 아이들 3,500명을 초청해서 읽은 책이 『괴물들이 사는 나라*Where the Wild Thing are*』입니다. 그것을 동화 구연하듯이 읽어주는 사진이 신문에 크게 실렸죠. 대통령 부부가 아이들을 초청해서 그림책을 읽어준다는 것은 그만큼 그림책의 가치를 알고 있다는 거잖아요.

얘기를 나누다보니 그림책이 원석이라면 토론은 그것을 연마하는 과정이 아닐까 싶어요. 하나의 돌덩어리에 불과한 원석을 잘 연마해 보석으로 새롭게 만들 듯이, 그림책도 토론의 과정을 거쳐서 빛을 발할 수 있도록 해야 하지 않나 싶습니다.

주체적인 생각을 하게 만드는 철학 공부

Insight 05

한기호 인문·사회과학서라고 하면 기본적으로 문사철을 꼽는 경우가 많습니다. 사실 철학은 인류의 가장 오래된 학문 중 하나라고도 합니다. 인간이 추상적 사고라는 것을 하게 된 순간부터 해왔던 것이 철학이라고 하잖아요. 그만큼 모든 학문의 기본일 뿐 아니라 삶의 기본이라고 볼 수도 있을 것 같습니다. 선생님들께서도 인문·사회과학서 중에서도 유독 철학책이 끌린다고 하셨습니다. 그 이유는 무엇인가요?

윤영선 저는 문사철 중에서 유독 철학을 좋아했어요. 제 또래의 남성들은 대개 역사를 가장 좋아하는 것 같습니다. 재미있고 교훈도 얻을 수 있으니까요. 남성들은 특히 역사 속 영웅들의 이야기를 좋아하는 반면 문학은 별로 좋아하지 않는 편입니다. 철학은 거의 외면하는 수준이죠. 쓸데없이 골치 아픈 거라고 생각하니까요. 그들은 인생을 가장 고달프게 사는 사람이 철학자라고 생각하죠. 그런 이유로 종교가 철학을 대신하는 측면도 있다고 봅니다.

그런데 저는 이상하게도 철학이 가장 좋았어요. 문학에는 별로 관심이 없었고, 역사는 그런 대로 재미있어 하는 정도였죠. 아마 제가 철학을 좋아하게 된 건 제 기질과 관련이 있는 것 같아요. 저는 어릴 때부터 사색하기를 좋아했어요. 삶에 의문이 많은 편이었죠. 산다는 게 이상하다는 생각을 자주 했어요. 모든 게 뜻대로 되지 않고 죽는다는 게 잘 이해가 되지 않았죠. 그런데 이런 어릴 적의 기질이 직장을 은퇴할 즈음 되살아났죠. 사람의 본성은 사라지지 않는가 봐요.

수시로 철학책을 사서 봤죠. 인간과 세계에 대하여 설명하는 철학자들의 글을 읽고 그것을 이해했을 때는 엄청난 쾌감을 느끼곤 했어요. 저는 철학을 인간 삶을 이해하고 설명하는 어떤 관점이라고 생각해요. 저는 세상과 삶을 바라보는 이런 다양한 관점을 배울 때 가장 큰 흥분을 느끼는 것 같아요. 그런데 아마추어 철학 애호가인 저로서는 어쩔 수 없이 대중 철학책을 볼 수밖에 없었죠. 원본 철학 서적들은 너무 어려우니까요. 초기에 읽은 책으로 강신주의 『철학 vs 철학』이 생각나는데 지금도 가끔 들여다봐요. 이진경의 『철학과 굴뚝 청소부』도 즐겨 읽은 기억이 나네요.

철학 공부와 관련하여 한 가지 특이한 경험을 말씀드리겠습니다. 저는 요즘도 '철학아카데미'라는 철학 교육 기관에서 강의를 들어요. 저명한 철학 전공 교수들이 아마추어 철학 애호가를 위해 개설한 교육 기관이죠. 직장생활 말년부터 다니기 시작했으니 3년 정도 지났군요. 1년에 네 번 신규 강좌를 개설하는데 그중에서 듣고 싶은 과목을 선택해 지금도 계속 듣고 있어요. 올해는 미학을 주제로 한 공부를 하고 있어요. 봄에는 미술에 대해서 공부했고 얼마 전에는 영화 공부를 했어요. 이제 좀 있으면 문학과 음악 공부를 할 예정이에요. 저는 철학 공부가 너무 좋아요.

그곳에서 하는 공부는 다른 공부를 할 때도 간접적으로 많은 도움이 됩니다. 모든 학문의 기초가 철학이잖아요. 저는 문학 책과 영화를 볼 때 제 나름의 철학적 관점을 세우고 보는 경향이 있어요. 아마 철학 공부의 영향 때문인 것 같아요.

윤석윤 그렇죠. 지금은 학문 간의 영역이 파괴되는 통섭의 시대니까요. 저도 철학을 좋아합니다. 전통적으로 철학의 영역은 네 가지였어요. 존재론, 인식론, 논리론, 윤리론이죠. 그것들은 우리 삶과 직접 연결되어 있습니다. 삶이란 무엇이냐, 삶과 죽음은 어떻게 다른가, 인간은 어디로부터 와서 어디로 가는가, 어떻게 하면 잘사는 것인가. 사춘기가 되면 누구나 겪게 되는 통과의례 같은 질문이지요. 전문적인 철학서를 많이 읽지는 못했지만 철학 입문서가 철학적 시각을 갖는 데 큰 도움이 되었습니다.

제가 좋아하는 국내 철학자는 김용옥과 탁석산이에요. 김용옥은 『여자란 무엇인가』를 통해 처음 접했습니다. 대만과 일본을 거쳐 미국 하버드 대학교에서 박사학위를 받고 돌아와 고려대학교에서 강의할 때였습니다. 그를 통해 중국철학에 대해 많이 배웠어요. 저서도 꽤 읽었고요. 그는 동서양을 꿰뚫는 통전적 시각으로 강의해요. 타고난 강사라고 생각해요. 해박한 지식과 관점으로 쉽게 강의를 하며 청중을 휘어잡아요.

탁석산은 라디오 방송에서 처음 접했어요. 강의를 하고 운전하며 돌아오다가 그의 방송을 들었는데 굉장히 인상적이었어요. 그의 저서를 열 권 이상 읽으며 공부했죠. 『철학 읽어주는 남자』는 한국 철학계의 문제점을 예리하게 꼬집고 있습니다. 한국에서 철학이 힘을 못 쓰는 이유는 외국 철학에 종속되어 있기 때문이라고 해요. 외국 철학사만 가져다가 강의만 할 뿐, 독립된 한국철학을 얘기하지 못한다는 거죠. 게다가 철학이 전문 기술이 되기 위해서는 전문 연구를 강화해야 하는데 그렇지 못하다고 합니다. 철학의 유통 과정도 확립되지 않아서 철학이 대중화되어 있지 않다는 겁니다. 한국 철학자들은 대학이라는 상아탑 안에서 철밥통만 챙기는 사람들이라고 강하게 비판합니다.

탁석산은 반독재 민주화 투쟁 시절에 철학자들이 무엇을 했냐는 질문을 던져요. 철학자는 보이지 않았고, 문학가들이 역할을 제대로 했다고 말합니다. 독재와 투쟁하다가 감옥에 들어간 시인, 소설가 들이 많잖아요. 철학자들은 오히려 학교 안에서 안주하거나 권력의 나팔수 역할을 했지요. 유신 체제를 정당화시켜주는 철학적 뒷받침을 했어요. '한국적 민주주의'라는 말도 그 맥락에서 나온 거죠. 요즘 대학에서 인문학이 축소되고 있다고 반발하지만 결국 자기 밥그릇 챙기기로 보이는 이유도 바로 거기에서 기인한 거죠.

또, 철학자들이 글쓰기도 못한다고 비판합니다. 글을 잘 쓰는 철학자로 강신주와 김용옥을 언급해요. 매스컴을 통해 철학을 이슈화한 것도 김용옥이라고 합니다. 철학자 중에서 대놓고 정권을 비판한 철학자가 누가 있었느냐는 거죠. 대중에게 사회적 이슈를 쉽게 이야기하는 사람이 별로 없었습니다. 철학 교육이란 철학사를 외우는 게 아니라 생각의 기술, 생각의 능력을 키우는 것입니다. 체계적으로 판단하고 주체적으로 사고하는 능력이죠.

진화생물학자 리처드 도킨스Richard Dawkins, 1941는 『이기적 유전자*The Selfish Gene*』에서 생명의 출발을 '우연'으로 얘기합니다. 일반적인 과학의 답변이지요. 과학은 '어떻게'의 영역입니다. 철학과 종교는 '왜'의 영역이지요. 종교에서는 조물주가 만들었다고 하죠. 철학자는 언어적 고찰로 설명합니다. 과학이 실험실에서 가설을 세우고 실험하고 증명하듯 철학도 언어의 실험실에서 논리적으로 증명한다는 거죠.

고병권의 『생각한다는 것』은 청소년용 철학 개론서에요. 철학의 기본을 이해하려는 어른들이 읽으면 좋아요. 쉽게 설명하고 있어 어렵게 생각했던 철학의 문이 열렸다고 말한 사람도 있어요. 철학한다는 것이 무엇인지 설명하지 못하잖아요. 흔히 철학이란 '지혜에 대한 사랑'이라고 하는데, 그렇다면 지혜란 무엇일까요?

주인의식과 실력을 갖추지 못하면, 결국 자유로부터 도피할 수밖에 없어요. 스스로 감당할 능력이 안 되니까 다른 사람의 생각을 묻는 것이지요. 내 생각대로 살지 못하면 남의 생각을 빌려서 살 수밖에 없습니다. -윤석윤

원래는 이 질문으로 이어져야 하는데, 거기서 멈춰버립니다. 대학에서 배웠던 철학 개론은 사실상 철학사를 가르치다 맙니다. 그런 지식 나부랭이는 현실 속에서 별로 도움이 되지 않아요.

오히려 생각하는 능력, 사고하는 기술이 더 필요하죠. 그 사람의 주장의 근거가 뭐고, 이론이 무엇인가, 그의 주장은 합리적인가, 따져볼 수 있는 능력이 중요합니다. 자유로운 개인으로서 생각의 주인이 되어야 하기 때문이죠. 그런 주인의식과 실력을 갖추지 못하면, 결국 자유로부터 도피할 수밖에 없어요. 스스로 감당할 능력이 안 되니까 다른 사람의 생각을 묻는 것이지요. 내 생각대로 살지 못하면 남의 생각을 빌려서 살 수밖에 없잖아요? 그런 측면에서 철학이 중요하다고 봅니다.

최병일 제가 생각하는 철학을 해야 하는 이유는 두 가지입니다. 하나는 우리가 남의 생각에 휘둘리고 있기 때문이죠. 자기의 주체적인 생각이 형성되지 않아서 이 사람이 이런 얘기하면 여기에 끌려가고, 저 사람이 저런 얘기하면 저기에 끌려 다니면서 자기

인생을 사는 게 아니라 남의 인생을 사는 것 같아요.

지금 어떻게 보면 정말 제대로 자기 삶을 사는 사람이 얼마나 될까 싶어요. 나이를 먹었다고 해서 자기 인생을 사는 것인가? 이렇게 질문해보면 그렇지 않다고 얘기하는 사람이 많을 겁니다. 철학을 해야 하는 이유는 내 인생을 제대로, 내 주관대로, 주체적으로 살기 위해서입니다. 내 인생의 주인으로 살기 위해서 철학을 해야 한다는 것이죠. 남들이 많이 읽었다고 해서 베스트셀러만 사서 읽는 것도 주체적인 생각이 없어서 그런 거죠.

다른 하나는 생각의 근육을 강화하기 위해서입니다. 우리나라의 자살률이 세계 1위입니다. 생각의 힘이 없다보니 역경이나 시련이 오면 쉽게 포기해버리는 거죠.

최근에 나온 스위스 영화를 보게 됐는데, 감독이 한국을 영화에 넣었어요. 첫 장면은 우리 입시 때 엄마들이 교문에서 왔다 갔다 하며 발을 동동 구르는 모습입니다. 부모조차 자식이 좋은 대학에 가지 않으면 미래가 없다는 생각에 빠져서 좋은 대학에 가기를 열망하면서 불안해하는 장면이라고 설명해요.

다른 장면은 지하철을 타는 사람들이 지쳐 있는 장면입니다. 지옥철 속 표정도 없이 다들 눈 감고 있는 모습을 보여주죠. 이런 장면들 사이에 한국 교포가 인터뷰를 합니다. 영상을 본 느낌이 어떠냐고 하니 "너무 답답하다"고 합니다. 세계 11위의 경제 대국이 되었는데, 과연 이것을 행복이라고 할 수 있을까요? 그 교포가 너무 속상해서 어쩔 줄 몰라 합니다. 영화는 경제적으로 성장하는 것이 전부가 아니라는 것을 보여줍니다. 서로 나누는 것, 꼭 성장해서만 나누는 것이 아니라 현재에 있는 것들을 나누면서 살아야 한다는 것을 인식시켜주기 위한 영화죠.

영화의 마지막 장면은 마포대교입니다. '자살대교'라는 마포대교와 사람들이 뛰어 내리지 못하도록 거기에 새겨져 있는 문구를 보여줍니다.

윤영선 한국의 부끄러운 자화상이네요.

최병일 네, 그걸 보여주면서 우리 생각의 근육을 키우려면 철학을 해야 하지 않는가 묻지요. 철학이 우리에게 주는 정말 중요한 기능이 있는데 우리가 그 중요성을 인식하지 못하고, 어렵다는 이유로 특수한 사람들만 하는 학문으로 도외시하는 건 아닌가 싶어요.

요즘 굉장히 훌륭한 사람들의 강의를 무료로 볼 수 있는 도구가 있습니다. 바로 무크MOOC(인터넷무료강의)죠. K-MOOC가 나왔더라고요. 저는 그중에서 신정근 교수의 『논어』 강의를 들었습니다. 공자에 대해서는 지금까지 많은 이야기를 들었지만 그분처럼 아주 쉽고 구체적으로 설명하는 사람은 처음 봅니다. 신정근 교수의 책도 몇 권 사고 강의도 듣고 있습니다.

윤영선 선생님은 철학아카데미에 가서 강의를 듣는다고 하셨잖아요. K-MOOC는 그 대학의 명예를 걸고 강의를 하고 있다는 느낌을 받았습니다.

은퇴자들이나 나이 든 분들이 그런 매체를 활용하면 철학과 쉽게 만날 수 있지 않을까 해요. 그 분야의 가장 전문가들이 나와서 영상 등을 이용해 아주 쉽고 재미있게 강의합니다. 수많은 강좌가 있죠. K-MOOC를 잘 활용하면 훌륭한 공부 도구가 될 겁니다. 몰라서 활용하지 못하는 사람도 있는 반면 무료다보니 사람들이 하다가 마는 경우도 있어요. 미국에서 무크는 경제적으로 어려운 사람들이 볼 수 있도록 만들어놨는데 실질적인 혜택은 경제적으로 풍요로운 사람들이 본다고 합니다. 자발적으로 들어갈 수 있는 환경이 중요한 것 같아요. 왜냐하면 좋은 강의가 있어도 경제적으로 어렵고 시간도 없어서 듣기 어려워요. 능력 있는 사람들은 시간을 낼 수 있죠. 그리고 어디서 자료를 볼 수 있는지도 알 수 있고요. 경제력이 삶의 비대칭성을 만드는 것 같아요.

철학자들이 얘기하는 것 중 하나는 이론을 알고 있는 것은 중요하지 않다는 겁니다, 내가 생각하는 것, 그다음에 남이 얘기해주는 것에 제대로 조응하고 있는가? 생각하는 것은 질문하는 것이라고 표현합니다. 다르게 생각하는 것이 질문하는 거죠. 대표적인 물음이 "왜?"이지요. "왜 그렇지? 나는 생각하는 것이 다른데"인 거죠. 사회적으로 높은 위치에 있는 사람들은 쉽게 이야기하잖아요. 과연 그 말이 옳은 말인지, 지금 이 시대에 필요한 말인지 판단할 수 있는 능력이 중요하죠.

윤영선 주체적인 인간으로서 자기 생각의 근육을 키우는 것이 철학 공부라 생각해요. 원래 이런 능력은 학교에서 키워줘야 하는데, 우리 학교에서는 그런 것들을 가르치지 않죠. 그런 것을 잘하는 대표적인 나라가 프랑스죠. 프랑스는 대학 들어갈 때 철학 시험을 친다고 하죠. 오늘날 세계 철학사상을 주도하는 나라가 프랑스입니다. 그만큼 품격 있는 삶을 사는 사람들이 프랑스인이 아닌가 싶습니다.

모든 국민이 주체적인 인간으로 살아간다는 건 무엇보다 중요해요. 만약 그런 게 없는 인간으로 길러져 시민사회에 속할 때는 엘리트 등 일부 소수층의 생각에 끌려가는 삶을 살 수밖에 없을 거예요. 국민 개개인이 주체적인 생각을 갖지 않은 사회를 권력자는 좋아할지 모르지만 그런 사회야말로 위험한 사회죠. 150여 년 전 존 스튜어트 밀John Stuart Mill, 1806~1873이 『자유론*On Liberty*』에서 바로 그 위험성을 지적했죠. 어떤 철학자가 어떻게 이야기했는가가 중요한 게 아니라 자기 생각을 기르는 게 더 중요하죠.

사이토 다카시齋藤孝가 지은 『내가 공부하는 이유』이라는 책에 소크라테스 문답법 얘기가 나오는데, 계속해서 질문을 던져 결국 우리가 모른다는 사실을 깨우쳐주는 것이 바로 진짜 공부라고 말해요. 저는 철학은 지식을 얻는 학문이 아니라 사유하는 방법을 배우는 학문이라 생각해요. 그래서 철학 공부에는 사유 훈련이 매우 중요하죠. 토론은 그중에서 가장 훌륭한 방법이죠. 한 주제를 갖고 토론을 하다 처음 자기 생각과 다른 어떤 결론에 이를 때 우리는 비로소 성장이라는 걸 하게 되죠. 그런데 우리의 토론은 철학을 해야 하는 이유는 내 인생을 제대로, 주관대로, 주체적으로 살기 위해서입니다. 내 인생의 주인으로 살려면 철학을 공부해야 합니다. -최병일

어떠한가요? 그냥 일방적으로 자기 주장만 하죠. 무조건 상대방의 주장을 깨고 "내가 이겼다"고 하는 것을 토론으로 알고 있죠. 철학적 공부 태도는 이것과 정반대입니다.

좋은 사회란 서로 다른 생각을 가진 사람들이 토론하면서 보다 나은 합의나 결론을 얻어내는 과정을 존중하는 사회라고 저는 생각합니다. 안타깝게도 대한민국 사회에선 그런 게 없죠. 토론 훈련이 전혀 되어 있지 않습니다. 오로지 흑과 백의 이분법과 양자 대립의 논리만이 판치는 사회가 되고 말았습니다.

이런 사회는 희망도 없고 발전도 없죠. 저는 우리 사회가 학교 단계에서부터 자라나는 청소년에게 자기 생각을 갖고 토론하는 능력을 길러줘야 한다고 생각해요. 이렇게 하다보면 당연히 남의 의견에 귀 기울이는 능력도 길러지죠. 지금 한국은 거대한 자본주의의 우산 아래서 노예 같은 인간을 길러내는 사회 같아요. 니체가 『차라투스트라는 이렇게 말했다』에서 표현한 '낙타'가 바로 그런 삶을 살죠. 주입된 생각을 자기 생각인 것마냥 어깨에 짊어지고 한 평생을 살아가는 거죠. 지금 우리 한국인은 물질적으로는 풍요로워졌을지 모르지만 정신적으로는 노예의 삶을 살고 있

다고 생각해요. 정신의 풍요를 위하여 철학 공부를 할 필요가 있습니다.

윤석윤 텔레비전 토론 프로그램 진행자인 정관용은 『나는 당신의 말할 권리를 지지한다』에서 이런 말을 했습니다. 방송은 극단적인 주장을 하는 사람을 좋아하지 중도파를 좋아하지 않는다고요. 극우든 극좌든 주장이 선명해 그림이 보기 좋게 나오는 사람을 토론 패널로 부른다고 했어요. 매스컴이 잘못된 토론 문화를 만드는 게 아닌가 하는 생각이 들었어요.

학교 수업도 토론식이 아니라 주입식 교육 위주죠. KBS에서 방영했던 〈호모 아카데미쿠스〉에 미국의 유명한 사립학교 필립스엑시터아카데미Phillips Exeter Academy의 '하크니스 테이블Harkness Table' 이야기가 나왔습니다. 석유 재벌 에드워드 하크니스Edward Harkness, 1874~1940가 학교에 찾아와 새로운 공부 방법을 만들어내면 기부를 하겠다고 약속했어요. 그렇게 해서 만들어진 수업 방식이 원탁에서 토론하는 방식이에요.

토론식 공부는 소크라테스Spcrates, 기원전 470(?)~기원전 399의 산파술과 비슷해요. 주제를 가지고 서로 토론하는 거죠. 토론이란 단순히 내 주장만을 펼치거나 상대방을 설득하는 과정만은 아니지요. 서로 주장을 주고받으면서 진리에 한 걸음씩 다가서는 과정이죠. 그리고 가장 핵심적인 철학 훈련입니다. 철학에서 논리학과 변론술이 중요한 이유지요. 하지만 한국의 학교에서 철학

교육이 있었나 하는 생각이 들어요. 기억을 더듬어 봐도 도무지 그런 순간은 없었던 것 같아요.

최병일 걱정하는 사람들이 이런 얘기를 하더군요. 검색만 있고 사색은 없다. 내 생각을 갖지 못하는 거죠. 음식을 먹으면 소화를 해서 피가 되고 살이 되어야 하는데, 음식을 먹었지만 그냥 통과만 하는 거죠. 전혀 내 생각을 만들어내지 못하게 됩니다.

윤석윤 심지어 요즘 일부 케이블 방송 프로그램에는 전천후 전문가들이 출현해요. 눈에 익은 변호사, 의사 들이 겹치기로 여러 프로그램에 나와요. 이들이 과연 전문가인가, 연예인인가 싶더라고요. 어떤 프로그램에서는 시사평론을 하고, 다른 곳에서는 정치평론을 하고 있더군요. 심지어 어떤 변호사는 법원에서 변론으로 버는 수입보다 방송 수입이 더 좋다는 말도 합니다. 의사와 한의사의 경우는 방송 출연을 통해 자신을 홍보하고 있어요. 문제는 이들이 방송사의 의도대로 여론을 만드는 데 나팔수 역할을 한다는 겁니다. 방송사와 출연자는 누이 좋고 매부 좋은 상생관계를 이루죠. 많은 시청자가 그것을 보면서 비판하는지 그대로 받아들이는지 궁금해요.

윤영선 그래서 저는 오늘날 우리 사회를 굉장히 위험하게 보고 있어요. 사회의 엘리트층, 지식도 높고 부자인 사람들은 자녀 교육

사회가 고도화되면 될수록 소수만이 사고와 사색을 하고 나머지는 주어진 틀 안에서 기능적인 삶을 살게 됩니다. 철학을 공부하지 않는 사회는 위험한 사회가 되고 말 것입니다.

-윤영선

을 시킬 때 학교에서 일방적으로 주입시키는 공부가 아니라 고전 읽기나 토론 공부를 시킨다고 들었어요. 이런 공부가 사회에서 경쟁력을 갖는 데 얼마나 중요한지 그들은 알고 있는 거죠. 그런데 대다수 평범한 가정의 학생들이 배움을 얻는 학교 공부는 어떻죠? 그저 지식 위주의 주입식 교육만 하고 있죠. 이렇게 되면 필연코 엘리트와 비엘리트가 양분된 사회가 되고 말죠. 지금 우리 사회가 빠르게 그런 쪽으로 가고 있는 건 아닌지 불길한 생각이 들어요. 봉준호 감독의 영화 〈설국열차〉를 볼 때 느낀 섬뜩한 기분처럼요.

이런 사회가 고도화되면 될수록 일부 소수만이 사고와 사색을 하고 나머지는 주어진 틀 안에서 기능적인 삶을 살게 되는 거죠. 얼마나 비극적입니까? 철학을 공부하지 않는 사회는 위험한 사회가 되고 말 것입니다.

『논어』에 '군자불기君子不器'라는 글귀가 있어요. 제가 좋아하는 말이죠. 군자는 그릇을 만들지 않는다는 뜻인데, 곧 특정한 지식이나 기술에 얽매인 삶을 살지 않는다는 말이죠. 이를 신영복 선생은 『강의』에서 전문가의 삶을 추구하지 않는다는 뜻으로 해석했어요. 결국 세상에는 자기의 생각이 있는 사람과 자기 생각이 없는 사람의 두 부류가 있고, 전자가 세상을 지배하고 만다는 뜻이죠. 이 얼마나 끔찍한 이야기입니까?

윤석윤 2016년 7월 29일 《프레시안》에 「엘리트주의와 민주주의: '개돼지'가 주인으로 거듭나는 법」이라는 칼럼이 올라왔어요. 서울대학교 정치학과 출신으로 외무고시에 합격하고 외교관으로 일하다가 존스홉킨스 대학교에서 박사학위를 받고 현재 스탠포드 대학교 연구원으로 일하는 장부승이 쓴 글입니다. 거기서 그는 한국의 공무원 임용 제도를 전면적으로 다시 생각해야 한다고 주장해요. 고시로 고급 공무원을 선발하는 제도를 개선해야 한다는 겁니다. 미국과 중국 등 다른 나라의 사례와 비교하는데 설득력이 있었어요. 다른 나라는 이런 고시 제도가 없어요. 우리나라는 대학 졸업자가 고시만 합격하면 20대에 고위 공무원이 되는 거예요. '개돼지 발언'으로 유명해진 교육부의 고위 관리도 고시 출신이에요. 우병우 전 청와대 민정수석도 고시 출신입니다. 젊은 나이에 고시 공부로 합격하면 이렇게 안하무인이 되는 것이죠. 바닥부터 현장을 경험하면서 성장한 것이 아니잖아요. 다른 나라에서는 이런 과정을 경험한 사람 중에서 인사청문회를 통해 고위 공무원이 된다고 해요. 밑에서부터 차근차근 올라가는 거죠.

만약에 1퍼센트의 특수층이 사는 동네 출신만 고시에 합격하여 고위 공직자가 된다면 어떻게 될 것 같아요? 게다가 그들이 자기와 자기 집단을 위한 행동만 한다면 어떻겠어요? 노블레스 오블리주는 머리나 입으로 실천하는 게 아닙니다. 공부를 많이 했다고, 책을 많이 읽었다고 반드시 훌륭한 사람이 되는 것은 아니에요. 히틀러의 사례가 그것을 증명하잖아요. 사심을 가진 똑똑한 사람들은 자기 능력을 개인을 위해 이용하지요. 그러므로 끊임없이 판단하고 비판하며 따져보는 것이 중요합니다. 철학 공부가 필요한 이유가 여기 있습니다.

최병일 최근에 제가 잘 알고 지내는 내과의사가 동영상을 하나 보내왔어요. 핀란드 교육에 관한 동영상이었는데, 보면서 눈물을 흘렸다고 합니다. 핀란드는 사립학교가 없답니다. 왜 그러느냐. 사립학교에서 부유층들이 다른 교육을 받으면 어려운 사람들의 상황을 이해하지 못하기 때문이라는 거죠.

윤영선 두 계층이 완전히 분리되어버리기 때문이겠죠.

최병일 그렇죠. 그들은 공립학교에서 어려운 사람들과 교류해야 공동체 의식을 갖고 살아갈 수 있다고 본답니다. 그러면서 애들은 노는 것 위주로, 10분이면 할 수 있는 과제를 내준다고 합니다. 그런데 애들 표정이 얼마나 행복한지 몰라요. 자기 자녀들의 삶과 핀란드 아이들의 삶을 비교하니 눈물이 나더라는 거죠. 결국 어떻게 보면 우리의 공부가 주체적인 사고를 형성케 하는 공부가 아니라, 주입식으로 다른 사람에 순응하고, 맞춰가는 사람으로, 노예처럼 다른 사람에게 끌려가며 살아갈 수밖에 없는 사람으로 만드는 것은 철학의 부재에서 오는 현상이죠.

윤석윤 중세를 암흑의 시대라고 말하는 이유지요. 그때라고 사람들이 생각을 안 하고 살았겠습니까? 종교가 지배하는 시대이다보니 모든 것을 그것으로 해결했지요. 모르는 게 있으면 성당의 사제에게 물어보는 거죠. 하느님의 은총으로 알 수 있다고 주장했던 시대이니까요. 당시 사람들은 자신이 생각의 주인이라는 자각이 없었어요. 대다수가 문맹이었고요. 그런 인간을 생각의 주체라고 일깨운 사람이 바로 르네 데카르트René Descartes, 1596~1650죠. "나는 생각한다. 고로 존재한다." 참 위험한 발언이었지만 원래 철학자란 그런 사람이잖아요. 지금도 마찬가지죠. 내가 생각의 주인으로 살아가느냐가 중요해요.

윤영선 최병일 선생님 말씀대로 요즘 젊은이들의 자살률이 높습니다. 왜 자살률이 높은지 생각해볼 필요가 있습니다. 아시다시피 지금은 저성장 시대잖아요. 요즘 젊은이들은 기성세대보다 더 희망이 없는 세상을 살아가는 것 같아요. 밥은 굶지 않는데 더 나은 세상을 살아갈 기대가 없습니다. 풍요의 반작용이라고도 할 수 있지만 삶의 조건들이 더 팍팍해진 것은 사실이죠. 더군다나 요즘은 가정마저 거의 붕괴되고 있잖아요. 열악한 원룸 같은 곳에서 혼자 사는 젊은이들이 많다고 들었어요. 이런 젊은이들 중에는 정신이 황폐해진 사람도 적지 않습니다.

이런 사람들이 자기 삶을 살아가는 동력을 어디서 찾아야 할까요? 자기 삶에 대한 자긍심을 키워나가는 것이 무엇보다 중요합니다. 그렇지 않으면 쉽게 무너지고 말테니까요. 젊은이들에게 철학적인 힘, '왜 살아야 하는지, 어떻게 살아야 하는지' 이런 질문에 답할 수 있는 힘을 길러줄 필요가 있습니다. 그런데 우리 사회는 그런데 별로 관심이 없어요. 그러다보니 젊은이들이 자신 안에 갇혀서 점점 자학하는 거죠. 그러면 자칫 극단적인 자기 파괴 혹은 타인 파괴로 갈 수도 있죠. 이런 사람들을 살 수 있게 하는 방법은 스스로 생각하게 하는 힘을 길러주는 것밖에 없습니다. 학교에서 철학을 가르쳐야만 합니다.

윤석윤 다른 측면에서 말씀드리고 싶은 게 있어요. 지금은 저성장, 저취업 시대잖아요. 현재 젊은이들은 여기 있는 세 사람보다 훨씬 더 희망이 없는 시대에 살고 있지요. 오죽했으면 '헬조선'이란 말까지 나왔겠어요. 내일에 대한 희망을 품기 어려운 시대지요. 그래서 요즘 젊은이들은 암울한 세대에요. 좌절하기 쉬운 세대이기도 하고요. 더군다나 요즘 전통적인 가정이 붕괴되었어요. 젊은이든 노인이든 원룸 세대가 늘고 있다고 해요. 홀로 모든 걸 해결해요. '혼족'이라고 표현하잖아요. 혼자 밥 먹는 '혼밥', 혼자 영화 보는 '혼영', 혼자 술 마시는 '혼술' 등이 있어요. 혼자 있으면서 자리를 잡지 못한 젊은이들은 정신적으로 황폐해지기 쉬워요. 삶에 대한 자긍심을 충전하지 않으면 무너지기 쉽습니다.

인문학이 유행하는 때는 사회가 암울한 시기라고 해요. 내가 왜 살아야 하는지, 어떻게 살아야 하는지 근본적인 문제에 대해 생각하게 만들잖아요. 힘든 사람들에게 방향을 제시해줘야 하기 때문이지요. 우리 사회는 그런 어른이 별로 없는 것 같아요. 그러다보니 정신적으로 내몰린 사람들이 극단적인 자기 파괴 혹은 타인 폭력으로 나가는 것이지요. '묻지마 폭행'이나 '묻지마 살인' 등이 그런 사례죠. 이런 사람들을 재기할 수 있도록 도와주는 방법이 스스로 생각할 수 있는 힘을 길러주는 것입니다. 노숙자, 빈민, 재소자에게 인문학 교육을 시켜서 스스로 자신의 삶을 성찰하고 일어설 수 있도록 도운 사례가 사회비평가 얼 쇼리스Earl Shorris의 클레멘트 코스입니다. 『희망의 인문학*Riches for the Poor*』은 어떻게 그 과정이 시작되었고, 참여한 사람들이 어떻게 변화되었는지를 상세히 기록한 보고서입니다. 이 과정은 한국에도 들어와 진행되고 있습니다. 인문 교육의 힘이지요.

최병일 최근에 고미숙 씨의 『바보야 문제는 돈이 아니라니까』를 갖고 토론했는데요. 고미숙 씨가 주장하는 것도 그래요. 물질에 모든 초점을 맞추다보니 노인들도 경제적인 자원으로 보면 무능력

철학의 부재가 가정을 붕괴시키고 우리 사회를 붕괴시킵니다. 철학을 통해서 이 세상을 살려내는 것이 필요합니다. 무엇이 더 가치 있고 중요한 것인지를 생각할 필요성이 절실한 시대입니다.

-최병일

자로 전락하고 말았습니다. 노인들에게는 돈과 바꿀 수 없는 지혜가 있는데 그건 빼버리고 물질적인 가치만 갖고 평가를 하니 쓸모없는 사람이 된 거죠. 결국 가정에서도 철학의 부재가 부모나 노인을 물질적인 관점으로만 대하게 하니까 무시 받고 외로워지게 되는 거지요.

철학의 부재가 가정을 붕괴시키고 우리 사회를 붕괴시키는 거죠. 철학을 통해서 이 세상을 살려내는 것이 필요합니다. 무엇이 더 가치 있고 중요한 것인지를 생각할 필요성이 절실한 시대입니다.

윤석윤 현재 젊은이들이 시대에 절망하는 것은 정치와 경제의 책임이 커요. 정치와 경제가 곧 현실적 삶이죠. 홍기빈은 『경제학자들은 왜 싸우는가』에서 경제학의 4대 문파에 대해 설명해요. 각 문파의 대표 선수는 애덤 스미스, 카를 마르크스, 존 메이너드 케인스, 칼 폴라니입니다. 흥미로운 점은 애덤 스미스Adam Smith, 1723~1790와 마르크스는 철학자 출신입니다. 케인스John Maynard Keynes, 1883~1946는 통계학자이고 수학자죠. 칼 폴라니Karl Polanyi,

1886~1964는 역사학자입니다. 타 분야 학자들이 가장 구체적인 현실인 경제 문제를 연구한 것이죠. 스미스는 시장을, 케인스는 순환을, 마르크스는 권력을, 폴라니는 지속 가능성을 주장하죠. 저는 이들 중 폴라니에 주목합니다. 지금은 지속 가능성이 중요한 시기이기 때문이죠.

지금까지 세계 경제는 파이를 키우는 데 집중했죠. 그러나 풍요로운 시대라고 느낄 즈음 성장의 한계에 봉착한 거죠. 예전에는 자원이 무한한 줄 알았어요. 그런데 써보니 그것이 유한한 것임을 깨달았죠. 유한한 자연을 재생할 수 있는 범위에서 사용하자는 거죠. 그래서 지속 가능성이 중요한 화두가 되었어요.

나무의 예를 들어보죠. 나무는 무한정 사용할 수 없어요. 유한한 자원이지요. 그래서 나무를 벌목하면서 묘목을 심어요. 나무가 자라는 시간을 고려하는 거죠. 수요와 공급의 밸런스를 유지해야 지속 가능하니까요. 그렇지 않으면 파괴되고 소멸하게 되잖아요. 다른 자원들도 마찬가지예요. 일반적으로 경제학을 가치중립적인 학문으로 알고 있지만 사실은 편향적이고 계급주의적이에요. 경제학자의 주장은 결코 모든 사람을 만족시키는 이론이 될 수 없다는 말이지요.

지금 야당에서는 '부자 감세'를 줄이고 법인세를 인상하자고 하고, 여당에서는 그래서 안 된다고 하고 있습니다. 경제학적으로, 낙수효과가 없다는 것은 이미 증명되었죠. 수년간 통계 수치가 그것을 증명해요. 분명한 것은 법인세는 줄고 서민의 조세 부담은 늘었다는 겁니다. 연말정산금 줄어들었고, 담뱃값은 올렸어요. 부자는 더욱 부자가 되고 가난한 사람은 더 가난해졌어요. 양극화가 심해진 것이죠. 그냥 보고 있어야 하나요?

윤영선 지그문트 바우만Zygmunt Bauman, 1925~의 『사회학의 쓸모*What Use is Sociology*』를 보면, 오늘날 사회를 지배하는 주류 사고는 시스템만 잘 갖추면 사회가 완벽하게 돌아갈 수 있다는 논리를 펴죠. 즉 소셜 엔지니어링적 접근이 주를 이루고 있죠. 이탈이 생겨도 조금의 정책적 개입만 한다면 다시 돌아갈 수 있다는 발상이죠. 그런데 어떻게 되었습니까? 2008년 글로벌 금융위기는 바로 이런 사고가 낳은 재앙이라 해도 과언이 아니죠. 그런데도 여전히 사회를 지배하는 건 이런 주류 사회과학자들의 사상이죠.

바우만은 이런 주류들의 사고에 반론을 제기하죠. 그런 방식으로는 소외된 사람들을 양산할 수밖에 없다고 하죠. 어려운 처지에 있는 사람들의 삶을 보듬고 이해할 수 없다는 겁니다. 사회적 약자들에게 좀 더 다가가 그 사람들과 소통하는 사회과학적 접근이 필요하다고 이야기합니다. 그래서 그는 사회과학에도 문학이 필요하다고 강조하죠.

지금 우리 사회는 신자유주의적 사고가 삶의 모든 것을 결정짓는 형국이 되고 말았어요. 한 단어로 말하면 '돈' 아닙니까? 아까 최병일 선생님이 고미숙의 『바보야 문제는 돈이 아니라니까』를 말씀하셨는데 거기에 보면 '홈 파인 경로'라는 표현이 나옵니다. 현대인은 모두 지금 돈을 중심으로 한 홈 파인 경로를 따라 삶을 살아가고 있는 거죠. 이 얼마나 비극입니까? 돈 지상주의가 모든 인간의 사고방식을 고착화시키고 만 것이죠. 그 틀을 깨버리면 자기 삶이 나아갈 방향을 스스로 결정할 수 있게 되고, 다양한 삶의 방식 중 자기가 원하는 삶을 살 수 있는데 그것을 차단당하고 있는 거죠. 지금 이 세상에는 오직 한 가지 인간 유형만 존재하고 있는 셈이죠. 그 틀 안에서는 오직 잘난 사람과 못난 사람의 구분만 있습니다. 이것을 깨버려야 합니다. 그것을 깨는 힘이 철학이고 사회과학입니다. 우리가 공부를 해야 하는 이유가 바로 여기에 있습니다.

윤석윤 바우만은 『사회학의 쓸모』에서 이렇게 얘기해요. '사회학이 어떤 때 쓸모가 있느냐. 기존의 틀, 권력에 끌려가는 사회학이라면 쓸모가 없고, 우리가 경험하는 현실의 문제를 당당히 지적하고 들쑤시고 문제제기를 할 때 쓸모가 있다'고 합니다.

최병일 고미숙 씨의 책에 이런 얘기가 나오더라고요. 지금 저출산 문제도 교육 제도가 바뀌지 않으면 해결되지 않는다고요. 애들이 공부를 끝내고 안정적인 뭔가를 갖추려면 이미 나이를 먹는다는 거죠. 나이를 먹어버리면 출산율은 떨어질 수밖에 없다는 겁니다.

어렸을 때부터 자가용을 타던 애들이기 때문에 그런 정도의 레벨이 되었을 때, 결혼할 수 있다는 생각이 굳어 있다는 거예요. 우돈 지상주의가 모든 인간의 사고방식을 고착화시키고 말았습니다. 그 틀을 깨버리면 삶의 방향을 스스로 결정할 수 있고, 다양한 삶의 방식 중 원하는 삶을 살 수 있는데 그것을 차단당하고 있는 거죠. -윤영선

리 세대는 '뭐 없으면 살면서 만들어가면 되지'라고 생각했지요. 결국은 돈이나 학교, 제도에 갇혀 있는 상태가 아이들로 하여금 결혼을 해서 아이를 낳고 행복하게 살 수 있는 여지를 차단하고 있는 겁니다. 그것을 깨지 않으면 저출산 문제가 해결되지 않는다고 합니다. 아주 단호하게 말하고 있어요.

윤영선 그러니까 발상의 전환이 필요해요. 기존 제도와 틀을 개선하려 하는데 안 되잖아요. 그럴 때는 생각을 바꿔버리면 되거든요. 그런데 정작 생각을 못 바꾸지요.

Insight 06

중요한 책은 반복해서 읽어라

한기호 세 분은 어려운 철학 책부터 아이들 그림책까지 다양한 분야의 책을 골고루 읽으시는 것 같습니다. 한마디로 독서 편식을 하지 않으신다는 건데요. 그럼에도 반복해서 읽는 책이 늘어나고 있다고 들었습니다. 한 권의 책을 여러 번 읽는 이유는 무엇이고, 어떤 장점이 있나요?

윤영선 반복해서 읽는 것이 얼마나 중요한지는 은퇴 이후 숭례문학당에서 공부하면서 알게 되었어요. 저는 괜찮은 책들은 한 번 읽고 그 책을 완전히 내 것으로 소화했다는 느낌을 받은 적이 거의 없었어요. 서평을 쓴다거나 논제를 뽑을 때는 급하게 한 번 읽고 쓰기는 하지만요. 서평을 쓰면 아무래도 책의 느낌이 더 강하게 다가오고, 어느 정도 정리가 되기는 하죠. 그러나 책은 한 번 읽을 때와 다시 읽을 때 이해되는 정도와 느낌이 확실히 다르죠.

한 번 읽은 책들은 대부분 나중에 또 읽을 필요가 있겠다, 없겠다 정도의 구분만 주는 것 같아요. 강렬한 느낌과 여운을 주는 책들은 다음에 꼭 다시 읽어야지 하는 느낌을 갖고 서가에 꽂습니다. 그러다 언젠가 다시 읽을 기회를 얻을 때는 정말 기분이 좋죠. 요즘은 점점 그런 책들이 늘어나는 것 같습니다. 이런 책들을 다시 읽으면 결코 실망하는 법이 없어요. 최근 독서토론을 위하여 헨리 데이비드 소로Henry David Thoreau, 1817~1862의 『월든*Walden*』을 다시 꼼꼼하게 읽었는데 예전에 읽었을 때 놓쳤던 수많은 명문장들을 발견하고는 얼마나 즐거웠는지 모릅니다. 또 읽을 기회가 올 거라 기대합니다.

책을 여러 번 읽는 것이 중요하다는 것을 실감한 저는 그래서 책은 거의 대부분 사서 봅니다. 저는 용돈의 대부분을 강좌 신청과 도서 구입에 씁니다. 물론 이렇게 구입한 책 중에는 또 읽어볼 필요가 없는 책들도 있지요. 그런 책들은 시간이 지나면 버리든가 해서 처분해요. 그렇지 않은 책들은 죄다 소장합니다. 언젠가 다시 읽거나 훑어보기 위해서죠. 아무래도 글을 쓰다보니 책을 늘 가까이 두지 않을 수 없습니다. 고전과 같은 좋은 책은 다시 읽어야 한다는 것을 공부를 하면서 많이 느끼고 가슴에 새기고 있습니다.

윤석윤 그렇게 다시 읽는 책은 쉽게 말해 좋은 책인 고전이죠. 장정

일은 독서일기 『빌린 책/ 산 책/ 버린 책』에서 대부분의 책을 빌려 읽는데, 그중 좋은 책은 산다고 해요. 이런 검증 과정을 거치지 않은 책 중에서 버려지는 책도 있다고 말합니다. 저는 무조건 사서 읽어요. 시간이 지나서 중요 순위에서 밀리는 책은 버리게 되지요. 버리는 기준은 집에 있는 책장과 책상 주변의 책이 얼마나 쌓여 있느냐에 따라서 다음 책에게 자리를 내주기 위해 정리하지요. 박스에 담아서 재활용통에 넣습니다. 다시 재생용지로 순환되어 나의 책으로 돌아오는 것도 있겠지요. 간직하는 책은 생각하고 고민하게 하고 의미를 주는 책, 공부가 되는 책, 글쓰기 자료가 되는 책은 간직하죠.

오르한 파묵Orhan Pamuk, 1952~은 "책은 반복해 읽으면 무기가 된다"고 했습니다. 맞는 말 같아요. 그 책을 읽고 내 것이 되었다면 생각의 근육이 강화된 거잖아요. 그래서 좋은 책은 계속해서 반복해서 보게 되고 봐야 한다고 생각합니다.

최병일 저도 비슷한 거 같아요. 저도 책은 모두 구입합니다. 도서관에서 빌리지 않고 사서 보는데요. 책장에는 여러 번 읽은 책과 한 번 읽은 책과 토론을 한 책이 한눈에 보여요. 토론을 안 한 책은 멀게 느껴지고, 토론을 한 책은 가깝게 느껴지고, 여러 번 읽은 책은 친근감이 느껴져요.

한 번 읽고 그 책을 안다고 할 수는 없습니다. 여러 번 읽어야 그 책의 진가를 알 수 있죠. 대개 그동안의 책 읽기는 수박 겉핥기식 읽기였죠. 한 번 읽고 "이 책은 내가 본 책이다"라는 착각 속에서 살아왔어요. 정말 좋은 책들은 여러 번 읽어 내 것으로 만들어야 자산이 되지 않을까 싶어요.

대개 영업을 하는 사람들은 스트레스가 쌓이다보면 슬럼프에 많이 빠지거든요. 그러나 책을 많이 읽으면 슬럼프에 빠지지 않는 것 같아요. 왜냐하면 생각의 근육이 키워져서 역경이나 어려움이 왔을 때, 힘들고 어렵다고 좌절하거나 포기하는 게 아니라 그것마저도 하나의 귀한 경험으로 생각하기 때문이죠. 추위가 오고 낙엽이 떨어지는 것처럼 받아들이게 됩니다. 오르막이 있으면 내리막이 있고, 뜨거운 여름이 가면 추운 겨울도 올 수 있다는 게 순리라고 생각하게 됩니다. 이런 마음을 먹게 되면 힘들다고 생각하지 않죠. 다시 읽기는 자기 마음의 힘을 아주 강하게 만들어주는 자산입니다.

여러 번 읽기의 대가는 세종대왕이죠. 이분은 한 권의 책을 1,000번씩 읽었다고 합니다. 책을 너무 많이 읽으니까 몸이 상할까 봐 아버지가 모든 책을 뺏어갔다고 해요. 마침 한 권이 병풍 밑에 떨어져 있어서 그 책밖에 없으니 1,000번을 읽었다고 합니다. 결국 그 정도까지 읽으면 그것은 저자의 것이 아니라 자기 것이 되었다고 봐야죠. 저자의 생각에 자기 생각까지 더해져 자산이 되는 거죠. 그것이 여러 번 읽기의 효과가 아닌가 싶어요.

윤석윤 책을 좋아하는 사람들은 기본적으로 활자 중독입니다. 어릴

한 번 읽고 그 책을 안다고 할 수는 없습니다. 여러 번 읽어야 그 책의 진가를 알 수 있죠. 정말 좋은 책은 여러 번 읽어 내 것으로 만들어야 자산이 됩니다.

-최병일

적부터 독서 교육을 통해 활자 중독 습관을 갖게 된 사람도 있지요. 그 사례가 진경혜의 『나는 리틀 아인슈타인을 이렇게 키웠다』입니다. 저자는 아들 쇼 야노와 딸 사유리 야노를 독서 교육과 홈스쿨링을 통해 천재로 키워냈어요. 아들을 아홉 살에 시카고 로욜라 대학교에 입학시켰어요. 책에 의하면 쇼는 규칙을 어겨 벌로 책을 못 보게 하니까 우유 곽에 있는 영양표를 몇 번이나 읽었다고 해요. 엄청난 활자 중독증이죠. 저도 외출할 때는 반드시 책 두 권 정도는 가지고 다녀요. 책을 갖고 있지 않으면 뭔가 허전하고 이상해요.

윤영선 사사키 이타루佐々木中의 『잘라라, 기도하는 그 손을切りとれ、あの祈る手を』에는 '난해한 책에 도전해서 읽는 것이 진짜 독서'라는 표현이 나옵니다. 그 말에 전적으로 공감해요. 자기계발서 같이 시류에 맞는 책들은 금방 이해되고 와닿지만 사실 얻는 게 별로 없어요. 일상적으로 아는 것에 자극을 한 번 더 받는 정도죠.

교양인으로서 읽어야 할 양서나 고전은 대부분 읽기가 힘들죠.

난해하고 두꺼운 경우가 많아요. 그런데 그런 책이 진짜 사람들에게 큰 영향과 힘을 주는 책입니다. 그런 책을 어떻게 한 번 읽고 알겠어요? 우리가 진짜로 도전해야 할 책은 나의 능력으로는 벅찬 책들이죠. 그 고비를 넘을 때 내가 무언가를 얻고 한 단계 더 나아지는 것을 느껴요. 책 읽기는 그렇게 해야만 발전합니다. 단순하게 많은 책을 읽는 것보다는 차라리 읽기 힘든 고전을 두고 두고 보는 게 더 중요하다는 생각이 들 때도 있습니다. 이렇게 해서 얻는 게 더 많아요. 저는 요즘 그것을 실감하고 있습니다. 최근 독서 모임에서 프랑스의 문학가이자 철학자인 모리스 블랑쇼Maurice Blanchot, 1907~2003 전집을 읽고 있는데 정말 난해하더군요. 그중 『문학의 공간*L'espace litteraire*』이라는 책을 읽었는데 현실 속의 사유를 뛰어넘는 글이 정말 다른 세계로 저를 안내하는 것 같았습니다. 그러나 정확하게 의미를 다 포착할 수는 없지만 저의 정신세계가 더 확장되는 것만은 분명히 느낄 수 있습니다. 언젠가는 이 책을 다시 읽을 날이 있을 것이라는 기대를 하고 있습니다. 그리고 중요한 게 하나 더 있어요. 이런 난해한 책은 혼자 읽으면 도저히 못 읽을 것입니다. 함께 읽으니 용기와 책임감을 갖고 읽게 되는 것 같습니다.

윤석윤 신영복 선생은 『담론』에서 '삼독三讀'에 관한 이야기를 했습니다. 텍스트를 읽고, 저자를 읽고, 자기를 읽어라. 머리로 읽고, 가슴으로 읽고, 발로 읽어라. 책을 읽으면 강해진다는 것은 실천

책을 읽으면 강해진다는 것은 실천을 할 수 있기 때문입니다. 토론을 하다 보면 사람들 눈빛이 바뀌는 것을 느껴요. 스스로의 변화를 느끼는 거죠.

-윤석윤

을 할 수 있기 때문입니다. 토론을 하다보면 사람들 눈빛이 바뀌는 것을 느낄 수 있습니다. 책을 읽고 토론하면서 스스로의 변화를 느끼는 거죠.

근육도 반복 운동을 해야 생기잖아요. 어떤 면에서는 반복이란 한 번 읽은 책을 계속 보는 것도 있겠지만 같은 주제의 책을 계속 읽는 것도 또 다른 강화라고 봅니다. 한 주제를 두고 깊이 생각하면 힘이 되는 거죠.

최병일 우리의 뇌는 너무 많은 정보가 들어오면 삭제를 한다고 합니다. 그런데 두 가지 경우는 삭제를 하지 않는답니다. 하나는 생명의 위협을 느끼는 경우입니다. 우리가 산에 갈 때 바스락 소리가 나면 놀라서 긴장을 하죠. 그것은 우리의 유전인자 속에 바스락 소리가 생명의 위협이 될 수 있다고 입력되어 있기 때문에 본능적으로 반응하는 거죠.

또 하나, 반복하는 것은 뇌가 중요하다고 인식한다고 해요. 그래서 장기기억으로 남는다고 합니다. 초등학교 때 조선시대 왕

계보를 반복해서 암기했습니다. 아마 치매에 걸리지 않는 이상 죽을 때까지 잊어버리지 않을 거예요. 그 이유는 반복을 통해 암기했기 때문입니다. 구구단도 그렇고요. 반복을 통해 장기기억에 들어가야 비로소 내 것이 되는 것 아닌가 하는 생각이 듭니다.

『W이론을 만들자』로 유명한 서울대학교 이면우 교수가 쓴 글을 봤는데요. 이면우 교수가 어느 집에 초상이 나서 영정 앞에 절을 하고 일어나는데 핑 돌면서 건강의 위험 신호가 느껴졌대요. 그래서 이 교수는 근육을 만들어야 되겠다 싶어서 아령을 했답니다. 아령을 한참 했더니 젓가락질을 할 때 손이 떨려서 힘들었다고 해요. 며칠을 하다보니 정상으로 돌아왔대요. '아, 이러면 운동이 안 되겠다' 싶어서 더 무거운 걸로 했더니, 손이 또 떨리고. 그렇게 자꾸 업그레이드를 해서 건강을 되찾았다는 얘기를 합니다. 마찬가지로 우리의 뇌도 어려운 책들을 읽어가면서 좀 더 한 단계, 한 단계 높여나가야 하는 것이 아닌가 싶어요.

상처를 치유하고 전망을 세우게 하는 글쓰기

Insight 07

한기호 다양한 책을 읽기만 해서는 자기의 것으로 만들기가 쉽지 않은 것 같습니다. 그래서 세 분도 책을 읽고 토론할 뿐 아니라 직접 책을 펴내기도 하셨죠. 글쓰기라는 게 많은 사람이 두려워하는 부분인데, 세 분은 어떤 계기로 언제부터 본격적으로 글을 쓰기 시작하셨나요?

윤영선 저는 연구원이었기 때문에 글을 늘 써왔습니다. 32년 동안 꾸준히 글을 써온 셈이죠. 그런데 제가 쓴 글은 거의 다 논리적이고 일정한 형식을 갖춘 연구 보고서였어요. 요즘 쓰는 에세이 성격의 글과는 꽤 다르죠. 직장 생활 후반기에는 유관 분야의 신문에 사회적 이슈에 대한 칼럼을 쓴 적이 있는데, 그때 지금과 유사한 글을 쓴 것 같아요. 그때의 글쓰기 경험이 지금 글을 쓰는 데 꽤 도움이 된 것 같아요.

본격적으로 글을 쓰기 시작한 것은 역시 은퇴 후였죠. 나를 표현하는 글쓰기는 그때부터 시작한 셈입니다. 역시 훈련이 다소 부족해서 처음에는 좀 힘들었어요. 재밌는 경험이라면 학당과 인연을 맺으면서 100일 글쓰기에 참여한 것이죠. 제1기 모집에 참여했는데 매일 한 편씩 짧은 글이라도 써야 했습니다. 힘든 과정이었지만 나름 글쓰기 근력을 기르는 데 도움이 많이 되었던 것 같아요. 그 이후 독서와 글쓰기가 제 일상의 가장 중요한 일과가 되었어요. 매일은 아니지만 꾸준히 글을 쓰고 있으니까요.

글쓰기는 상당히 고독하고 힘든 과정이지만 책 읽는 사람이 책만 읽고 글을 쓰지 않는다는 것은 뭔가 짝을 잃는 것 같아요. 독서와 글쓰기는 쌍둥이라는 생각이 듭니다. 저는 앞으로 책을 쓰고 싶으니까 독서와 글쓰기를 병행해야죠. 제 여생의 가장 중요한 활동이라고 할 수 있습니다.

윤석윤 저는 고등학교 때부터 40대 초반까지 일기를 썼어요. 그런데 오히려 나중에 그것이 글쓰기에 장애가 될 줄은 몰랐어요. 왜냐하면 그 글쓰기는 일지식 쓰기, 설명식 글쓰기였으니까요. 몇 년 몇 월 며칠에 어떤 일이 있었는지 정확하게 적혀 있어요. 어떤 주제를 가지고 생각하는 성찰적인 글쓰기까지는 되지 못했죠.

본격적으로 2012년에 최병일 선생님과 함께 글쓰기 공부를 시작했죠. 책을 한 번 쓰고 싶다는 막연한 희망사항을 가지고 있었는데 그때 본격적으로 시작된 거죠. 글쓰기 공부에서 첫 번째 과제로 낸 에세이가 할아버지에 관한 글입니다. 이 한 편의 글이 제 인생을 바꿔놓았어요. 그 글 덕분에 신문에도 나고 MBC 라디오 〈손석희의 시선집중〉 인터뷰도 하고 CBS 김미화가 진행하는 방송과도 인터뷰를 했어요.

그것으로 인해 글쓰기의 중요성을 알게 되었죠. 사실 제가 작가처럼 '글을 안 쓰면 못 견디겠다' 그런 건 아니었어요. 라이너 마리아 릴케Rainer Maria Rilke, 1875~1926에게 보낸 무명 시인의 편지에 그런 내용이 있잖아요. '글이 아니면 죽음을 달라'고 하는 정도로 글쓰기가 운명이라고 생각하는 사람도 있겠지요. 그런 사람은 작가가 되어야 할 사람입니다만, 저는 그렇게까지 쓰고 싶다는 생각을 한 건 아니었어요.

글쓰기를 하면서 느낀 것 중 하나는 '내 노년이 외롭지 않겠구나' 하는 정도였어요. 독서토론을 만나기 전까지는 홀로 독서의 외로움이 컸으니까요. 책 읽는 것이 어릴 적부터 습관이었고, 누구에게 자랑하려고 읽는 것은 아니지만 외로웠어요. 그런 생각이 들 때가 있잖아요. '이거 읽어서 뭐하지?'

그런데 토론을 하면서부터 그런 생각이 싹 사라졌어요. 블로그에 글을 올리면서 재밌고 즐거웠어요. 방문하여 메모를 남기는 사람들이 늘기 시작했어요. 몇 명 이외에 대부분 어떤 사람인지 모르죠. 그런데도 매일 수십 명이 들어와요. 만약 제가 글을 좀 더 활발하게 쓴다면 좀 더 많은 사람들을 만날 수 있겠죠. 노년의 글쓰기는 새로운 친구를 만날 수 있는 창구라고 생각합니다. 글쓰기의 중요성을 그렇게 느끼고 있죠.

최병일 저도 책을 한 권 써야겠다는 막연한 생각으로 글쓰기를 기초부터 배워야겠다고 나선 덕분에 인연을 맺게 되었죠. 논제 선정이 글쓰기의 시작이 되었고, 여섯 달 동안 인문고전 읽기 과정에서 숙제 하느라고 또 글쓰기를 했어요. 그다음에 필사도 배우면서 어떻게 해야 하는가를 알게 되었죠. 요즘 '천자칼럼'을 공부하면서 서로 합평을 하고 선생님의 코칭을 받다보니 '아, 글쓰기가 이런 거구나' 싶어요.

이제 겨우 글쓰기의 윤곽을 파악했어요. 글쓰기가 남의 나라 이야기가 아니라 내 삶의 중요한 한 부분으로 자리매김하게 되었죠. 옛날에는 글쓰기가 숙제처럼 느껴졌거든요. 생각만 해도 골치가 아프고 힘들었어요. 요즘에는 맛을 조금 알게 된 것 같아요. 시사성 있는 글도 쓰고 싶고, 주변의 일상적인 이야기도 쓰고 싶어요. 지난번에 제가 어떤 얘기를 쭉 했더니 글을 가르치는 선생님이 그 이야기를 그대로 글로 쓰면 좋은 글이 되겠다고 하셨어요.

그동안 우리는 주로 강의하고 이야기하는 것에 훈련이 되어 있어서, 글 쓰는 것은 좀 낯설었어요. 이야기하는 것이 편했죠. 이제 글쓰기와 말하기의 균형을 잘 맞추면 나름대로 생각을 조금 체계적으로 정리할 수 있지 않을까 하는 용기를 얻었어요. 글쓰기와 조금은 친해진 것 같은 느낌입니다.

노년의 글쓰기는 새로운 친구를 만날 수 있는 창구입니다. 글쓰기의 중요성을 그렇게 느끼고 있죠. -윤석윤

윤영선 저는 글을 쓰면서 세 가지를 느꼈어요. 글쓰기의 효과라고 할 수 있겠죠. 첫째는 쓰면서 느낀 경험인데 확실히 글쓰기는 자기 치유 효과가 있는 것 같아요. 쓰면서 나도 모르는 사이에 쌓였던 상처가 치유되는 기분을 느껴요. 상처 없는 사람은 없잖아요. 글을 쓰면서 그런 것들이 녹는달까, 점점 마음이 많이 밝아진 것 같아요.

두 번째는 자기 발견의 효과입니다. 사람은 자기 자신을 잘 아는 것 같아도 사실은 잘 모르지요. 자기가 어떤 것을 좋아하고, 어떤 성격인지 막연하게는 생각하고 있지만 정확하게는 모른다고 생각해요. 자기 자신이 어떤 사람인지 알고 싶으면 글을 써보라고 권하고 싶어요. 글을 쓰다보면 아무래도 자기 얘기를 많이 쓰게 되잖아요. 어릴 적 이야기를 쓰다보면 '아, 내가 이런 사람이었어?' 하는 생각이 드는 거죠. 내가 이런 기질, 이런 성격의 사람이란 것을 비로소 알게 되는 거죠. 그런 과정을 거치면서 "앞으로 나는 이런 인생을 살 거야" 하는 생각도 하게 되죠. 자기 발견 효과죠. 저는 은퇴할 즈음 그림 공부를 시작했는데 어린 시절 나를 돌아보면서 그런 욕망이 다시 살아났어요.

글을 쓰다보면 자기 자신에 대한 존재감을 느끼게 되죠. 자기가 살아 있고 어떤 의미의 존재인지 스스로 느끼게 되는 겁니다. 글쓰기는 자긍심, 자존감을 높여주죠.

-윤영선

마지막으로 자기 긍정 효과를 말하고 싶어요. 글을 쓰다보면 자기 자신에 대한 존재감을 느끼게 되죠. 자기가 어떤 의미의 존재인지 스스로 느끼게 되는 거죠. 글쓰기는 자긍심, 자존감을 높여준다고 생각해요. 노년의 삶에서 자존감은 다른 무엇보다 중요한데 글쓰기는 훌륭한 수단이죠. 제가 요즘 실버 글쓰기 코칭을 한다고 말씀 드렸는데 참여하는 노년 분들을 보면 확실히 그것을 느낄 수 있어요.

보통 사람들은 “내가 살아온 인생을 글로 쓰면 책이 몇 권 나올 것”이라고 말하죠. 그럼에도 글을 쓰려고 하지 않죠. 글쓰기 훈련이 안 돼서 그렇습니다. 저는 수많은 사람들이 글을 쓰면 사회 혁명이 일어난다고 봅니다. 모두들 자기 표현을 통해 자신의 존재감을 발견하고 당당한 사회의 일원으로 살아가게 된다면 지금의 사회는 반드시 크게 달라지고 말 것입니다. 글쓰기가 자기 자신을 변화시키고 나아가 사회를 변화시키는 원동력이 되는 거죠.

윤석윤 저는 일차적으로 생각의 힘이 커졌다고 봅니다. 어찌 되었든 글을 쓰게 되었고 책을 출간하게 되었으니까요. 말은 생각을 언어로, 글은 문장으로 표현한 것이죠. 우리가 흔히 말을 잘하면 글을 잘 쓴다고 하지만 실상은 그렇지 않아요. '그런데 왜 못 쓸까?' 3년 동안 글쓰기를 하면서 생각을 해봤습니다.

말은 즉문즉답 식으로 동시에 피드백이 일어나요. 말을 잘못하면 즉시 상대방이 다시 묻거나 표정이 달라지요. '뭐야?'라고 되묻는 것이죠. 하지만 SNS처럼 글로 동시간대에 대화하는 경우가 아니라면 글의 피드백은 시차가 존재해요. 내가 쓴 글을 읽는 누군가가 피드백을 해야 개선할 수 있어요. 글쓰기 공부에 코치나 멘토가 필요한 이유라고 생각해요. 만일 내가 쓴 글을 남에게 보여주지 않거나, 쓰지 않으면 다른 사람으로부터 피드백을 받을 수 없지요.

생각의 힘을 키우는 것이 바로 글쓰기라는 것을 알게 되었죠. 송나라의 정치가이자 문인인 구양수歐陽脩, 1007~1072는 삼다三多를 강조했어요. 글을 잘 쓰려면 다독多讀, 다작多作, 다상량多商量하라고 충고했죠. 다독과 다작은 쉽게 이해했어요. 그런데 많이 생각하라는 것은 도대체 어떻게 하라는 것일까 싶었죠. 글쓰기를 하다보니 펜 끝, 붓 끝으로 생각하는 것 같더라고요. 쓰다보면 원래 내가 쓰려고 했던 주제가 아닌 다른 데로 가기도 해요. 새로운 생각을 하게 되는 거죠. 작가들도 똑같대요. 작가들도 쓰면서 원래 잡은 주제대로 쓸 때도 있지만, 주제가 바뀌어 다르게 쓰는 경우도 많다고 해요.

또한 글쓰기는 대화의 도구입니다. 흔적이 남는 수단이고요. 그러니 심사숙고할 수밖에 없죠. 그것이 학습을 하는 데 힘을 주죠. 글을 쓰다보면 그냥 쓸 수 없어요. 책을 읽고 공부하고 성찰할 수밖에 없어요. 글쓰기의 첫 단계는 자기 경험을 재료로 쓰는 것입니다. 지금은 저도 그런 단계인 것 같아요. 그런데 여기서 멈출 수 없어요. 다음 단계로 나아가야죠.

다음 단계는 인문적 글쓰기라고 생각해요. 주제에 대한 자기만의 사유를 해야 글을 쓸 수 있겠지요. 성찰적인 글쓰기 단계라고 할 수 있습니다. 경험으로 쓰는 것은 이미 가지고 있는 자료를 잘 풀어 쓰는 글이지만, 사유하는 글쓰기는 깊이 생각하는 사유의 과정을 통과해야 합니다. 저도 이제 새로운 공부 단계에 들어갔다고 생각합니다. 글쓰기를 통해서 생각의 힘을 키우고 새로운 공부법을 알게 되었으니까요.

최병일 우리가 주관적인 생각을 많이 하잖아요. 그런데 글을 쓰면서 많이 객관화된 것 같아요. '이 생각은 주관적인 생각은 아닐까.' 이런 것을 되짚어보게 됩니다. '남들은 이 글을 읽고 어떤 생각을 할까.' 읽는 사람의 입장에서 객관화시키려고 노력하게 됩니다.

글을 잘 쓰려면 경험과 관찰, 상상력이 있어야 합니다. 좋은 경험도 시간이 지나면 날아가버립니다. 생각은 휘발성이 강합니다. 글로 남기지 않으면 다 증발해버리고 맙니다. 경험 속에서 느끼고 배운 것들을 글로 쓰면 남는 거죠. 그래서 여행을 떠나거나 여러 가지 삶에서 마주치는 현상들에 대해 글로 써야 한다고 봅니다. 그냥 무엇무엇을 경험했다는 식으로만 쓰면 의미가 없잖아요. 경험을 바탕으로 깊이 사색하고 깨달으면 좋은 글이 나오죠.

생각을 깊이 하는 훈련이 글쓰기를 통해서 만들어지는 것이 아닌가 싶습니다. 근거가 없는 글은 생명력을 잃죠. 어떤 주장을 할 때 그것에 대한 근거가 어떤 것이 있을지까지 생각하며 글을 써야 하니까요. 글쓰기는 입체적으로 생각하게 하는 좋은 도구입니다.

글쓰기는 우리 두뇌의 마지막 훈련이라고 봅니다. 가장 집중력이 필요한 것 같아요. 책을 읽으면서는 딴 생각을 할 수 있어요. 어떤 때는 읽기는 읽었는데 아무 생각이 안 나거든요. 딴 생각을 한 거죠. 글을 쓸 때는 딴 생각을 할 수 없는 것 같아요. 명상에도 몰입 명상이 있다고 배웠는데 명상 중에 최고의 명상은 글쓰기가 아닐까요.

글을 쓰면서 우리 두뇌는 최고도로 몰입하게 됩니다. 한 번 쓰는 것으로 끝나는 게 아니라 퇴고하면서 여러 번 바뀌죠. 그런 훈련이 은퇴 이후의 삶을 살아가는 데 너무나 좋은 도구가 아닌가 하는 생각을 늦게나마 하게 되었습니다.

윤영선 전적으로 동의합니다. 독서가 고급 소비활동이라면 글쓰기는 고급 생산활동이라 말하고 싶어요. 좀 과장되게 말하면 글쓰기는 인간이 향유할 수 있는 최고의 활동이라고 할 수 있습니다.

무엇보다 글쓰기는 노년 인생의 정신건강에 큰 도움을 준다는 데 공감합니다. 글을 쓰려면 머리를 계속 쓰지 않을 수 없죠. 아까 독서에 대해 말씀하실 때 얼핏 생각해보니까 저도 솔직히 두꺼운 책을 읽을 때는 잠시도 다른 생각을 하지 않은 채 완전히 몰입해서 읽은 적은 한 번도 없었어요.

글쓰기는 다르죠. 글쓰기는 집중해야 합니다. 그래서 글쓰기는 책 읽기보다 오랜 시간 지속할 수 없는 것 같아요. 사람마다 다르겠지만, 작가들도 잘 풀릴 때는 글을 계속 쓰지만 그렇지 않을 때는 오래 못 쓴다고 합니다. 진이 빠져서겠죠. 보통은 시간을 정해놓고 쓴다고 하더라고요. 집중력에 한계가 있기 때문이죠. 그런 특성이 있기 때문에 글쓰기는 자기 절제 훈련에도 도움이 될 것 같아요. 1시간이면 1시간, 30분이면 30분, 규칙적으로 글을 쓰는 생활을 하는 것은 정신건강에 굉장히 좋을 것 같아요. 하여튼 노년 분들에게 글쓰기를 꼭 추천하고 싶습니다.

윤석윤 아까 최병일 선생님께서 말씀하셨지만 글을 쓰면서 객관화 작업이 이루어지는 것 같아요. 저도 주관적인 생각과 감정을 그대로 썼어요. 그런데 그런 글은 좋은 글이 아니랍니다. 좋은 글은 어떤 글일까 고민을 했는데 헝가리 출신의 스위스 작가 아고타 크리스토프Agota Kristof, 1935~2011의 소설 『존재의 세 가지 거짓말*Le Grand Cahier, La Preuve, Le Troisieme Mensonge*』 중에 글쓰기에 대한 좋은 내용이 있더군요. 좋은 글은 정확성과 객관성을 가져야 한다고 해요.

예를 들면, "할머니는 마녀와 비슷하다"라고 쓰면 안 되고 "사람들이 할머니를 마녀라고 부른다"라고 써야 한대요. "당번병은 친절하다"라고 쓰기보다는 "당번병이 우리에게 모포를 가져다주었다"라고 써야 하는 거죠. 또한 "호두를 많이 먹는다"라고 써야지, "호두를 좋아한다"라고 쓰면 틀린 글이랍니다. '좋아하다'라는 단어의 뜻이 모호하기 때문이죠. 감정을 나타내는 말들은 모호하고, 사물, 인간, 자기 자신에 충실한 묘사가 중요하다고 해요.

사람들은 자신이 객관적으로 말한다고 하지만 실은 상당히 주관적이죠. 생각과 감정이 따로 노는 게 아니라 같이 관여하는 것이죠. 그래서 의도가 중요하다는 말도 하는 것이고요. 하지만 글은 다 보여줘야 하므로 객관화하는 것이 중요하죠.

한국 사람들이 왜 말은 잘하는데 글쓰기는 못할까 생각해봤어요. 독서 운동을 하기 전에 먼저 글쓰기부터 해야 한다고 생각합니다. 글쓰기 운동을 해야지요. 글쓰기는 글감을 가지고 쓰는 겁니다. 물론 자기 경험과 생각을 글로 펼쳐내는 연습이 필요하다고 생각해요. 하지만 직접 경험은 한계가 있지요. 나머지는 간접 경험이고 그것 중에 최고의 재료가 책이죠. 책을 읽어야 글을 쓸 수 있는 거죠. 안 그러면 쓸 게 없어요. 그래서 저는 독서 운동은 글쓰기부터 시작하면 좋지 않을까 생각해요.

최병일 며느리가 "어떻게 글쓰기를 배워야 할까요?"라며 묻기에 줄리아 캐머런Julia Cameron의 『아티스트 웨이*The Artist's Way*』라는 책을 보냈어요. 그 책에 하루에 세 페이지씩 아무 글이나 쓰라는 말이 있어서 지금 그대로 실천하고 있다고 합니다. 좌뇌의 검열 탓에 글쓰기를 포기하게 되기 때문에 생각나는 대로 쓰라고 합니다. 그다음에 '아티스트 데이트'라고 낯선 것을 경험해보라고 합니다. 그러면 글감이 나온다는 거죠. 최근에 며느리에게 물어봤더니 '글쓰기가 이런 거구나. 이렇게 하면 글쓰기 훈련이 되는구나' 방법을 알게 되어 꾸준히 글쓰기를 실천하고 있다고 해요.

내가 직접 옆에서 지도하는 것은 아니고 책 한 권 소개해주었을 뿐인데 그것이 젊은 사람들에게 중요한 도움이 되었다는 생각에 뿌듯합니다. 젊은 사람들도 글쓰기를 자기의 삶에 중요한 도구로 활용해야 합니다.

Insight 08

자유로운 삶을 가능하게 만드는 함께 책 쓰기

한기호 제 주변에도 그동안 쓴 글을 묶어서 책을 내고 싶어 하는 사람들이 많습니다. 하지만 글을 쓴다는 것과 책을 펴낸다는 건 확실히 다른 일이죠. 세 분은 함께 책을 읽고 글을 쓰셨죠. 그리고 각자의 글을 모아서 여러 권 책도 펴내셨습니다. 책을 펴내기 전과 책을 펴낸 이후 무엇이 가장 많이 달라졌나요?

윤석윤 먼저 저는 책을 쓰기 위해 글쓰기 수업을 열심히 들었습니다. 글쓰기 입문 과정을 진행할 때는 일단 2년간 열심히 쓰라고 해요. 2년 동안 쓰면 어느 정도 글쓰기 근육이 생길 거라고 말합니다. 매일 쓰는 게 아니고 일주일에 한 번 정도로 글 쓰는 습관을 들이는 것이 정말 중요합니다.

윤영선 선생님도 마찬가지겠지만 학습 과정에 저를 몰아넣었어요. 처음에는 쓰기 대학원에 입학했다고 마음먹었어요. 제 성격을 알기 때문에 하고 싶을 때 해야 해요. 그런데 그런 마음이 항상 유지되는 게 아니죠. 그게 열정인데 그것이 식으면 흥미가 사라지잖아요. 그래서 그때는 정말 독서토론, 독서법, 고전 과정, 그리고 글쓰기까지 강좌를 동시에 들으면서 공부했죠. 지나고 보니 잘한 거 같아요. 숙제는 한 번도 빠짐없이 다 했죠.

그랬더니 기회가 찾아왔죠. 격주간 출판전문지《기획회의》에 글을 쓰게 되었어요. 처음엔 많이 힘들었어요. 처음에야 한두 번 코칭해주면 고쳐서 다시 내고 피드백을 받았지만 그것도 한계가 있었죠. 그 사람 능력에 코칭 눈높이를 맞출 수밖에 없잖아요. 그런데《기획회의》에 내는 원고는 원고료를 받는 글이잖아요. 여러 번 코칭과 수정 과정을 거쳤지요.

그때 제 일기를 찾아본 거예요. '나는 그래도 고등학교 때부터 20년 이상 글을 썼는데' 하면서 보았더니 설명식으로 쓰고 있더군요. 일지 식이죠. 그런데 실질적으로 읽는 글은 좀 달라요. 스토리가 있고 의미가 있는 문장력도 있어야 하죠. 그런 여러 가지를 생각하게 된 계기였죠. 좋은 공부가 되었어요.

책 쓰기 모임에 들어가서 매주 한 꼭지씩 글을 써서 합평을 했는데, 계속 깨졌지요. 하지만 그때 글이 많이 좋아졌죠. 계속 깨지다가 한 번씩 '어, 이거 괜찮은데요' 하는 긍정적 피드백을 받기도 했죠. '아 이런 식으로 쓰면 되는구나' 깨달았죠. 그다음에 세월호 관련해서 죽음이란 주제로 글을 썼지요. 다른 사람들은 편집자로부터 몇 번 수정 요청을 받았다는데 저는 한 번에 통과됐어요. 그때 '오, 내 글이 좀 늘었나 보다'라고 처음 생각했지요.

저에게는 책을 쓰는 과정이 바로 글쓰기 공부 과정이었죠. 글쓰기에 대해서 공부를 심화하게 된 계기가 되었죠. 그리고 글쓰기 강의도 시작했어요. 한겨레 교육문화센터나 종로여성인력개발센터, 도서관에서 강의했는 데 많은 도움이 되었어요. 그런 것들이 강사로서 활동하는 데 큰 힘이 된 것 같아요.

최병일 프리랜서의 최고 명함은 책이라고 생각해요. 저서는 자기가 앞으로 사회생활을 하는 데 가장 좋은 매개체죠.

윤영선 책 발간과 관련해서 저는 행운아라고 말하고 싶어요. 은퇴하자마자 한 해에 공저 책을 세 권이나 냈기 때문이죠. 책을 내고 싶기는 했지만 이렇게 빨리 낼 줄은 몰랐어요. 제가 한 역할이라면 도전한 것뿐이죠. 제안이 왔을 때 조금 두렵기는 했지만 주저없이 참여했기 때문에 이런 행운을 잡을 수 있었던 거죠. 좋은 운이 찾아와도 잡지 않으면 소용이 없잖아요. 저는 확실히 잡은 겁니다.

첫 번째 책 『책으로 다시 살다』는 《기획회의》에 실은 연재 글을 엮은 거잖아요. 저는 거의 마지막 주자였는데 글을 써보겠느냐고 제안을 받았죠. 무조건 쓴다고 했죠. 막차를 타는 행운을 얻은 셈이죠. 두 번째 책인 『당신은 가고 나는 여기』는 공모를 보고 참여

노년으로 접어든 우리 세대가 가장 소중하게 간직해야 할 정신은 열정과 도전정신입니다. 다른 것은 다 잃어버려도 그 정신만큼은 반드시 지켜야 합니다.

-윤영선

했습니다. 물론 조금은 망설였죠. 내가 과연 쓸 수 있을까 하는 생각이 들었으나 무조건 도전했어요. 저는 노년으로 접어든 우리 세대가 가장 소중하게 간직해야 할 정신이 열정과 도전정신이라 생각해요. 다른 것은 다 잃어버려도 그 정신만큼은 반드시 지켜야 한다고 생각해요. 기회가 찾아오면 반드시 잡아야죠. 물론 어느 정도 능력이 있지 않으면 못하겠죠. 하지만 100퍼센트 자신감을 갖고 하는 사람은 없어요. 참여하면서 노력하면 좋은 결과를 만들 수 있다는 믿음으로 도전했고 그 결과 세 권의 책 공저자가 되었죠.

최병일 강의를 요청하는 공공기관에서는 반드시 프로필을 보내라고 합니다. 가끔 저서가 없냐고 물어보는 경우도 있어요. 없다고 말하기가 민망할 때가 있어요. 강의가 끝난 다음에 청중들이 따라와서 "책이 혹시 있냐?"고 묻는 사람들이 꽤 있었어요. 그렇다고 없는 것을 있다고 할 수도 없는 노릇이죠. 그렇게 하다가 책을 쓰게 됐어요.

책이 나오고 나니 명함이 되더군요. 저서가 있다는 사실은 그 분들이 느끼기에 그래도 증명이 되나봅니다. 바라보는 시선도 달라진 것 같아요. 그런 면에서 책의 효과가 있다고 봅니다. 그리고 처음에는 책이 멀게 느껴지잖아요. '내가 과연 쓸 수 있을까' 싶었어요. 그런데도 쭉 쓰면서 하나의 결과물을 만들어내는 것 자체가 공부가 되었어요.

그냥 목표도 없이 글을 쓰는 것은 지칠 수 있어요. '이것을 써서 과연 뭘 할까?' 이런 생각이 들 수 있죠. 책을 낸다는 목표를 갖고 공부하다보면 결국 결과물도 나오고 공부도 됩니다. 그런 면에서 책 쓰기는 굉장히 중요한 공부의 도구가 아닌가 싶어요. 너무 잘 쓰려고 하지 말고, 너무 대단한 책을 내려는 생각도 버리고 부족하면 부족한 대로, 미진하면 미진한 대로 책을 쓰면서 성장해가는 맛도 좋다고 봅니다.

영화감독 임권택도 자신이 초창기에 만들었던 영화를 모두 불살라버리고 싶다고 얘기했습니다. 그런 과정을 거쳤기 때문에 좋은 영화를 만들어낼 수 있었지 않나 싶어요. 어린아이가 어떻게 넘어지지 않고서 달릴 수 있고 걸어 다닐 수 있겠어요. 너무 두려워할 게 아니라 꾸준히 글을 쓰면서 책을 쓰는 것이 중요하다고 봅니다.

우리는 어떻게 보면 행운아입니다. 인연이 없으면 출판사를 만나기도 어렵고, 출판사를 안다 하더라도 글이 거기에 못 미치면 책을 낼 수가 없지요. 우리는 좋은 인연을 만나서 글도 쓰고 책까지 낼 수 있었습니다. 아까 얘기했던 것처럼 행운이 온 것인지, 행운을 만나게 된 것인지, 그런 면에서 좋은 인연이 되었어요.

윤석윤 책을 쓰고 나서의 긍정적인 면을 이야기했는데 저는 부정적인 면을 말해볼까 합니다. 제 안의 내부 검열자가 함께 커버렸어요. 다시 한 번 더 넘어야 할 큰 산이라고 생각합니다. 그전에는 막 써서 블로그에 올렸는데, 어느 순간 그러지 못하게 되더군요. 건방져진 것이죠. 그래서 지금은 초심으로 돌아가려 노력하고 있어요. 계속 연습하는 수밖에 없지요. 지금도 계속 필사도 하고 글을 쓰지만 겸손한 자세로 돌아가는 게 중요하다고 생각합니다. 책 한 권 냈다고 내가 무슨 대단한 작가라도 된 것 같은 착각에 빠져서는 안 되겠지요.

윤영선 책은 어찌 되었든 자기 결과물을 세상에 내놓는 것이기 때문에 공익적인 책임이 있지요. 마구잡이로 써서 내봐야 남에게 먹혀들지도 않고 오히려 자기 이미지만 망치게 되죠. 실제로 작가들의 글쓰기에 관한 책들을 보면 오히려 책을 쓰고 나서 자기 번민에 빠지는 경우가 있더군요. 책 쓰는 사람에게 자기 검열은 어느 정도 불가피한 것 같아요. 그것을 슬기롭게 넘기는 것이 중요한데, 어떤 경우든 생산적인 활동을 하는 사람들이 치러야 하는 고통이 아닐까 싶습니다. 저도 경험했지만 쉽게 잘 써지는 경우는 정말 드문 것 같아요.

책을 낸다는 목표를 갖고 공부하다보면 결국 결과물도 나오고 공부도 됩니다. 그런 면에서 책 쓰기는 굉장히 중요한 공부의 도구입니다. -최병일

윤석윤 창조적 활동을 하는 예술가에게 시작은 있지만 끝은 없다고 합니다. "나는 완성했다"고 누가 감히 말할 수 있겠어요. 그리고 문학사를 보면 첫 작품이 너무 좋아 그다음부터 글이 안 된 사람들도 있어요. 우리가 쓴 책이야 자기 경험을 갖고 쓴 것이라 조금 다른 경우이기는 하지만요. 하여튼 그런 것들에 대해 생각하는 단계에 왔다는 것은 분명한 것 같아요.

최병일 『아티스트 웨이』에는 자기 검열을 하는 순간 글을 못 쓴다고 하는 말이 나옵니다. 나중에는 어차피 검열을 하겠지만 초고를 쓸 때는 검열 때문에 아예 펜을 들 수 없는 상황이 오기 때문에 초고는 그냥 써야 합니다. 쓰되 그것을 다시 수정하는 과정을 얼마나 많이 거쳐야 하는가가 우리의 과제인 것 같아요.

어느 유명한 분도 어떤 글을 백 번 고쳤다고 들었습니다. 처음 쓴 글은 다 쓰레기 같았는데 수정하는 과정에서 좋은 글이 나왔다고 하지요. 묵혔다가 시간이 지나면서 수정하는 과정이 글쓰기에 상당히 중요하다고 봅니다.

윤석윤 작가들도 아마 그럴 거예요. 이문재 시인의 인터뷰를 보니 글 쓰는 것에 대해 간단히 말해요. "생각한다. 쓴다. 그리고 고친다." 쓰고 고치는 게 작가들의 평생의 업이죠. 저희는 뭐 일반적인 글쓰기를 하기 때문에 그 정도는 아니지만 창조적인 작업을 하는 사람들은 다르겠지요.

윤영선 문학가들의 글쓰기는 일반 작가들의 그것과 달리 창조적인 글쓰기죠. 그래서 어느 정도 타고난 재능이 없으면 문학적 글쓰기는 힘들 것 같아요. 겸손한 말이 아니라 저는 그런 글은 못 쓸 것 같아요. 저는 제 삶에 토대를 둔 인문학적인 에세이 글을 계속 쓰고 싶어요.

윤석윤 그렇죠. 에세이에도 두 종류가 있잖아요. 우리가 일반적으로 이야기하는 가벼운 에세이와 미셀러니가 있죠. 보통 에세이는 수필이라 말하지요. 전자는 주관적인 글이고 후자는 객관적인 글이에요. 칼럼 같은 글이죠. 그것은 우리가 흔히 말하는 후기나 자전적 에세이와는 다르죠. 어쨌든 중요한 것은 어떤 글이든 계속 쓰는 것이죠.

Insight 09

가르치면서 배우고 성장하는 강연하기

한기호 대담 중에 자주 언급된 말이 있습니다. 바로 '교학상장'이죠. 세 분께서는 공부를 열심히 하실 뿐 아니라 그것을 다른 사람들에게 전해주는 일도 많이 하시는 것으로 알고 있습니다. 여러 곳에서 강의도 하고 책도 내셨죠. 이렇게 자신이 배운 것을 가르치는 강연은 개인의 성장에도 많은 도움이 될 것이라고 생각합니다.

최병일 저는 고등학교 때 강사가 되기로 결심해서 주로 산에 가서 강의 연습을 했어요. 그때의 강의 연습은 흉내 내기에 불과했지만, 다른 사람의 강의를 암기하다보니 청중 앞에서 실제로 해보고 싶은 거예요. 그래서 수업이 없는 시간에 교실에서 친구들한테 "내가 한번 강의를 하고 싶다"고 했죠.

친구들도 그런 사람이 없으니 호기심이 들었겠죠. 나와서 얘기하겠다는 친구가 없으니까요. 그래서 "좋다"고 해서 암기한 대로 했지요. 그때 내 강의를 들은 사람들은 그게 강력하게 입력이 되었나 봐요. 강의를 들었던 고등학교 친구들은 지금 만나도 그때 이야기를 합니다.

그리고 그땐 어디서 그런 용기가 났는지 전주에서 남원 가는 기차 안에서도 승객들한테 강의를 하겠다고 했어요. 그랬더니 그분들도 교복을 입은 어린 학생이 그런 말을 하니까 "그래, 좋다. 한번 해봐라" 하셨죠. 그래서 또 했어요.

윤영선 박수 받았습니까?

최병일 예. 그래서 '아, 나는 이런 쪽으로 소질이 있나 보다' 했죠. 그래서 결국은 평생 강의를 하게 되었는데요. 하다보니까 시간을 내 맘대로 쓸 수 있다는 게 가장 좋은 것 같아요. 프리랜서로요. 물론 직장에서 근무한 적도 있었지만 그때는 얽매여 있는 시간이었고, 실제로 프리랜서가 되어 내 스케줄에 따라 생활하다보니 스트레스 받을 것 없이 강의만 해주고 오면 되는 거예요.

지방 강의를 하면 여행도 좀 하게 되고요. 요즘에는 가족 여행도 좀 하고 있어요. 아내와 딸, 손녀 하고 같이 가서 여행을 하곤 해요. 말하자면 여행이 주고, 강의가 부가 되었습니다. 그러면서 경제 활동까지 겸할 수 있으니까 이것처럼 좋은 일이 없다고 봅니다. 많은 사람들이 저를 부러워하더군요. 나이 먹어서까지 강의하면서 세월을 보낼 수 있는 게 좋아 보였나 봐요. 자기들도 나이 들면 그렇게 하고 싶다는 얘기를 많이 듣고 있어요. 젊은이들이 역할 모델로 삼고 싶다고 하면 부끄러워 얼굴이 붉어집니다.

요즈음은 강사가 된 것이 행운이라는 생각이 듭니다. 나이가 들어가면 젊은이들의 생각을 들을 수 있는 기회가 없잖아요. 대학생들과 한 학기 수업을 하다보면 굉장히 즐거워요. 젊은이들의 고민과 아픔을 듣고 공감할 수 있으니까요. 학생들에게 도움을 줄 수 있다는 사실만으로도 감사합니다. 요즘은 대학생들이 수업을 받은 후 교수에 대한 평가를 합니다. 평가를 먼저 해야만 자기 성적을 열람할 수 있어요. 학생들의 욕구를 정확히 파악하고 도움을 주는 수업을 해야 만족도가 높아질 수 있습니다. 경희대학교나 청강문화산업대학에서나 감사하게도 제 수업에 대한 평가는 높게 나왔습니다. 그래서 '아, 나는 이런 쪽으로 소질이 있나 보다' 했죠.

윤석윤 저 같은 경우는 거의 기업에서 일했죠. 원래 대학 때의 꿈은 교육자였어요. 하지만 현실은 이상과 달랐죠. 중소기업에서 일했기 때문에 친구들보다 연봉은 적게 받았지만 시간을 내 맘대로 조정하며 쓸 수 있다는 점은 좋았습니다. 아무래도 임원이고 지시하는 책임자이니까요. 물론 스트레스를 더 받기는 했지만요. 최병일 선생님의 도움으로 교육 회사에서 일하게 되면서 본격적으로 강의를 하게 되었죠. 그리고 지금은 프리랜서가 되었고요.

역시 교육이 저와 궁합이 잘 맞는 것 같아요. 사람들과 주고받는 것에서 에너지를 받아요.

가르치는 것은 곧 배우는 것입니다. 내가 성장하면서 다른 사람의 성장에 도움을 준다는 것에 즐거움을 느껴요. 제 꿈을 인생 후반부에 거의 이루게 된 것이죠. 취미였던 책 읽기가 일이 되고, 글쓰기가 직업의 영역으로 들어온 것이 가장 큰 변화입니다.

윤영선 저는 직장이 연구소였기 때문에 수시로 연구 결과를 공개 발표했고, 관계자들을 대상으로 강의도 자주 했습니다. 하지만 그것은 전문 분야에 국한된 강의였죠. 은퇴 이후에는 그때와 전혀 다른 분야에 뛰어든 만큼 강의도 완전히 새로운 도전이었어요. 2015년 하반기부터 대학과 도서관 등에서 독서의 필요성과 방법 등에 관한 강의를 했고, 글쓰기 강의도 해봤어요. 조금씩 강의 경험을 익혀 나가고 있어요. 처음에는 거의 단발성 강의였는데 지금은 연속 강의도 하기 시작했습니다.

가르치는 것이 곧 배우는 것이라는 말이 있잖아요. 가르치다 보니 조금씩 요령이 느는 것 같아요. 개인적으로 너무 좋은 기회죠. 아직은 가르침으로써 경제적인 이득을 얻는다거나 유명한 강사가 되는 것보다 배울 수 있다는 게 더 좋은 것 같아요. 남을 가르칠 때 겸손한 마음으로 임하면, 오히려 더 많이 배울 수 있으니까요. 인생 2막을 살아가면서 가르치는 행위에 참여할 수 있어 너무 감사합니다.

가르치는 것은 곧 배우는 것입니다. 내가 성장하면서 다른 사람의 성장에 도움을 준다는 것은 큰 즐거움입니다. 취미였던 책 읽기가 일이 되고, 글쓰기가 직업의 영역으로 들어온 것이 제게 가장 큰 변화입니다. -윤석윤

윤석윤 역시 가장 큰 보람은 사람이 성장하는 데 도움을 줄 수 있다는 겁니다. 시간에 얽매이지 않는 것도 좋지만 가장 좋은 점은 사람을 변화시킨다는 거죠. 교육생들과 인연의 끈을 계속 이어갈 수 있다는 것도 매력적입니다. 대개 일회성 특강은 '좋았다' 정도에서 끝나요. 그래서 강의를 마치고 돌아올 때 아쉬움 같은 게 있었어요. 하지만 독서토론이나 글쓰기는 연속 교육이기 때문에 교육생들과 두 달, 세 달간 만날 수 있어요. 사람들의 변화를 읽을 수 있죠. 특강을 할 때는 느끼지 못했던 새로운 기쁨이고 즐거움이죠. 공부하는 도반으로서 평생 함께 갈 수 있다는 게 좋아요.

저도 수강자들과의 인연이 계속되고 있습니다. 저는 주로 강의하고 있는 분야가 독서토론 리더 과정과 글쓰기인데요. 저한테 배웠던 분들 중에 새로이 꿈을 갖고 강사로 나오신 분들이 몇 분 있어요. 그렇게 그들에게 평생학습의 계기를 만들어주고, 그분들이 새로운 꿈을 가질 수 있도록 도와주는 일을 해서 보람이 큽니다.

독서 교육 분야는 강사의 진입장벽이 높은 편입니다. 그 이유는 먼저 책을 좋아하지 않는 사람은 이 일을 할 수 없어요. 둘째로

남을 가르칠 때 겸손한 마음으로 임하면 오히려 더 많이 배울 수 있습니다. 인생 2막을 살아가면서 가르치는 행위에 참여할 수 있어 감사합니다.

-윤영선

대중 강의를 할 수 있어야 해요. 책은 좋아하지만 소극적이라 사람들 앞에서 말을 못하는 사람도 있잖아요. 세 번째로 글쓰기는 필수사항이죠. 이 세 가지가 준비되면 강사를 할 수 있다고 생각해요. 그리고 계속해서 책을 읽고, 공부를 해야만 강의를 할 수 있죠. 그런 면에서 저도 성장하며 발전하고, 다른 사람도 성장시켜주는 것이 좋습니다. 저 역시 최병일 선생님의 안내와 조언이 큰 힘이 되었어요.

저는 숟가락 들 힘만 있으면 계속 할 것 같아요. 강의처에서 불러만 준다면요. 사람을 만나는 일이 삶의 활력소예요. 앞서 최병일 선생님이 김형석 박사 사례도 얘기했잖아요. 90세가 넘은 나이에도 계속 강의를 하신다고요. 제자로 인해서 스승 자신도 성장하는 거죠.

베이비붐 이후 세대는 대학에서 교육을 받은 사람들이 많아요. 표현이 어떨지 모르지만 앞으로도 이 교육 시장은 넓어지면 넓어졌지 줄어들지는 않을 겁니다. 여기 와서 자리 잡은 후배 강사들이 40대 중후반입니다. 오히려 20대, 30대 초반의 젊은 사람들은 힘들어해요. 교육생들과 세대가 다르니까요. 왜냐하면 도서관에서 만나는 사람들이 주로 30대 후반에서 50대입니다. 그러니 20대는 경험이 없어서 어렵고, 30대 초반도 교육생들에게 밀리는 것 같아요. 주로 40대 분들이 와서 강사로 자리 잡는 것이 그런 이유인 것 같아요. 어쨌든 저는 앞으로도 계속 하고 싶어요.

Insight 10

나만의 책 펴내기와 나만의 꿈

윤영선 저는 인생 2막의 꿈이 작가와 강사였습니다. 둘은 긴밀히 연결되어 있죠. 그 꿈을 이루기 위해선 우선 책을 내야겠죠. 공저 책까지는 냈지만 조만간 단독 저서를 내고 싶습니다.

강사로서도 꿈을 펼치고 있는데, 두 가지 경계심이 있어요. 내가 일방적으로 가르친다는 의식을 가지면 훌륭한 강사가 될 수 없다고 생각해요. 항상 겸손한 마음으로 접근해야 하죠. 그다음은 돈에 대한 욕심, 즉 강사가 되든 작가가 되든 너무 돈에 집착하면 실망스러워질 것이고 이내 이 직업에 환멸을 느끼게 될 거라 생각합니다. 그래서 최대한 돈에 대한 기대치를 낮추되 오래 하고 싶어요. 저는 스스로 한계에 부딪히기 전까진 계속 하고 싶어요. 죽는 날까지, 제 몸이 말을 듣지 않는 날까지 계속 활동을 하고 싶어요. 유명한 경영학자 피터 드러커Peter Drucker, 1909~2005는

96세에 돌아가셨는데 죽기 전까지 글을 쓰고 강의를 했다고 해요. 그분처럼 살고 싶어요.

최병일 독서토론과 글쓰기의 매력은 일반 강의와 다르죠. 특강 위주로 강의를 하면 여러 차례 할 수가 없어요. 반면 독서토론이나 글쓰기는 오랫동안 할 수 있죠. 한솔교육 같은 경우, 독서토론을 4년 동안 계속하고 있어요. 4년간 지속할 수 있는 교육이 또 어디 있겠어요. 한 사람의 강사가 4년간을 계속 강의한다는 게 쉽지 않거든요. 독서토론은 새로운 책이 계속 나오니까 지속적으로 토론할 수밖에 없지요.

안중도서관에서 자서전 쓰기 과정도 지도하고 있어요. 매년 저를 글쓰기 진행자로 부르는데요. 아무래도 노인들이 자서전을 쓰는 곳에 젊은 사람이 가서 지도하기가 쉽지 않아요. 그분들께서 말씀하시길 내가 편안하게 그분들의 말을 들어주니 가슴속에 묻어둔 이야기까지 말할 수 있다고 하시더군요.

자서전 쓰기에 참여하신 분들은 평균 나이가 60~80세니까 그분들에게 호응하고 공감대를 형성할 수 있으려면 나이가 들수록 도움이 되겠죠. 나이가 들었다는 게 오히려 장점이 될 수 있다고 봅니다. 토론을 진행해보면 결국 우리가 오래 살면서 경험한 것들이 토론 참가자들에게 도움이 될 수 있는 요소가 되니까요. 장기간에 걸쳐 진행자로 할 수 있는 일이 아닌가 생각합니다.

1920년에 태어나신 김형석 교수님께서 남에게 도움이 될 때까지는 계속 현장에서 강의를 하겠다고 하신 것처럼, 우리도 남들이 싫어하는 곳에 가서 할 일은 없지만, 그분들에게 도움이 되는 날까지는 계속해서 강의를 하고 일을 해야 하지 않을까 생각합니다.

윤석윤 저는 책을 읽고 서평을 쓰기 때문에 서평집을 내고 싶어요. 아직 공부는 하고 있지만 다른 것들에 밀려 못하고 있는데, 영화평도 쓰고 싶어요. 또 하나의 꿈은 칼럼니스트가 되는 겁니다. 신문에 칼럼을 쓰는 일은 글을 잘 써야 할 수 있는 일이잖아요.

알고 보면 책을 많이 내는 사람들은 그 이유가 있더라고요. 신문 등 정기적으로 기고하는 곳이 있어요. 한두 해 동안 그렇게 쓴 글이 모이면 책이 되는 거죠. 그렇게 해서 책이 되는 것이지 어떤 주제로 책을 쓰겠다고 작정하고 글을 써서 책이 나오는 경우는 드문 것 같아요. 기회가 된다면 그런 칼럼집을 출간하고 싶어요. 분야는 세 가지 정도요. 영화, 서평, 칼럼. 제가 쓰고 싶은 책은 그 정도인 것 같아요.

윤영선 저는 50~60대, 베이비붐 세대가 공감하는 글을 많이 쓰고 싶어요. 앞으로 이들 세대의 은퇴자들이 엄청 쏟아져나올 텐데요, 잘못하면 표류하는 세대가 될 것 같아요. 이 세대의 사람들이 자기 삶의 정체성을 찾아갈 수 있도록 돕는 책을 쓰고 싶어요.

구체적으로 베이비붐 세대를 위한 인문학 책을 쓰고 싶어요.

우리 세대는 너무 삭막한 삶을 살아왔다고 생각해요. 산업시대의 역군으로 살아왔지만 그러다보니 잃은 것이 많죠. 감성적 능력을 외면하다보니 여성, 그리고 젊은 세대와 소통하는 능력이 부족하죠. 은퇴하고 나면 가족들로부터 외면당하기 십상이죠. 대화가 잘 안 되죠. 저는 이런 분들에게 도움이 되는 책을 쓰고 싶어요.

그리고 마지막으로 쓰고 싶은 책이 있는데 아주 늙어서 글을 못 쓰기 전에 제 인생을 회고하는 자서전을 쓰고 싶어요. 그동안 경험하고 공부했던 저의 모든 것을 담아서 진솔한 제 인생의 회고록을 쓸 겁니다. 제 가족이나 주변 사람들에게 저라는 사람이 어떻게 살아왔고, 어떻게 세상을 바라보았는지를 담담하게 기술하는 저서를 남기고 싶어요.

최병일 제가 자녀들과 온라인 독서토론을 하고 있다고 말씀드렸잖아요. 가족이라는 울타리의 형태는 있지만 대화가 단절되고, 생각이 교류되지 않아서 가족이 해체된다는 말이 나오고 있습니다. 전문가들은 공패空貝 가족이라고 하더라고요. 조개의 형태는 완벽하지만 알맹이는 비어 있는 상태죠. 텅 빈 조개껍데기 같은 가족이죠. 공패가족은 결손 가정보다도 더 위험하다고 합니다. 아버지가 없거나 어머니가 없어도 대화가 있고 서로 뭔가 관심을 갖고 살면 크게 문제가 되지 않는다고 합니다. 공패가족은 관심과 대화조차 없기 때문에 많은 문제를 안고 있습니다.

그런 가족 형태가 늘어나고 있습니다. 가족 간에 대화하고 연결하고 싶은데 그 방법을 모르는 사람들에게 어려운 책이 아니더라도 읽고 대화할 수 있게 해주는 책이 필요하죠. 처음부터 마음속 깊은 곳에 있는 이야기를 나누려면 어렵습니다. 책을 매개로 대화를 나누다보면 자연스럽게 마음속에 담고 있는 얘기도 나눌 수 있습니다. 아이들과 대화를 나누다보면 서로 관점이 다르다는 것을 알게 됩니다.

다르다는 것을 모를 때는 계속 강요하게 됩니다. 그럴 때는 자기 주장과 입장만을 내세우게 되는데, 다르다는 것을 인식하면서부터는 서로를 이해하고 공감하게 됩니다. 내 식대로 상대방에게 강요하거나 강압적으로 하면 상대방에게 고통이 될 수 있다는 것을 인식해야 합니다. 그러면 대화가 부드러워지고 좋은 만남이 되는 거죠. 저희 가족은 매달 가족 온라인 토론을 벌이고 있는데 그것을 몇 년 정도 해서 변화된 결과물로 책을 한번 내고 싶어요.

윤영선 아, 그건 정말 의미 있는 책이 되겠네요. 가족을 살리는 책이 되겠어요.

최병일 네, 많은 분에게 도움이 되는 책을 내고 싶죠. 또 하나는 자녀 교육에 대한 책인데요, 큰딸이 아이를 키우면서 체험에서 나온 이야기들을 쓰는 거죠. 이론적인 뒷받침은 내가 하고, 딸은 느낀 점들을 토대로 쓰는 거죠. 요즘은 준비 없이 엄마, 아빠가 되는 사람들이 엄청 많아요. 시행착오를 많이 겪죠. 그런데 아이를 키우는 결정적 시기가 지나버리면 다시 기회를 만들 수가 없어요. 문제가 생기면 그것을 다시 되돌릴 수 없죠. 시행착오를 겪지 않도록, 아이를 가진 예비 부모들의 가이드북을 쓰고 싶습니다. 너무 어렵지 않게 아이를 키우면서 겪었던 시행착오와 책을 읽고 실천해서 나온 결과를 보여주는 것이죠.

한기호 책 쓰는 것 외에 다른 꿈은 없나요?

윤석윤 방금 했던 얘기의 연장선이겠지요. 지금 하고 있는 일에 자긍심을 가지는 것은 스스로 독서문화 활동가라고 생각하기 때문이에요. 가을이니 책 읽자고 플래카드 걸어도 독서 습관을 갖지 못한 사람은 책을 안 읽어요. 독서토론을 통해 독서문화를 확산해나가고 있다는 자부심이 있어요.

유시민 씨가 정치를 떠나면서 쓴 『어떻게 살 것인가』에서 인생의 네 가지 요소를 말하더군요. 일, 사랑, 취미, 연대. 그중 일과 사랑, 두 가지는 저도 생각하는 것이었어요. 저는 취미는 단순히 즐기는 오락거리라 여겼는데 다시 생각하게 되었죠. 스스로 즐기는 취미가 있어야 삶이 풍성해지겠구나 싶어졌죠. 또 하나는 연대입니다. 혼자 가면 빨리 갈 수 있지만, 함께 가면 멀리 갈 수 있습니다. 삶의 변화, 세상의 변혁은 함께 연대하고 실천할 때 가능하죠.

가을이니 책을 읽자고 플래카드 걸어도 독서 습관을 갖지 못한 사람은 책을 읽지 않습니다. 독서토론을 통해 독서문화를 확산해나가고 있다는 자부심이 있어요.

-윤석윤

이런 면에서 공부 공동체 숭례문학당에서 하는 일도 연대의 하나라고 생각합니다.

윤영선 저는 은퇴 이후에는 일과 취미를 분리할 필요가 없다고 생각합니다. 취미가 일이 되면 된다고 생각합니다. 제가 책과 관련된 활동을 하는 것은 취미이기도 하지만 일로도 삼고 싶기 때문이죠. 저는 이 두 개를 분리하고 싶은 생각이 없어요. 제가 좋아하는 것을 죽는 날까지 하다가 홀연히 세상을 떠나면 되지 않겠느냐, 이런 생각을 갖고 있죠.

저는 그런 활동을 위해서 너무 큰 욕심 갖지 않고 한 발 한 발 나아가고 싶습니다. 특히 책과 관련된 활동의 가장 좋은 점을 말하자면, 보통 우리는 대학을 졸업하고 나면 사실상 공부와는 담을 쌓고 살잖아요. 학교 때 배운 지식을 전부로 생각하여 직장에서는 실무만 익히는 거죠. 그것은 발전이 없는 어리석은 삶일 뿐입니다.

독서는 끊임없이 읽지 않으면 안 되는 활동입니다. 계속 새로운 책을 읽어야 하죠. 어떻게 보면 고달프다고 말하겠지만 저는 반대로 이를 축복이라 생각해요. 끊임없이 두뇌를 쓰는 공부를 해야 하니까요. 수많은 인생의 고전을 언제 다 읽습니까? 죽을 때까지도 다 못 읽죠. 이런 책들이 제 앞에 기다리고 있다는 것이 가장 큰 행복의 원천이 아닐까 합니다. 끊임없이 읽어야 하죠.

최병일 최근에 여행을 해보면 옛날에 봤던 풍경과 다르게 보이더라고요. 내가 그동안 했던 여행들은 피상적인 것이었다고 느껴집니다. 이제 본격적으로 여행을 해봐야겠다 싶어요. 틈나는 대로 책도 보지만 조사를 목적으로 현장에 가보고도 싶습니다. 그런 내용을 또 글로 써보고도 싶어요.

이제부터는 후배들을 잘 길러야겠다 싶죠. 나만 행복해서 되는 게 아니라 후배들을 잘 길러서 인생의 시행착오를 겪지 않고 기쁘게 살아갈 수 있는 길로 이끌 책임이 있습니다. 그래서 그들을 제대로 안내하고 싶어요. 그들이 인생을 행복하게 살 수 있는 가이드를 하고 싶다는 생각을 하게 됩니다.

너무나 어렵게 사는 사람들도 많잖아요. 다문화가정 아이들, 미래가 안 보이는 아이들에게 희망과 용기를 주고 싶습니다. 물질적으로 도와줘서 되는 게 아니니까 생각을 키우고, 생각의 근육을 만드는 훈련을 하며 재능기부로 하려고 합니다.

윤석윤 저는 초등학교 시절부터 고등학교 2학년까지 그림을 그렸습니다. 그림을 다시 시작하고 싶어요. 재즈 피아노도 배우고 싶고, 클래식 기타도 해보고 싶어요. 친구 어깨 너머로 조금씩 맛은 보았는데 제대로 배운 적은 없죠. 아이들은 어렸을 때부터 피아노 학원에 몇 년간 보냈더니 나름 피아노를 잘 쳐요. 그걸 보면서 '너희는 시대를 잘 만났구나'하는 생각이 들더라고요. 연극 연습도 재미있었데, 연극도 더 해보고 싶고요. 그리고 다른 버킷리스트가 많아요. 하고 싶은 꿈들이 많으니 삶을 더욱 열정적으로 살 수 있을 것 같아요.

윤영선 저도 또 다른 버킷리스트가 있는데 그중 하나가 역시 그림입니다. 사실 은퇴 준비를 위해 가장 먼저 시작한 게 그림 공부였어요. 그런데 최근에 중단했어요. 공부해야 할 부담이 너무 컸기 때문이죠. 언젠가 적당한 때에 다시 그림을 그릴 계획입니다.

또 하나 실천하고 싶은 게 바로 여행입니다. 하지만, 좀 다른 형태의 여행을 하고 싶어요, 돌아다니는 여행이 아니라 모르는 다른 곳에 가서 살아보는 것이죠. 스쳐가는 여행이 아니라 최소한 몇 달 동안 머무르는 그런 여행을 하고 싶어요. 국내부터 시작해서 해외에서도 그런 여행을 하고 싶어요. 조그만 어촌에 가서 몇 달 동안 살아보면 그냥 스쳐 지나가는 것과는 다른 느낌을 얻을 것 같아요. 『먼 북소리』를 쓴 무라카미 하루키처럼요.

베이비부머와 청년세대에게 권하는 말

한기호 이제 대화를 마무리해야 할 때입니다. 먼저 동년배 베이비붐 세대에게 어떤 이야기를 전하고 싶은지 말씀해주십시오.

윤석윤 공부하라고 권하고 싶어요. 공부하는 삶은 정년이 없다고 하죠. 지금 김포 중봉도서관에서 만난 분이 있어요. 김석수 씨라는 분인데, 컴퓨터 프로그램 관리자로 일하다가 55세에 은퇴했죠. 인생 후반부를 위해 독서지도사 자격증을 따고 방과후학교에서 강의를 했다고 해요. 독서토론 리더 과정을 마치고 독서회 활동을 열심히 하고 있어요. 김포 중봉도서관 '다독다북' 동아리의 청일점이지요.

중랑도서관의 안혜원 씨라는 분도 소개하고 싶습니다. 현재 63세인데 젊은 시절 한국은행에 다녔대요. 결혼 후 은행을 퇴직하고 자기를 깨기 위한 가장 훌륭한 수단은 독서입니다. 자기에게 충격을 던지는 책을 읽어서 인생이 자기가 알고 있던 것과 다르다는 것을 깨우치는 거죠. 그렇게 자신의 고정관념에 저항하다보면 다른 길이 보일 겁니다. -윤영선

아이들을 가르쳤지요. 국문학을 전공했는데, 시인으로 등단도 했어요. 작은 도서관에서 7년 동안 자원봉사를 하셨죠. 혼자 해서 힘드니 다른 사람과 연대하고 싶어서 독서토론 과정에 오게 된 거죠. 젊은 사람들과 토론하는 것이 너무 즐겁대요. 나이 들면 스스로를 뒷방 늙은이라고 생각하게 되잖아요. 그런데 막상 나와보니 자기를 환영해주는 젊은 세대와 만나서 행복하다고 하더군요.

사례로 든 분들처럼 베이비부머들에게 도서관에 나오라고 권하고 싶어요. 도서관에 가면 새로운 만남과 연대가 이루어질 수 있죠. 이분들은 제2의 인생으로 나아가는 새로운 길을 찾은 거죠. 또한 지적으로 나이 든다는 것에는 또 다른 즐거움이 있어요.

윤영선 저는 저항하라고 말하고 싶어요. 너무 선동적인가요. 우리 베이비붐 세대는 너무 순응적인 삶을 살아왔어요. 우리는 산업시대의 역군으로 길러졌고 거기에 적합한 인재가 되도록 교육을 받아왔죠. 직장에 들어가서는 주입받은 대로 패턴화된 삶을 살아왔고요. 그것이 옳은 삶이라 생각하며 한 번도 의심하지 않았죠.

그렇게 살아가면 반드시 장밋빛 미래가 올 것으로 생각했고요. 실제로 어느 정도 그런 식으로 갔었죠. 하지만 1997년의 IMF와 2008년의 글로벌 금융위기를 두 번 겪으면서 모든 게 달라졌죠. 이제 은퇴를 맞으면서 자기 삶의 비전이 '꽝'이 되어버린 걸 알게 된 거죠. 요즘 베이비붐 세대를 보면 전부 다 휘청휘청하는 것 같아요. 자신감을 잃어서 눈빛이 흐려져 있어요.

앞으로 살아갈 세월이 최소 30년 이상 남았는데, 이 긴 세월을 지금까지 살아온 산업시대의 논리로 살 수는 없다고 봅니다. 무조건 정치나 사회에 저항하라는 말이 아닙니다. 먼저 자기 자신에게 저항하라는 겁니다. 산업시대의 논리만을 머리에 넣고 있는 한, 행복의 가능성은 사라집니다.

우선 자기를 깨야 하죠. 자기를 깨기 위한 가장 훌륭한 수단은 독서입니다. 자기에게 충격을 던지는 책을 읽어서 인생이 자기가 알고 있던 것과 다르다는 것을 깨우치는 게 우선이죠. 독서를 통해서 끊임없이 충격을 받고 그래서 자신의 고정관념에 저항하다 보면 다른 길이 보일 겁니다. 그리고 사회에 대해서도 저항할 수 있어야 한다고 봅니다. 우리 세대는 너무 순응적인 생각만 하고 있죠. 글로 쓰든 말로 하든 토론을 하든 좀 더 사회에 분노하고 옳은 소리를 내뱉을 줄 아는 사람이 되어야 합니다.

베이비붐 세대는 결코 사라져가는 세대가 아닙니다. 다시 사회에 쓸모 있는 세대가 될 수 있죠. 그러려면 책을 읽어야 하고 공공도서관을 점령해야 합니다. 도서관을 점령해서 자신의 정체성을 확립하고 사회를 새롭게 이끌어가는 주역이 되면 좋겠어요.

최병일 생각을 바꾸지 않으면 결코 운명은 바뀌지 않습니다. 노사연의 노래에 나오잖아요. 늙어가는 것이 아니라 익어가는 것이라고요. 자기가 늙어가고 있고 뒷방 늙은이가 되어가고 있다고 생각하는 한 앞으로 나아갈 수 없어요. 점점 더 위축될 수밖에 없지요. 앞으로 전진하려면 생각을 바꿔야 하지요.

하지만 그것은 누가 바꿔야 한다고 해서 바뀌는 게 아니라, 결국은 늘 얘기하는 대로 경험이 필요하죠. 책을 읽거나 여행을 하거나 사람을 만나는 등의 자극이 있어야 하죠. 자극 없이 아무리 생각만 해봐야 안 됩니다. 혼자 있으면 생각하는 것이 독이 돼요. 위축되면서 죽음밖에 생각이 안 나지요. 어떻게 죽을까, 이런 생각만 들죠. 거기서 탈피해서 사람을 만나고, 여행을 떠나고, 책을 읽으면서 자극을 받아야지요.

충전되는 것이 있어야 새로운 변화를 시도할 수 있죠. 가정에서도 마찬가지지만 내 위치는 내가 만드는 것이지 누가 만들어주는 게 아닙니다. 행운이라는 건 준비되었을 때 찾아오는 기회라고 믿습니다. 기회는 널려 있지요. 하지만 준비가 되어 있지 않으면 그 기회를 잡을 수가 없죠.

늦었다고 할 때가 가장 빠를 때니까 준비를 해서 뭔가 새로운 삶을, 제2막의 인생을 가치 있고 보람 있게 살아야죠. 잉여가 아니라 남에게 도움 되는 삶, 가족이나 다른 사람에게 도움 되는 삶

잉여가 아니라 남에게 도움 되는 삶, 가족이나 다른 사람에게 도움이 되는 삶을 살아갈 수 있는 준비를 하기 위해서 나서야 합니다. 그것을 위한 용기와 결단이 꼭 필요하죠.

-최병일

을 살아갈 수 있는 준비를 하기 위해서 나서야 합니다. 그것을 위한 용기와 결단이 꼭 필요하죠.

한기호 마지막으로 청년 세대에게 하고 싶은 말씀은 무엇인지요?

윤영선 참 쉽지 않은 이야기죠. 저는 이런 말을 하고 싶어요. 우리 자식 세대는 우리와 다른 시대를 살겠죠. 우리는 고도 성장 시대를 살았지만 청년 세대는 저성장 시대를 살아갈 것입니다. 계몽의 시대는 끝났습니다. 계몽의 시대란 소위 말해서 "이것이 답이다"라고 하며 "끊임없이 노력하면 좋은 결과가 나올 거야"라고 하던 시대죠. 하지만 이제는 그런 것이 통하지 않죠.

소설가 김영하의 『말하다』라는 책에서 읽은 문장에 공감이 가더라고요. 거기 보면 '비관적 현실주의자'가 되라는 말이 있어요. 세상을 너무 낙관적으로만 보면 안 된다는 거죠. 그 대신 자기를 남과 비교하는 게 아니라 내가 살고 싶고, 하고 싶은 대로 방향을 설정해서 나아가라고 하더군요. 그러기 위해서는 감성적 근육을 키우는 게 중요하다고 말해요. 비록 전부는 아니지만 상당 부분 공감했어요.

젊은 세대가 자신이 살고 싶은 삶으로 좀 더 당당하게 나아갔으면 좋겠어요. 세상이 정답을 가르쳐주는 시대는 지났습니다. 그렇다면 젊은 세대는 책을 더 사랑하고 예술과 문학 등을 통해 삶의 다양성을 이해해야 하죠. 남들이 이쪽으로 간다고 해서 자기도 그쪽으로 가야 할 이유가 없는 거예요. 자기가 살고 싶은 삶으로 좀 더 당당하게 나아가는 삶. 요즘 같은 저성장 시대에 권유하고 싶은 삶입니다.

윤석윤 먼저 미안하다고 얘기하고 싶어요. 지금의 상황은 모두 기성세대인 우리 책임이니까요. 분명 패러다임이 달라졌습니다. 우리 때는 생존의 시대였어요. 그래서 자기가 못 먹고 못 입더라도 자식들을 먹이기 위해서 살았죠. 그 혜택으로 밥 문제를 해결했죠. 또한 성공이라는 단어가 가장 화두가 된 시대였죠.

젊은이들이 3D 업종의 일을 안 한다는 이야기를 들었을 때 '이것들이 배가 불렀나' 생각했어요. 그런데 어떤 책을 보니 국민 소득이 1만 달러를 넘어가면 그때부터 사람들은 행복을 추구한다고 하더라고요. 요즘 젊은이 자기가 원하는 일을 말할 때는 고개를 끄덕일 수밖에 없어요. 자기 인생은 자기 것이잖아요. 하지만 양극화는 심해지고 취업하기는 더 어려워졌어요. 세상은 편리하고 살기 좋아졌는데 상대적으로 불행하다고 느끼는 사람은 늘었

"공부하라, 주체적으로 살아라, 도전적으로 살아라." 이 세 가지를 젊은이들에게 말해주고 싶습니다.

-윤석윤

어요. 이제는 세상과 시대를 읽는 눈을 가져야 한다고 생각해요. 그러려면 공부를 해야지요. 역시 독서입니다.

그다음에 주체성을 가져야 해요. 저나 아내는 자수성가 세대에요. 아이들에게 어릴 때부터 세 가지 얘기를 했어요. "첫째, 대학을 가지 않아도 효자다. 학비와 비용이 부모의 노후 자금이 된다. 경제적으로 독립해라. 둘째, 대학에 들어가면 용돈은 벌어서 써라. 돈을 버는 것이 얼마나 어려운지 경험해라. 셋째, 너희에게 줄 유산은 없다. 남겨줄 것도 없지만 주지도 않을 것이다." 자식들을 그렇게 세뇌(?)시켰죠. 부모님은 저희에게 경제적 유산을 하나도 남기지 못했어요. 자식들 공부시키는 것으로 끝이었죠. 그러니까 자식들이 재산 문제로 갈등이 없더라고요. 나아주시고 길러주신 것만 해도 감사한 거죠. "공부하라, 주체적으로 살아라, 도전적으로 살아라." 이 세 가지를 젊은이들에게 말해주고 싶습니다.

최병일 저는 첫 번째로 독립심인 거 같아요. 사람이 의존적인 생각을 하는 순간, 그 사람의 삶은 심각한 문제가 생기죠. 독립적인 사람이 되는 게 가장 중요한 것 같아요. 부모나 다른 사람에게 의지

한다면 그 사람에게는 큰 희망이 없다고 생각해요. 독립적인 삶을 살기 위해서는 실력과 능력을 갖추어야 합니다.

두 번째로 갖춰야 할 것은 이타적인 삶이라고 봅니다. 경제적인 것이 아니더라도 남에게 도움이 되는 삶이죠. 도움이 되는 삶을 살 때 느껴지는 자부심과 긍지는 어디서도 찾을 수 없는 귀한 것이라고 봅니다. 이 두 가지를 갖출 때 행복한 삶이 되지 않을까 싶어요.

의존하려는 마음은 버리고 독립적으로 살려고 노력하면서 남에게 도움이 되려는 마음을 갖추면 못 가진 것에 대한 열등의식에서 벗어날 수 있습니다. 그리고 변화의 시대에 몰려오는 파도를 슬기롭게 헤쳐나갈 수 있는 사람들이 되지 않을까 싶어요. 그 두 가지를 부탁하고 싶어요.

에필로그

나는 행복합니다!

한기호 소장의 갑작스러운 제안으로 2016년 1월 1일부터 3일까지 우리는 강진과 화순으로 여행을 떠났습니다. 낮에는 다산초당, 가우도 출렁다리, 운주사를 걸으며, 밤에는 바닷가 벤치에 앉아 몇 시간씩 대화를 나눴습니다. 그것도 모자라 숙소에서 이야기를 주거니 받거니 밤이 깊어가는 줄도 몰랐습니다. 화두는 '불안'이었습니다. 어린이부터 노인에 이르기까지 전 세대가 불안해하고 있고, 정치, 경제, 교육 등 불안하지 않은 분야가 없다는 사실을 확인하는 시간이었습니다. 여행을 다녀온 후 제 삶에 많은 변화가 생겼습니다.

기상과 동시에 한 시간 반 정도 걷는 것을 시작으로 하루 10킬로미터 이상 매일 걷습니다. 하루도 빠지지 않고 걷다보니 체력이 좋아졌습니다. 혼자 걸었다면 아마 진작 포기했을지도 모릅니다. 50명 가까운 함께 걷기 도반님들의 응원과 격려 덕분에 꾸준히 걸을 수 있지요. 경안천 따라 새벽에 사색하며 걷는 시간, 나의 지성과 감성을 깨워주기에 나를 얼마나 행복하게 만들어주는지 모릅니다.

자랑 같지만 친구들은 은퇴 후 이선에 물러나 있지만 저는 아직 일선에서 활발하게 활동하고 있습니다. 하루가 어떻게 지나는지 모를 정도입니다. 새내기 대학생들과 함께 책을 읽고 토론하며 지내는 금요일 여덟 시간은 제 삶에 신선한 활력을 불어넣고도 남습니다. 20년 가까이 교육을 맡고 있는 한솔교육 수원지사, 안산지사 교사들과 특강과 독서토론으로 끈질긴 인연을 이어오고 있습니다. 노인 자서전 쓰기 프로그램을 맡아 진행하며 일생을 통해 얻어진 보석 같은 귀한 지혜를 배울 수 있어서 행복합니다.

저를 가장 행복하게 만드는 것은 다름 아닌 아들, 며느리, 사위, 큰딸, 작은딸과 함께하는 가족 온라인 독서토론입니다. 삼남매는 각자의 보금자리를 찾아 둥지를 떠났습니다. 아이들에게 부모로서 해줄 수 있는 일은 이제 끝난 것 같았습니다. 그렇게 생각하던 중 온라인 독서토론이 우리 가족을 위해 선물처럼 다가왔습니다. 토론을 하면 할수록 불통의 답답함은 소통의 시원함으로 바뀌고 있습니다. 서로에게 좋은 영향력을 미치고 있어서 너무 행복합니다. 벌써부터 손자, 손녀들과 함께하는 독서토론을 꿈꿔보기도 합니다.

최병일

에필로그

나의 행복 노하우

인생 2막 길에 들어선 지 벌써 2년이 다 되어가는군요. 어느새 독서와 글쓰기가 제 삶의 소중한 일상이 되었습니다. 아침 7시경 일어나 아내와 동네 공원에서 걷기와 체조를 하고 돌아와 아침 식사를 끝내면 오늘 하루 읽어야 할 책과 씨름합니다. 간혹 게으름이 밀려오면 가까운 공공도서관으로 달려가기도 합니다. 제 삶의 파트너인 노트북을 펼쳐 서평을 쓰고 약속된 원고를 쓰는 것도 빠질 수 없는 일상 중 하나입니다. 일주일에 서너 번은 독서토론 하러, 강의 들으러 전철을 타고 한강을 건넙니다. 출근 시간을 벗어난 전철 안은 저의 또 다른 독서 공간이기도 합니다. 격주 수요일마다 진행하는 글쓰기 코칭을 위하여 수강자들이 보낸 원고들을 검토하고 첨삭하는 것도 금년 한 해 저의 소중한 과업이 되었군요.

밤 12시가 가까워오니 저절로 눈꺼풀이 무거워지는군요. 침대에 누워 오늘 하루를 돌아봅니다. 뿌듯한 생각에 절로 미소를 짓습니다. '아, 이게 행복이구나' 하는 생각과 함께 꿈나라로 빠져듭니다. 몸은 조금 피곤한 것 같은데 이상하게 지치지는 않는군요. 늘 약간의 정신적 긴장을 유지하며 살아가고 있습니다. 간혹 읽고 써야 할 것들이 밀려 스트레스를 받을 때도 있습니다. 그럴 땐 책을 놓고 아내와 집 근처 카페에 들러 노닥거리기도 합니다. 한 달에 한두 번은 아예 만사를 제쳐두고 교외로 드라이브를 하기도 합니다. 그런데 은퇴한 지 1년 6개월을 훌쩍 넘겼는데 아직 비행기를 타지 못했습니다. 해외는커녕 제주도도 못 가봤습니다. 아내의 불만이 이만저만이 아닙니다. 더 이상 핑계대지 못할 것 같습니다. 내년 봄에는 동유럽 여행을 가자고 덜컥 약속을 해버렸습니다.

행복은 큰 데 있지 않다는 것을 실감하고 사는 요즘입니다. 제 나름의 행복 노하우를 터득했다고나 할까요. 저의 비법은 간단합니다. 매일 작은 성취를 이룩하는 것입니다. 오늘 읽을 책의 분량을 다 읽고 나면 행복합니다. 일주일에 한두 번 책의 마지막 장을 덮는 날이면 뿌듯함과 더불어 더 큰 행복감을 느낍니다. 저의 정신 세계가 매일 조금씩 확장되어가는 것보다 더 큰 기쁨은 없는 것 같습니다. 대부분의 글쓰기는 오전에 시작하면 하루 중에 끝나는 경우가 많은데 그럴 때마다 주체할 수 없는 행복감에 빠져들곤 합니다. 서은국의 『행복의 기원』에 이런 글이 있더군요. "행복은 복권 같은 큰 사건으로 얻게 되는 것이 아니라 초콜릿 같은 소소한 즐거움의 가랑비에 젖는 것이다." 제가 요즘 그렇게 삽니다. 이렇게 즐겁게 살다보면 언젠가 나만의 책을 쓰고 제법 그럴듯한 작가가 되어 있을지도 모른다는 생각을 간혹 하곤 합니다.

윤영선

에필로그

그저 감사할 뿐

인생의 3대 불운이 있습니다. 초년에 성공, 중년의 배우자 상실, 노년에 경제적 빈곤입니다. 젊은 시절에 성공한 사람은 자신의 성공을 과신하거나 교만한 마음 때문에 계속 성공하기 어렵습니다. 인생의 동반자를 잃어버린 중년은 충격으로 흔들릴 수밖에 없습니다. 노년의 경제적 어려움은 가장 큰 불행입니다. 남의 도움 없이 살아갈 수 없기 때문이지요. 저는 젊은 시절에 나름의 성공도 이루지도 못했고, 중년에 겪은 사업 실패에 큰 상처를 받았습니다. 흔히 삶을 어떻게 살았는지를 판단하는 기준은 결과입니다. 좋은 결과를 만들지 못했다면 실패한 인생이라고 말합니다.

행운이나 불운은 인생에서 우연히 일어나는 것입니다. 삶이란 그런 우연의 연속이고요. 우연이 의미를 가질 때 필연이 됩니다. 우리는 그것을 운명이라고 부르기도 합니다. 방황했지만 제 인생을 포기할 수 없었습니다. 고통의 터널을 헤매고 있던 50대 중반에 글쓰기와 독서토론을 시작했습니다. 그것은 구원의 손길이었고 행복한 도피처였습니다. 무작정 좋았습니다. 그래서 즐거운 마음으로 열심히 했습니다. 그것이 의미 있는 만남과 새로운 운명이 되었습니다. 글공부 4년 만에 네 권의 책을 출간했습니다. 모두 공저지만 지금 또 새로운 책을 쓰고 있습니다. 게다가 학교와 도서관에서 교사와 사서, 대학생과 성인 들을 대상으로 글쓰기와 독서토론을 교육하게 되었습니다. 우연히 찾아온 기회가 행운이 되었습니다.

성공은 결코 혼자서 이룰 수 없습니다. 조력자가 필요합니다. 그들을 가리켜 '귀인'이나 '멘토'라 부릅니다. 글쓰기 공부를 추천한 최병일 선배, 책을 쓰도록 독려한 숭례문학당의 신기수 대표와 김민영 이사, 한국출판마케팅연구소 한기호 소장은 제 인생의 '귀인'들입니다. 『은퇴자의 공부법』의 공저자로 만난 윤영선 선생도 공부를 통해 만난 우정 공동체의 일원입니다. 인생 후반전에 이런 선우善友, 선지식善知識, 도반을 만난 건 행운입니다. 좋은 인생의 조건에 '지속적인 공부와 좋은 인간관계'가 필수적이라고 말합니다. 행운은 우연히 찾아옵니다. 그런 기회를 만들어 준 인연에 그저 감사할 뿐입니다. 모두들 감사합니다.

윤석윤

이 책에 소개된 책들*

『100만 번 산 고양이』(사노 요코 지음, 김난주 옮김, 비룡소, 2009)

『2020 시니어 트렌드』(사카모토 세쓰오 지음, 김정환 옮김, 한즈미디어, 2016)

『W이론을 만들자』(이면우 지음, 지식산업사, 1992)

『갈 곳이 없는 남자, 시간이 없는 여자』(미나시타 기류 지음, 이서연 옮김, 한빛비즈, 2016)

『강의』(신영복 지음, 돌베개, 2004)

『거대한 사기극』(이원석 지음, 북바이북, 2013)

『경제학자들은 왜 싸우는가』(질 라보 지음, 권지현 옮김, 2015)

『고리오 영감』(오노레 드 발자크 지음)

『고장 난 저울』(김경집 지음, 더숲, 2015)

『공부 논쟁』(김대식·김두식 지음, 창비, 2014)

『괴물들이 사는 나라』(모리스 샌닥 지음, 강무홍 옮김, 시공주니어, 2002)

*국내 번역본이 다수 출간된 책은 저자 이름만 기재하였음.

『괴테와의 대화』(요한 페터 에커만 지음)
『국가란 무엇인가』(유시민 지음, 돌베개, 2011)
『그들은 소리 내 울지 않는다』(송호근 지음, 이와우, 2013)
『그림책 읽어주는 시간』(권옥경 지음, 북바이북, 2016)
『꽃들에게 희망을』(트리나 폴러스 지음)
『나는 당신의 말할 권리를 지지한다』(정관용 지음, 위즈덤하우스, 2009)
『나는 리틀 아인슈타인을 이렇게 키웠다』(진경혜 지음, 랜덤하우스코리아, 2001)
『나쁜 사마리아인』(장하준 지음, 부키, 2007)
『나의 운명 사용설명서』(고미숙 지음, 북드라망, 2012)
『내가 공부하는 이유』(사이토 다카시 지음, 오근영 옮김, 걷는나무, 2014)
『너무 아름다운 꿈』(최은미 지음, 문학동네, 2013)
『노인과 바다』(어니스트 헤밍웨이 지음)
『노인력』(아카세가와 겐페이 지음, 국내 미출간)
『노후파산』(NHK 스페셜 제작팀 지음, 김정환 옮김, 다산북수, 2016)
『논어』(공자 지음)
『닥터 지바고』(보리스 파스테르나크 지음)
『달과 6펜스』(서머싯 몸 지음)
『담론』(신영복 지음, 돌베개, 2015)
『당신은 가고 나는 여기』(숭례문학당 엮음, 어른의시간, 2015)
『대망』(야마오카 소하치 지음, 박재희 옮김, 동서문화동판, 2005)
『대학』(주희 지음)
『도리언 그레이의 초상』(오스카 와일드 지음)
『독서의 역사』(알베르토 망구엘 지음, 정명진 옮김, 세종서적, 2016)
『롤리타』(블라디미르 나보코프 지음)
『리스본행 야간열차』(파스칼 메르시어 지음, 전은경 옮김, 들녘, 2007)
『마담 보바리』(귀스타브 플로베르 지음)
『말하다』(김영하 지음, 문학동네, 2015)

『먼 북소리』(무라카미 하루키 지음, 윤성원 옮김, 문학사상사, 2004)
『문학의 공간』(모리스 블랑쇼 지음, 이달승 옮김, 그린비, 2010)
『바보야 문제는 돈이 아니라니까』(고미숙 지음, 북드라망, 2016)
『변신』(프란츠 카프카 지음)
『부모라면 유대인처럼』(고재학 지음, 예담Friend, 2010)
『부활』(레프 톨스토이 지음)
『불안』(알랭 드 보통 지음, 정영목 옮김, 은행나무, 2011)
『비폭력 대화』(마셜 로젠버그 지음, 캐서린 한 옮김, 한국NVC센터, 2011)
『빌린 책/ 산 책/ 버린 책』(장정일 지음, 마티, 2010)
『사회를 말하는 사회』(우치다 타츠루 지음, 김경옥 옮김, 민들레, 2016)
『사회를 바꾸려면』(오구마 에이지 지음, 전형배 옮김, 동아시아, 2014)
『사회주의 재발명』(악셀 호네트 지음, 문성훈 옮김, 사월의책, 2016)
『사회학의 쓸모』(지그문트 바우만·키스 테스터·미켈 H. 야콥슨 지음, 노명우 옮김, 서해문집, 2015)
『삶과 문명의 눈부신 비전 열하일기』(고미숙 지음, 작은길, 2012)
『삶을 바꾼 만남』(정민 지음, 문학동네, 2011)
『삼국지』(나관중 지음)
『상실의 시대』(무라카미 하루키 지음, 유유정 옮김, 문학사상사, 2000)
『생각의 좌표』(홍세화 지음, 한겨레출판, 2009)
『생각한다는 것』(고병권 지음, 너머학교, 2010)
『생활에 능숙함』(히노하라 시게아키, 국내 미출간)
『소년이 온다』(한강 지음, 창비, 2014)
『소설가의 일』(김연수 지음, 문학동네, 2014)
『소유의 종말』(제러미 리프킨 지음, 이희재 옮김, 민음사, 2001)
『수호지』(시내암 지음)
『신문 읽기의 혁명』(손석춘 지음, 개마고원, 2003)
『아웃라이어』(말콤 글래드웰 지음, 노정태 옮김, 김영사, 2009)
『아티스트 웨이』(줄리아 카메론 지음, 임지호 옮김, 경당, 2012)

『안나 카레니나』(레프 톨스토이 지음)
『애완의 시대』(이승욱·김은산 지음, 문학동네, 2013)
『어떻게 살 것인가』(유시민 지음, 생각의길, 2013)
『얼굴 빨개지는 아이』(장 자크 상뻬 지음, 김호영 옮김, 별천지, 2009)
『여자란 무엇인가』(김용옥 지음, 통나무, 2000)
『역사 전쟁』(심용환 지음, 생각정원, 2015)
『연을 쫓는 아이』(할레드 호세이니 지음, 왕은철 옮김, 현대문학, 2010)
『영화관 옆 철학카페』(김용규 지음, 이론과실천, 2002)
『왜 학교는 질문을 가르치지 않는가』(황주환 지음, 갈라파고스, 2016)
『우리가 만나야 할 미래』(최연혁 지음, 샘앤파커스, 2012)
『움직임』(조경란 지음, 작가정신, 2003)
『월든』(핸리 데이비드 소로 지음)
『은퇴자의 공부법』(윤석윤·윤영선·최병일 지음, 어른의 시간, 2015)
『이기적 유전자』(리처드 도킨스 지음, 홍영남·이상임 옮김, 을유문화사, 2010)
『이젠, 함께 읽기다』(신기수·김민영·윤석윤·조현행 지음, 북바이북, 2014)
『인생』(위화 지음, 백원담 옮김, 푸른숲, 2007)
『읽다』(김영하 지음, 문학동네, 2015)
『자유론』(존 스튜어트 밀 지음)
『잘라라, 기도하는 그 손을』(사사키 이타루 지음, 송태욱 옮김, 자음과모음, 2012)
『전문가들의 사회』(이반 일리치·어빙 케네스 졸라·존 맥나이트·할리 셰이큰·조너선 캐플런 지음, 신수열 옮김, 사월의책, 2015)
『존재의 세 가지 거짓말』(아고타 크리스토프 지음, 용경식 옮김, 까치, 2014)
『죄와 벌』(표도르 도스토예프스키 지음)
『주식회사 대한민국』(박노자 지음, 한겨레출판, 2016)
『차라투스트라는 이렇게 말했다』(프리드리히 니체 지음)

『채식주의자』(한강 지음, 창비, 2007)
『채털리 부인의 연인』(데이비드 허버트 로런스 지음)
『책으로 다시 살다』(숭례문학당 엮음, 북바이북, 2015)
『책은 도끼다』(박웅현 지음, 북하우스, 2011)
『책의 힘』(오사와 마사치 지음, 김효진 옮김, 오월의봄, 2015)
『천 개의 찬란한 태양』(할레드 호세이니 지음, 왕은철 옮김, 현대문학, 2007)
『철학 vs 철학』(강신주 지음, 오월의봄, 2016)
『철학 읽어주는 남자』(탁석산 지음, 명진출판사, 2008)
『철학과 굴뚝청소부』(이진경 지음, 그린비, 2005)
『촌놈, 김용택 극장에 가다』(김용택 지음, 자음과모음, 2003)
『최성애 박사와 함께 하는 행복일기』(최성애 지음, 책으로여는세상, 2014)
『카라마조프 씨네 형제들』(표도르 도스토예프스키 지음)
『카뮈, 지상의 인간』(허버트 로트먼 지음, 한기찬 옮김, 한길사, 2007)
『카프카와의 대화』(구스타프 야누흐 지음, 편영수 옮김, 문학과지성사, 2007)
『태초 먹거리』(이계호 지음, 그리심어소시에이츠, 2013)
『투명인간』(성석제 지음, 창비, 2014)
『피로사회』(한병철 지음, 김태환 옮김, 문학과지성사, 2012)
『피파세대: 소비심리를 읽는 힘』(전영수 지음, 라의눈, 2016)
『하류지향』(우치다 타츠루 지음, 김경옥 옮김, 민들레, 2013)
『한계비용 제로사회』(제러미 리프킨 지음, 안진환 옮김, 민음사, 2014)
『한국의 워킹푸어』(전홍기혜·여정민·이대희·김봉규 지음, 프레시안 엮음, 책으로보는세상, 2010)
『행복 스트레스』(탁석산 지음, 창비, 2013)
『행복은 전염된다』(니컬러스 크리스태키스·제임스 파울러 지음, 이충호 옮김, 김영사, 2010)

『행복의 기원』(서은국 지음, 21세기북스, 2014)
『행복한 청소부』(모니카 페트 지음, 안토니 보라틴스키 그림, 김경연 옮김, 풀빛, 2000)
『허삼관 매혈기』(위화 지음, 최용만 옮김, 푸른숲, 2007)
『홀』(편혜영 지음, 문학과지성사, 2016)
『희망의 인문학』(얼 쇼리스 지음, 고병헌·이병곤·임정아 옮김, 이매진, 2006)

아빠, 행복해?

—즐기는 공부로 삶이 바뀐 세 아빠의 이야기

1판 1쇄 인쇄 2016년 12월 07일
1판 1쇄 발행 2016년 12월 15일

지은이 윤석윤, 윤영선, 최병일
기획 및 대담 한기호

펴낸이 한기호
책임편집 정일웅
펴낸곳 어른의시간
출판등록 제2014-000331호(2014년 12월 11일)
주소 121-839 서울시 마포구 동교로 12안길 14(서교동) 삼성빌딩 A동 3층
전화 02-336-5675
팩스 02-337-5347
이메일 kpm@kpm21.co.kr
홈페이지 kpm@kpm21.co.kr
인쇄 예림인쇄 전화 031-901-6495 팩스 031-901-6479
총판 송인서적 전화 031-950-0900 팩스 031-950-0955

ISBN 979-11-87438-03-8 03800

이 도서의 국립중앙도서관 출판예정도서목록(CIP)은 서지정보유통지원시스템 홈페이지(http://seoji.nl.go.kr)와 국가자료공동목록시스템(http://www.nl.go.kr/kolisnet)에서 이용하실 수 있습니다.(CIP제어번호: CIP2016028451)

어른의시간은 한국출판마케팅연구소의 임프린트입니다.
책값은 뒤표지에 있습니다.